KONRAD KÖLBL · »Unzertrennlich«

Unser Motto:

Wer einen liest – liest alle

Unzertrennlich

von Konrad Kölbl

Reprint-Verlag Konrad Kölbl

8022 Grünwald b. München

INHALTSVERZEICHNIS

1.
Der Silber-Colt

2.
Virginia-City

3.
König der Spieler

4.
Die Unzertrennlichen

Printed in Germany
Alle Rechte vorbehalten. Insbesondere für Verfilmung, Fernsehen, sowie auszugsweise Wiedergabe nur mit Genehmigung des Verlages
Originalgetreues Reprint der Ausgaben 1953—1960
Druck: ELEKTRA, Niedernhausen
ISBN 3-87411-0370

1.

Der Silber-Colt

Unvermittelt zog der hochgewachsene, schwarzhaarige Reiter die Zügel straff. Die Schimmelstute stieß mit den Vorderhufen in die Luft und stand. Pferdekenner haben stets mit glühenden Worten die Vorzüge dieser klügsten Tiere auf Erden besungen, und sie haben auch nicht die unbedeutendsten Eigenschaften und feinsten Wesenszüge, die diesen nützlichen und prachtvollen Geschöpfen anhaften, vergessen, in ihren lobpreisenden Liedern zu illustrieren. Etwas wie ihre Seele spiegelt sich in ihren großen, gewölbten Augen, aber auch ihre natürliche Angst, ihre stumme, schicksalshafte Ergebenheit. Dennoch haben Pferdekenner seit eh und je bestritten, daß ihre Lieblinge in Staunen geraten können.

Sehen uns die Tiere an? Manchmal gewiß, wenn ihr Instinkt versagt, oder in den Momenten besonderer Zuneigung. Sonst aber sehen sie über den Menschen hinweg oder durch ihn hindurch, als würden wir ihr stummes Mitleid erwecken.

Als die Vorderhufe der Schimmelstute des schwarzhaarigen Reiters wieder den steinigen Felsboden berührten, tat die Brave etwas, was nur als grenzenloses Staunen ausgelegt werden konnte: sie stand und starrte mit angelegten Ohren in eine fremdartige, grandiose Welt, die sich so urplötzlich vor ihren Augen aufgetan — sie vergaß, vor Überraschung zu wiehern. Dem schwarzhaarigen, blutjungen Reiter erging es nicht besser. Sein braungebranntes Gesicht war ein einziges Staunen, mehr noch, der Ausdruck vollendeter Verblüffung. Kein Wunder, denn sie hatten den Grand Cañon erreicht, jene unerforschte Märchenwelt, die mit zu den wenigen Naturwundern der Erde zählt. Mit großen Augen und schier offenen Mundes starrte er in die Tiefe, die sich wie ein verborgenes Zauberreich vor ihm aufgetan, vom roten Licht beglänzt, eine riesige, bizarr geschichtete Welt wie vom Urbeginn.

Als die ersten Menschen den Grand Cañon erblickten, mußten sie erschüttert gestanden sein vor der Größe der göttlichen Allmacht. Und der überwältigende Anblick dieser grandiosen Natur hat bis in unsere Zeit nichts von seiner Wirkung verloren. Die große Kalksteinklippe, eine riesige, rote Wand, durchzieht fast senkrecht die gesamte Länge des Cañons — über dreihundert Kilometer lang ragt sie in halber Höhe des Abgrundes aus der schier unergründlichen Tiefe, über einhundertsechzig Meter hoch. Ein Bild des Grausig-Erhabenen, Unermeßlichen, das wahrlich ein betretenes Staunen bei Mensch und Tier hervorrufen muß.

Grand Cañon —

Vor einer astronomischen Zeitrechnung, in der glühenden Tropenhitze der Sommer, war er entstanden. Der Colorado River hatte sich — fast zweitausend Meter tief — durch das granitharte Urgestein gefressen, in einer Breite von sechzehn Kilometer. Ununterbrochen vertiefen sich die Klüfte, formen sich zu neuen Schlünden, verlieren sich in einem weglosen, steinernen Gestrüpp von Felsgebilden, die kein Fuß zu durchschreiten, zu erforschen vermag.

Lange stand der schwarzhaarige Mann vor dem berühmten Cañon. Die Beschreibungen, die er davon gehört hatte, waren nicht übertrieben; wohin er blickte, erhabene Schönheit, wuchernde Einsamkeit, die aber nichts von der Stille des Todes, des Unheimlichen und Unnatürlichen an sich hatte. Die Einsamkeit lebte in der prachtvollen Farbenorgie des Urgesteins, das wie taufrische Regenbögen schillerte. Die Einsamkeit lebte brausend in der Tiefe, wo der Fluß zischend über die unwegsamen, ausgehöhlten Klippen schoß. Gelbkiefern ragten traurig und verdorrt in die Höhe und Rehwild äste auf den höher gelegenen Felsvorsprüngen, wo spärlicher Graswuchs gedieh. Oben am Rande des gewaltigen Abgrundes wuchsen wilde Blumen von phantastischer Buntheit...

Der Reiter auf dem glatten Felsplateau konnte sich nicht sattsehen an der Herrlichkeit, die vor ihm ausgebreitet lag. Das Pferd war etwas ängstlich zurückgetreten, doch ein kurzer Ruf ließ es wieder herantraben. Mit bebenden Nüstern, die weißer Schaum bedeckte, äugte die Stute über die schroff abfallende Felskante in die brodelnde Tiefe, die sie wohl nicht sehen, aber witternd ahnen konnte. Darum die erschreckten Augen, das nervöse Tänzeln ihrer kleinen Hufe.

„Flocke", flüsterte der Mann beruhigend und tätschelte den schön gebogenen Hals des erregten Tieres — „Flocke" war der Kosename der Stute, und selten noch hatte ein Pferdemädchen einen Namen ehrlicher verdient. Flocke war leichtfüßig wie ein Reh und wenn sie im Galopp über die sanften Hügel der Prärielandschaft dahinflog, schien sie zu schweben, einer Schneeflocke gleich, die der Wind in die Höhe blies. „Bald haben wir unser Ziel erreicht, in einer kurzen Stunde — dann können wir ausruhen."

Flocke strebte vom Schluchtrand fort, wo der Weg so plötzlich aufgehört hatte, ohne Übergang in die Schlucht einmündend. Ein ausgetretener Reitpfad lief das Ufer des Cañons entlang, der zum „Cañon-Inn", einer einsamen, wenig besuchten Waldschenke führte. Nach kurzem Ritt schon fand der Reiter eine Holztafel, die bestätigte, daß er auf der richtigen Fährte war. Im „Cañon-Inn" wollte er Rast machen, vielleicht für mehrere Tage. Die Schenke lag in eine Felsschlucht hineingebettet unter Hemlocktannen, die wohltuenden Schatten spendeten; auch gewährte sie eine prachtvolle Aussicht über einen großartigen Teil des Grand Cañon.

Die gewaltige Einsamkeit, inmitten der Schönheit dieser ungeheuren Landschaft, hatte in der Tat die Wucht einer Offenbarung. Der Reiter, der hoch oben auf den Klippen seines Weges zog, glaubte die Vorwelt, die erhabene Wüste der gewichenen Sintflut zu erleben. Hier hatte vor tausend Jahren die Kultur der Rothäute geherrscht, etwa fünfhundert ihrer wundervollen Bauten waren inzwischen gefunden worden. Aber von den Steilhängen führte kein Weg in die Schlünde hinab, und nur wenige zivilisationscheue Indianer kannten einige Zugänge zum Cañon, die Havasupais, die auch heute noch dort unten zu finden sind.

Grand Cañon — unerforschtes Wunderland —

Der Reiter hatte nicht die Absicht, auf Entdeckungsreise zu gehen, nicht den Ehrgeiz, nach geheimen, passierbaren Zugängen zu forschen, die fast zwei Kilometer in die Tiefe führen, um sich dort unten in einem Labyrinth von weiteren Schluchten zu verlieren. Das Rauschen des Colorado war deutlich zu hören, des Roten Flusses, wie ihn die Rothäute nannten. Es begleitete den Reiter, bis er die Waldschenke erreichte. Dort brachte er sein Pferd in der neben dem Gasthof stehenden Box unter, versorgte die Stute mit reichlich Futter, nahm ihr den Sattel ab und rieb ihr weißschimmerndes Fell trocken.

Jedoch die wohlverdiente Ruhe der Schimmelstute sollte nur von kurzer Dauer sein. Sie befand sich nicht allein in der Box. Mißtrauisch äugte sie in die andere Ecke. Dort stand ein Schimmelhengst, prachtvoll gewachsen, mit breiter, hochgewölbter Brust und einer borstigen, widerspenstigen Mähne, die auf Wildheit und Feuer schließen ließ. Flocke war zu müde, den stolzen Burschen näher zu betrachten; das hatte Zeit. Und sie war darauf dressiert, sich nur für ihren menschlichen Herrn zu interessieren. Trotzdem aber rollten ihre neugierigen Augen zur Seite, erfaßten noch einmal die kraftvollen Konturen des stattlichen Hengstes, um dann schläfrig die müden Nüstern nach unten zu hängen.

Indessen betrat der Reiter die Schenke. Aber schon auf der Schwelle verhielt er seine Schritte; Halbdunkel umfing ihn. Die Augen, soeben noch im grellen Schein des heißen Tages, mußten sich erst an die veränderten Lichtverhältnisse gewöhnen. Nur allmählich begannen sie klar zu sehen. Der Atem des schwarzhaarigen Mannes stockte: ein trostloses Bild bot sich seinen Blicken. Auf der harten Holzbank lag ein Toter. Die starren Augen halb geöffnet, hielt er die steifen Hände vor der Brust verkrampft. Verhaltenes Schluchzen drang an sein Ohr. Nun sah er auch die Weinende. Sie kniete am Kopfende des Toten, zusammengekrümmt vor Pein; der abgerissene, ausgedörrte Körper schüttelte sich in hektischen, kaum unterbrochenen Zuckungen; das alte, faltenreiche Gesicht war tränenüberströmt. Die Augen der Schluchzenden erfaßten kaum den Fremden. Heftiger Schreck verzerrte die verkümmerten Züge, in denen plötzlich die Tränen erstarrten.

„Nicht ... nicht ..." jammerte der Mund, während sich die dürren Hände abwehrend ausstreckten, „wir haben wirklich keinen Dollar in der Kasse ..." Dann sah sie das ebenfalls bestürzte Gesicht des Fremden. Nein, das war nicht der erwartete Mörder, der den Gatten erschossen — und den Jüngling mit dem sanften, schwärmerischen Gesicht. Den Jüngling? Oh Gott! Die Frau sprang entsetzt auf, der nagende Schmerz wandelte sich in lähmende Bestürzung. Das war er doch! Das waren doch die gleichen schwarzen Haare, dieselben nachtdunklen Augen, dasselbe braungebrannte, hübsche Jungengesicht, das so gewinnend lächeln konnte, die gleichen freundlichen Züge, die so viel Wärme und Sympathie ausstrahlten.

„Oh ..." sagte die Frau. Das war zu viel. Tote konnten doch nicht mehr zurückkehren, und sicherlich war der Schwerverletzte, den sie auf ihr eigenes Lager gelegt, inzwischen seinen Verwundungen erlegen. Von einer solchen Wunde im Rücken konnte kein Mensch genesen, auch wenn seine Natur hart wie Stahl war. „Oh ..." tropfte es noch einmal fröstelnd von ihren Lippen. Dann versagten ihre Beine. Der Fremde, dessen Gesicht in der Tat von einer wahren Totenblässe überzogen war, sprang herbei, fing die wankende Frau mit kräftigen Armen auf, trug sie zur Bank, setzte sie behutsam nieder.

Nun fühlte sie es deutlich. Es war kein Geist, kein

Fleisch gewordenes Gespenst, keine Sinnestäuschung. Mit letzter Kraft sprang sie wieder auf die Füße, löste sich aus den fürsorglichen Armen des jungen Mannes, rannte zu einer Tür, die halb geöffnet war und stieß sie vollends auf.

Der Schwarzhaarige hörte sie im Nebenraum einen lauten Schrei ausstoßen. Wo befand er sich eigentlich? War dies nur ein Haus des Todes, des Grauens? Wenige Schritte brachten ihn zur Tür, die in den Nebenraum führte. Da sah er die Frau stehen, zur Salzsäule erstarrt, die Hände vors Gesicht geschlagen. Sein Blick wanderte zum Bett in der Ecke. Dort lag ein leise stöhnender Mann, der ... der ... bei Gott, diese Ähnlichkeit! Der Verwundete, der Kranke, war ein Spiegelbild seiner selbst! Plötzlich begriff er das seltsame Verhalten der schmerzerfüllten Frau; sie mußte ihn für ein Gespenst gehalten haben.

„Was ist hier geschehen?" fragte er.

Die Frau nahm die Hände vom Gesicht, starrte auf den röchelnden Unbekannten, der sein Zwillingsbruder sein konnte. Auch sie begriff: ein Trugbild hatte sie genarrt. Sie hatte es nur mit einem zufällig des Weges kommenden Fremden zu tun, vielleicht mit dem Verwundeten verwandt.

„Ein Bruder?" fragte sie gebrochen zurück.

„Nein, Madam — ich habe keinen Bruder, die Ähnlichkeit versetzt mich selbst in höchstes Staunen. Was ist hier geschehen?"

„Ein Mord", sie war wieder dem Weinen nahe, „ein entsetzlicher Mord. Der Fremde, der aussieht wie Sie, war gerade bei seinem Imbiß. Er saß mit dem Rücken zur Tür, als ein Fremder in den Schankraum stürzte. Ein Wildfremder, ein unsympathischer Bursche mit roten Haaren, rotem Backenbart und einer dicken Schramme zwischen den Augen, der sofort das Feuer aus seinem Colt eröffnete. Die erste Kugel traf den Gast — von hinten in den Rücken. Mein Mann warf sich herum, wollte zur Waffe greifen, sich und sein Eigentum verteidigen, da warfen ihn mehrere Treffer zurück. Er wurde tödlich verletzt. Tödlich, mein Gott! Er war sein Leben lang ein ehrlicher, braver Mensch, der nichts als Arbeit kannte. Und nun dieses Ende, dieses schreckliche Ende..."

„Und weiter... was war weiter? Was wollte der Lump?"

„Geld!" Abermals war die Frau am Ende ihrer Kräfte. Sie ließ sich auf einen vor dem Bett stehenden Stuhl fallen. „Wir hatten keinen Dollar in der Kasse, da wir erst gestern Lebensmittel einkaufen mußten. Der Mörder glaubte mir nicht, riß die Lade auf, fand ein paar Münzen, raffte sie gierig auf. Schon glaubte ich, auch mein Ende sei gekommen. Da nützte ich die Gelegenheit, als er ein paar Flaschen Whisky in seinen Taschen verstaute, ins Nebenzimmer zu fliehen und die Tür zu verrammeln. Das war meine Rettung, sonst hätte ich keine Gelegenheit mehr gehabt, den schwerverwundeten Gast zu verbinden. Den Jungen, den armen Jungen —"

„Was geschah weiter?"

„Er ließ mich ungeschoren und ging, ohne noch weiteren Schaden anzurichten. Als die sich schnell entfernenden Hufschläge verhallt waren, wagte ich mich aus meinem Versteck. Es war furchtbar — furchtbar! Wie können Menschen so schurkisch, so bodenlos gemein und verkommen sein!"

Der Schwarzhaarige trat ans Bett des Verwundeten.

Er war mustergültig verbunden. Aber selbst die beste Wartung mochte hier nichts nützen, wenn das Geschoß noch in den Weichteilen saß. Die Kugel mußte entfernt werden. Die nächste Ortschaft war weit und wer konnte mit Bestimmtheit sagen, ob der Doc auch zu Hause war, ob er nicht vielleicht gerade meilenweit entfernt Samariterdienst leistete? Selbst war der Mann! Und auf das Entfernen von Bleikugeln verstand sich jeder Westmann. Der Gast entfernte den Verband — es sah böse aus. Das Projektil war oberhalb der Lungenspitzen ins Fleisch gedrungen und in der Tiefe steckengeblieben. Fachmännisch beugte sich der Fremde über die Wunde und brachte sein Ohr nahe an den Einschußkanal. Als er festgestellt hatte, daß aus der Wunde keine Knistergeräusche kamen und keine Luftbläschen zu sehen waren, stellte er mit Genugtuung fest: „Die Lunge ist nicht verletzt und ich kann darangehen, das Geschoß zu entfernen."

Es wurde ein hartes Stück Arbeit. Der Verwundete stöhnte trotz der Ohnmacht, die ihn wohltätig umfing, während der ganzen Prozedur. Schließlich aber war es geschafft. Das verhängnisvolle Blei war entfernt und der Notverband wieder angelegt worden. Aber der Blutverlust und die starke Fleischwunde gaben zu denken; ärztliche Hilfe war dringend erforderlich.

„Wie weit ist es zur nächsten Ortschaft, Madam?"

„Drei gute Reitstunden —"

„Ich werde mich sofort auf den Weg machen, es ist keine Zeit zu verlieren."

„Kamerad..." sagte in diesem Augenblick eine leise, brüchige Stimme. Sie gehörte dem Kranken, er hatte die Augen offen. „Kamerad".

Wie wohl diese Stimme tat. Kamerad. Der großgewachsene, schwarzhaarige, sympathische Helfer sollte dieses einfache, wärmende Wort noch oft zu hören bekommen während eines langen, ereignisreichen Lebens. Kamerad. Das waren weiche, anschmiegsame Silben, sie klangen beruhigend und verpflichtend.

„Nicht sprechen, Boy ... nicht sprechen."

„Ich muß", der Verwundete richtete sich auf, „ich bin die ganze Zeit über wach gewesen ... die Schmerzen — sie haben mich zurückgerufen. Es brennt wie höllisches Feuer..."

„Ich werde sofort einen Doc besorgen —"

„Nicht nötig — nicht mehr nötig —" Das Reden wurde ihm schwer, „es hat keinen Zweck, sich um mich zu kümmern — es geht zu Ende..."

„Unsinn!" widersprach der Schwarzhaarige, „gar nichts geht zu Ende."

„Ein stiernackiger Kerl mit rostroten Haaren war es, der mir..."

„Ich weiß ... ich weiß ... nur noch deinen Namen —"

„Sam Brash —" Mühsam rangen sich die Worte von den weißen Lippen.

„Ich heiße Fred Lockh. Aber nun muß ich mich auf den Weg machen. Du bist in bester Pflege."

„Es ist nutzlos ... du willst doch nicht..."

„Still jetzt. Wie sollst du da über die schweren Stunden kommen? Du mußt schlafen. Schlafen und nichts sonst. Keine trübseligen Gedanken. Sie zermürben deine Seele nur — ich will mich rasch noch etwas stärken."

„Ich danke dir, Kamerad ..." Die Augen des Kranken fielen zu, der Kopf neigte sich zur Seite, erneut umfing ihn die wohltuende Ohnmacht.

Fred Lockh dehnte die Glieder, die noch steif von den letzten Stunden im Sattel waren. Ein neuer Gewaltritt stand ihm bevor, er war unaufschiebbar. Die Frau des toten Keepers stand mit geistesabwesenden Blicken, in denen Nacht und Hoffnungslosigkeit trauerten, an seiner Seite.

„Der Silber-Colt war es", sagte sie verwirrt, „der Silber-Colt, Mister Lockh — eine feine Waffe mit silberglänzendem Griff —"

„Wie heißt die nächste Ortschaft, wenn ich in westlicher Richtung weiterreite?"

„Cañon-Bridge, ein kleines Nest — es hat eine Kneipe..."

„Ich brauche einen Doc!"

„Sie treffen ihn in der Kneipe, es ist der alte Henderson, er kann helfen —"

Fred Lockh hatte sich schon viel zu lange aufgehalten. Mit schnellen Schritten eilte er aus dem Haus, rannte zur Pferdebox. Ein mitleidiger Blick traf Flocke, sein getreues Pferdemädchen. Nun erst sah er den Schimmelhengst, der allem Anschein nach dem Verwundeten gehören mußte. Ob er seine Stute schonen sollte? Der Hengst war ausgeruht und machte einen äußerst kräftigen Eindruck. Doch verwarf er diesen Gedanken wieder. Er brauchte ein zuverlässiges Pferd, das er kannte. Ein fremder Gaul konnte ihm nur schaden, da ihm seine Fehler und Mucken nicht geläufig waren. Rasch legte er Flocke wieder das Sattelzeug auf und zog die Gurte fest. War es ein wehmütiger Blick, den die Stute in die Richtung warf, in der ihr Stallgefährte stand, der mächtige Schimmelhengst, der ihr offensichtlich imponierte? Die Rast schien schon wieder beendet zu sein, kaum daß sie genügend Futter in den Magen bekommen hatte. Ein enttäuschtes Wiehern schmetterte durch den länglich-niedrigen Raum, das ein sofortiges Echo fand. Der stolze Hengst hatte mit schiefgestelltem Hals einen kurzen Abschiedsgruß nachgeschmettert, der heftig von den rauhen Wänden widerhallte —

Die Schöne aber galoppierte bereits auf zierlichen Hufen davon.

*

Cañon-Bridge war eine kleine Siedlung, die vor noch nicht allzu langer Zeit am Rand des Grand Cañons entstanden war; sie zählte nur wenige Bretterhütten. Ihre Entstehung verdankte sie einem Forscher aus Chikago, der die Geheimnisse dieser zerklüfteten Wunderwelt am Colorado, dem wildesten Fluß der Erde, zu ergründen suchte. „Fossils Home" war die Siedlung zuerst genannt worden, denn in dem festgepreßten Schiefer oberhalb der Roten Wand hatte man im Urgestein Fossilien von Insektenflügeln und Abdrücke stummelförmiger Zehen eines prähistorischen Tieres gefunden. Der Forscher wollte beweisen, daß der Norden Arizonas einmal von einem Meer bedeckt gewesen war; der gelbliche Sandstein des Großen Cañons mit den im Stein konservierten Haifischzähnen und Korallenspitzen deutete auch zweifelsohne darauf hin. Später dann wurde die Siedlung in „Cañon-Bridge" umbenannt. Nic Carter, der Forscher, hatte in einem zündenden Aufruf die Wissenschaftler der Union aufgefordert, Geld zu spenden, um eine Brücke über die große Schlucht bauen zu können; ein unsinniges Unterfangen, das seine Krönung darin haben sollte, ein Lehrgebäude über dem dräuenden Abgrund für wandernde Archäologen und Naturwissenschaftler zu errichten.

Vorerst aber hatte Cañon-Bridge nur eine einzige Sehenswürdigkeit — die „Rote Bar". Ein Witzbold mußte diesen Namen erfunden haben, denn von roter Farbe war keine Spur. Man hätte diese einzige Raststätte der Siedlung eher „Dreckige Pfütze" oder „Mausgraue Höhle" nennen können. Sie bestand nur aus vier Wänden, einer aus dem Granitboden herausgemeißelten Granitsteindecke, einigen Felsbrocken, die als Hocker dienten — und der Rest waren muffige Decken, morsche Holzbänke, auf denen sich Reisende, die den Grand Cañon erleben wollten, Abenteurer, die auf Goldsuche waren, Falschspieler und noch schlimmeres Gesindel tummelten.

Beizender Tabakgestank hing in der Luft, die nicht das geringste mehr mit der herrlichen Atmosphäre des Cañons gemein hatte. Menschen hatten die Natur entweiht, zwielichte Gestalten, die es fertigbrachten, in einer stinkigen Schnapshöhle Poker zu dreschen — wenige Meter von jener Welt entfernt, die kaum ihresgleichen auf Erden hatte. Die Wortfetzen der „Fachsprache" waren die einzigen Laute der „Roten Bar".

„Ich gebe..."

„Her mit dem Zinnober —"

„Gorilla, du..."

„Warum?"

„Dreck... alles Dreck —"

„Knall hast du wohl, Ed..."

„Rindvieh!"

„Warum?"

„Dreck, alles Dreck. Verliere meine letzten Dollars —"

„Passe..."

„Gebe..."

„Wieder Dreck... alles Dreck — verliere noch meinen Colt —"

„Den Silber-Colt?"

„Shut up!"

„Her mit dem Knaster!"

„He? Wie...?"

„Flush, ihr Erdwarzen..."

„Wir spielen Poker —"

„Idiot — ich sage Flush..."

„Spiel' ich mit Narren?"

„Das macht der Cañon, er ist zu tief —"

„Welcher Cañon?"

„Ich steche, he, Stan... nimm die Flosse von meinem Einsatz!"

„Verdammt — ich dachte..."

„Der Cañon — macht's..."

„Ich weiß — er ist zu tief..."

„Kein Geld, keine Dollars..."

„Du hast ja noch den Colt —"

„Ah den — er kann nichts mehr anschaffen..."

„Idiot — wir spielen..."

„Wirklich, das macht nur der Cañon — er ist zu tief..."

„Pik-Bube — habe Pik-Bube gesagt — nimm deinen Quatsch zurück —"

„Wie komme ich nur auf anschaffen — auf anschaffen?"

„Du meintest den Silber-Colt..."

„Ach ja, jetzt hat's geklingelt... geknallt..."

„Wieviel war es das letzte Mal?"

„Mit dem Colt?"

„Unsinn, was interessiert mich dein Schießprügel — meiner ist besser..."

„Ach — ich dachte schon... Herz-Zehn — das war mein Einsatz —"

„Trumpf — Trumpf... Trumpf! Hört ihr das, Burschen... das war Musik! Her mit dem Zaster..."

„Wieviel war es das letzte Mal, Rotkopf?"

„Ein paar Flaschen Whisky..."

„Der Einsatz...?"

„Zwei Unzen zu sechs Cents... kein Geschäft..."

„Wovon faselst du denn immer, verdammt? Spielen wir Poker um Geld oder...?"

„Ach so... blödsinnige Gedanken..."

„Oder vom Geschäft?"

„Lieber nicht — hurra — das hat gesessen — Flush..."

„Zounds — du Hohlkopf... sag nicht immer Flush..."

„Dann habe ich einen vollen Grand —"

„Einen Grand Cañon, hahaha... einen ganz tiefen..."

„Du gehst mir auf die Nerven, Dan..."

„Trumpf...Trumpf...Trumpf... dreifacher Sieg... ich sprenge die Bank..."

„Die Bank? Ho, Ed — wie war das damals mit der Bank in Brownsville?"

„Spielen wir Poker oder erzählen wir Stories?"

„Das macht nur der Cañon... nur der Cañon..."

„Ich muß noch eine Unze opfern —"

„Wofür?"

„Wenn der Kerl noch ein einziges Mal mit seinem dämlichen Cañon..."

„Worauf wartet ihr — ihr Schlafmützen... ich bin doch am Schuß..."

„Mit dem Silber-Colt?"

„Trumpf... Trumpf... Trumpf..."

„Dreck — alles Dreck — jetzt bin ich pleite..."

„Ich auch... da kommt ein neuer, ein ganz junger Waschbär —"

„Ein Waschbär?"

„Dieses putzige Tier hat doch die Eigenschaft, sich schnieke-fein zu putzen. Sieht er nicht prima aus, der Knabe, sauber abgebürstet, makellos gekämmt und sicherlich auch geschneuzt..."

„He Ed... er hat für dich Interesse... er betrachtet deine Frisur, deine Schramme zwischen den Augen — hahaha, du hast sie dir geholt, als du mit deinem dämlichen Schädel gegen die Zuchthausgitter gerannt bist. Er interessiert sich für deinen Colt..."

„Ich will Revanche — zehn Dollar gegen deinen Silber-Colt..."

„Die Whiskyflasche an der Theke wäre mir lieber... fünf Dollar dagegen! Gültig, der Einsatz?"

Keine Antwort. Allgemeines Schweigen. Die Gesprächsfetzen verstummten. Der Fremde hatte sich genähert. Aber dieser Boy wollte nicht mitspielen, er schien etwas anderes im Sinn zu haben. Ed, der rothaarige Irländer, lehnte sich zurück. Über seine galgenhafte Visage glitt ein brutales Grinsen. Der schwarzhaarige Boy schien etwas von ihm zu wollen. Vielleicht... Vielleicht hatte der Kerl in der Schenke, der ihm den Rücken zuwandte...?

„Ich komme aus dem Osten, Rotschädel", hörte er den Fremden sagen. Im Osten lag die Schenke. „Ich habe einen Toten, einen Sterbenden und eine weinende Frau gesehen..."

„Puh..." heulte Pitt, der Falschspieler mit gutgespielter Schauermimik, „ich kann heulende Weiber nicht leiden..."

„Das machte nur der Cañon... der tiefe Cañon..."

„Verdammt —"

„Spar dir die Unze für den Schwarzkopf... er ist lebensmüde —"

„Gesindel —"

Vier verwegene Gestalten strafften sich. Der triefende Spott, das Lieblingskind gespielter Sorglosigkeit, gefror in ihren wüsten Visagen, in denen Laster und Gemeinheit hockten. Stan, ein stiernackiger Geselle mit breiten Schultern und wulstigen Gorillaarmen, schob sich massig heran, wie ein Walroß im seichten Uferwasser.

„Bengel", knirschte er, „verdammter Bengel —" Er wandte sich um:

„He Ed, sag schnell, wie du ihn verspeisen willst — roh oder gekocht — oder zerhackt. Kannst dir das beste Stück aussuchen..."

Plötzlich sauste die Pranke Stans nach vorn, und blitzschnell duckte sich Fred Lockh, der Stoß zischte mit pfeifendem Luftzug an seiner Wange vorbei. Statt dessen warf er seine eigenen kräftig geballten Fäuste an das bärtige Kinn und riß den Schädel nach hinten; die massige Gestalt Stans wurde gegen den steinernen Tisch geschleudert und die Knie knickten zusammen wie morsches Schilf...

„Gesindel..."

Dan gab sich auf einmal sehr empfindlich, obwohl

ihn sonst kein Schimpfwort beileidigen konnte. Wütend schnellte er sich vom Boden ab, setzte über einen Steinhocker hinweg mitten in einen weitausgreifenden Schwinger des Schwarzhaarigen, der ihn sichtlich benommen werden ließ. Hageldichte Hiebe prasselten auf ihn nieder, so dicht, daß Dan plötzlich den heißen Wunsch fühlte, in die Tiefe des Grand Cañon versinken zu können. In jene Tiefe, die seine stehende Redensart war. Er schlug gegen die morsche Hüttenwand, wirbelte einmal um sich selbst, sackte in die Knie, torkelte weiter... er glaubte sich wie im Tanz zu drehen, doch waren es nur die grellen Funken vor seinen Augen, die in tollem Wirbel hin- und herzuckten, unter den präzisen Schlägen eines knochigen Hammers.

„Der Cañon..." ächzte er blöd grinsend, „nur der Cañon ist's — weil er... so tief..."

Er sah Pitt zu den Waffen greifen. Krachende Detonationen erfüllten den Raum — ein gellender Schmerzenslaut fiel in das Echo, der das Blut in den Adern gerinnen ließ. Dan sah den dicken Keeper mit wachsbleichem Gesicht hinter seine Schutzwand aus granithartem Fels verschwinden, und die wenigen Gäste der Kneipe standen mit dem Rücken zur Wand, durch diese in solchen Situationen übliche Geste kundgebend, daß sie gewillt waren, sich aus dem Streit herauszuhalten.

Im entweichenden Pulverqualm fiel sein verwirrter Blick auf den Spieler, der schmerzlich entgeistert seine Hand anstarrte: sie war zerschmettert. Und dann sah Dan noch etwas... es war nicht mit anzusehen.

Er schloß die Augen, nur mühsam bewegten sich die schweren Lider — Ed, der rothaarige Ire, stand mit leblosen Augen, mit verzerrt nach unten hängenden Mundwinkeln. Nur seine Lippen zuckten, wie zwei hämische kleine Würste auf dampfendem Bratrost.

Das Leben des ungebärdigen Iren, das sich in diese Lippen geflüchtet hatte, floh ihn mit den letzten Zukkungen. Der Silber-Colt lag noch in seiner Hand; er hatte ihn nicht mehr auf seinen Gegner abdrücken können, der Tod war ihm um den Bruchteil einer Sekunde zuvorgekommen. Aber er stand noch immer und kein Leben war mehr in ihm.

Mit einem schnellen Griff riß der schwarzhaarige Teufelskerl die Waffe Pitts an sich, sprang zurück, um dem fallenden Körper des Erschossenen auszuweichen.

„Gesindel, dreckige Mordbanditen!" hörte Dan den unheimlichen Fremden sagen. „Du da", wandte er sich an den Spieler, „du bist keinen Deut besser als dieser rothaarige Bluthund, der wegen ein paar Dollars zwei Menschenleben vernichtet hat. Ich habe kein Recht dich ebenfalls zu den Maulwürfen zu schicken — vielleicht mache ich damit einen Fehler. Aber deine schmutzigen Finger werden keinen Colt mehr halten und keine Spielkarten mehr umkrallen, der Umwelt zum Nutzen. Ich kenne dich, Pitt Hoover..."

„Fred Lockh... der ‚Schwarze Fred'..." kam es stammelnd zurück.

Der „Schwarze Fred"?

Dan Haller hatte schon von ihm gehört. Das also war Fred Lockh, der bekannte Coltmann, der sich besonders in Texas einen Namen gemacht hatte. Ed Cooper, der Schurke, der nur vom „Hände-hoch-Geschäft" lebte, hatte also wieder einmal gemordet; Dan erinnerte sich an das Gespräch vorhin beim Kartenspiel. Das also hatte er gemeint: Wegen einer erbärmlichen Flasche Whisky hatte er diesmal den Drücker seines Silber-Colts betätigt. Seine Rechnung hieß: Zwei Unzen Blei zu sechs Cents für einige Mundvoll Whisky! Mühsam richtete sich Dan Haller auf. Er dachte an keine Vergeltung, und sicher hielt auch der stiernackige Riese nichts davon, der immer noch bewegungslos am Boden lag, während Fred Lockh die Stätte des Kampfes verließ...

Ein tödliches Schemen war gekommen und wieder im Nichts verschwunden...

*

Unruhig wälzte sich Sam Brash in den Kissen. Infolge des beträchtlichen Blutverlustes war sein Körper sehr geschwächt, aber noch lange nicht war alle Kraft aus ihm gewichen. Die Witwe aus der Schenke sorgte mit rührender Liebe für den Kranken. Mit dem Doc war auch der Sheriff aus Brownsville gekommen, der weiter nichts tun konnte, als den Tatbestand aufzunehmen und für die Bestattung des Toten zu sorgen. Die Bestrafung des Mörders durch einen Fremden nahm er zufrieden, wenn auch mit Vorbehalten zur Kenntnis. Er wollte noch Augenzeugen in Cañon-Bridge dazu vernehmen, obgleich er Fred Lockh im stillen zu seiner mutigen und selbstlosen Tat beglückwünschte.

Der Dokter mußte dem jungen Mann ebenfalls sein Lob aussprechen. Er hatte die „Operation" zwar wenig sachgemäß und vom hygienischen Standpunkt aus sogar gefährlich gefunden, aber sie hatte ihren Zweck erfüllt. Was der Kranke nun brauchte, war der heilende Schlaf. Alles andere mußte man seiner Natur überlassen, wenn nicht den Geschicken schlechthin.

Fred Lockh erbot sich, solange am Krankenbett seines Doppelgängers auszuharren, bis keine Gefahr mehr für sein Leben bestand. Warum er das tat? Er wußte es nicht — er tat es eben, verdammt, er hielt es für seine Pflicht.

Während Sam Brash bald in tiefen Schlummer sank, wollte Fred Lockh einen kleinen Ausritt machen. Im Stalle fand er Flocke damit beschäftigt, dem ungewöhnlich kräftigen Schimmelhengst ihre Meinung zu sagen. Vermutlich war ihr der Stallgefährte etwas zu nahe getreten oder hatte sich gar erlaubt, seine Nüstern in ihrer Nackenmähne zu reiben. Das war etwas, was Flocke auf den Tod nicht leiden konnte. Sie stampfte wütend mit den Hufen und ihre klugen Augen rollten zornig hin und her, ihr Wiehern klang keineswegs nach Freude. Als sich der mächtige Kopf des Hengstes erstaunt dem ihren näherte, biß sie flink nach ihm, während sie mit allen Vieren gleichzeitig den Boden stampfte.

Erst als sie draußen, ihren geliebten Herrn im Sattel, wieder freie Luft atmen durfte, beruhigte sie sich wieder. Es war Juli. Zu dieser Jahreszeit hatte der Nordrand des Cañons ein herrlich würziges Klima im Schatten von Espen und Fichten. Er lag dreihundertsechzig Meter höher als der Südrand, obwohl nur zwanzig unüberbrückbare Kilometer entfernt. Deutlich konnte Fred Lockh den in der fürchterlichen Tiefe dahinsprudelnden Colorado sehen, den „nagenden Fluß" oder den „Strom ohne Rückkehr", wie ihn die Rothäute auch nennen, da er täglich Hunderttausende Tonnen Geröll mit sich forträgt.

Pappeln ragen aus der Tiefe, recken ihre verdorrten Kronen zum Himmel, verlorenen Kindern gleich, die nach Hilfe rufen. Ihr raschelndes Klagen aber verschlingt der Strom in der grauenhaften Tiefe. Fred Lockh beugte sich über den gezackten Rand — schwindelnd sah er den Fluß zweitausend Meter tief vorbeiziehen, sah das pechschwarze Felsgestein — Urgestein —, von dem die Wissenschaftler behaupten, es sei das älteste der geologischen Forschung.

Die Einsamkeit tat ihm wohl, sie legte sich stärkend auf Geist und Nerven. Fred Lockh dachte an den Kranken: In dieser herrlichen Luft, Ruhe und stärkenden Einsamkeit, mußte er wieder gesunden.

Als er wieder in der Schenke eintraf, versorgte er zuerst sein Pferd und abermals mußte er zu seinem Erstaunen feststellen, daß Flocke eine ausgesprochene Abneigung gegen ihren Stallgefährten an den Tag legte, denn kaum wieder im Stall, begann sie ihre erregte Unterhaltung erneut. Fred band sie etwas weiter entfernt von dem aufmerksam zuhörenden Hengst an. Sicher war sicher. Geschwätzige Mädchen — ob Mensch, ob Pferd — pflegten mitunter gefährliche Situationen heraufzubeschwören.

Die Wirtsfrau empfing ihn bereits an der Tür. Der Kranke war erwacht und hatte schon wiederholt nach ihm gefragt. Fred Lockh betrat das Krankenzimmer und war erstaunt, Sam Brash mit klaren Augen, leicht geröteten Wangen und lächelnd zu finden.

„Kamerad —" Freude und Wärme schwangen in diesem Wort; die Stimme klang schon kräftiger. „Unkraut kann nicht verderben. Ich danke dir..."

„Wofür?"

„Der Doc hat nach dem Rechten gesehen, er hat deine Fürsorge gelobt." Der Blick des Kranken fiel auf den

Waffengürtel seines Pflegers. Ein dritter Colt steckte darin, ein Colt mit blankem Silbergriff. Der Silber-Colt. Seine Augen wurden größer, fragten in stummer Neugier, mit Bewunderung gemischt.

„Oh", Fred Lockh legte die Waffe auf den Nachttisch, „den habe ich dir mitgebracht. Der rothaarige Bandit hat keine Verwendung mehr für ihn..."

„Du hast..." Grenzenlose Verblüffung schloß dem Kranken die Lippen.

„Ich habe —" nickte Fred Lockh. Er war kein Freund vieler Worte, und sprach gern nur das Notwendigste. Und schon gar nicht wollte er von einer guten Tat berichten, die auf sein Konto kam. Er hatte den heimtückischen Meuchelmord und damit auch die hinterlistig verursachte Verwundung Sam Brashs gerächt, das genügte.

Darauf war der Kranke wieder in tiefen Schlaf gesunken —

*

Das war die erste Begegnung zweier Männer, die in diesen Stunden noch nichts von der schicksalhaften Bedeutung ihres Erlebnisses ahnten. Fred Lockh hatte nur seine Pflicht getan; jedem anderen, ohne Ansehen der Person, hätte er ebenfalls seine Pflege und Hilfe angedeihen lassen. Er blieb so lange in der einsamen Waldschenke am Grand Cañon, bis Sam Brash außer jeder Gefahr war. Dann verabschiedete er sich in lakonischer Kürze, die nichts von Dank und ähnlichem Gefasel wissen wollte. Dem Überschwenglichen war er schon immer feind.

„Auf Wiedersehen, Sam", sagte Fred Lockh zum Abschied, „der Westen ist weit, aber es gibt auch einen Zufall..." Sam Brash verstand. Der Zufall würde sie wieder einmal zusammenführen können, irgendwo im Goldenen Westen, in Texas, Arizona, Arkansas... irgendwo.

„Auf Wiedersehen — Kamerad..."

Kamerad —

Nur dieses eine Wort schwang noch Tage im Ohr Fred Lockhs nach, bis es fortgerissen wurde im Sog der Erinnerung, des Vergessens...

*

Ein Jahr verging —

Es geschah wenige Meilen nördlich der Südgrenze des Staates Arizona — in einer Zeit, die die große Pionierzeit der nordamerikanischen Union genannt wurde.

Arizona — Land der schweigsamen Romantik, der leuchtenden Bergspitzen, der schwerfälligen Felsgrate, der steinigen Felder, die auch den Menschen schweigsam, schwerfällig und hartherzig machen. Land der mineralsatten Flußläufe, die ganze Urwälder versteinert hatten... heißestes Land der Union. Der „Große Büffel", der unvergängliche rothäutige Volksheld der Navajos, mußte ein Witzbold gewesen sein, weil er dieses wildzerklüftete Arizona „Kleine Quelle" nannte. Nicht denkbar, daß er es gekannt hatte. Sicherlich war er kein einziges Mal am Rande des Grand Cañon gestanden, um einen bangenden Blick auf den Colorado, den wildesten Fluß der Welt und den zweitlängsten der Vereinigten Staaten, zu werfen.

Es war auch eine wilde Zeit, als noch die von sechs

flinken Pferden gezogene Postkutsche über die Hochebenen des bergigen Landes, durch tief in die unwirtliche Landschaft eingeschnittene Bachtäler raste, als noch wilde Herden langgehörnter Stiere über die immergrünen Weiden zogen und die Siedler sich noch mit starken Apachen- und Navajostämmen herumschlugen. Vielleicht wäre es besser gewesen, wenn Frederic Brumkow, der deutsche Student aus Münster, nie amerikanischen Boden betreten hätte. Die Beteiligung an einer Revolution in seinem Heimatland hatte ihn über den großen Ozean fliehen lassen. Nach langer Irrfahrt war er endlich im Süden Arizonas, der damals noch kaum besiedelt war, gelandet. Dort baute er sich ein Haus und grub an seiner Mine, denn er hatte unweit seines Lagerfeuers einen Brocken puren Silbers gefunden. Aber als er seine Schürfstelle eben bis zur Tiefe eines Grabens ausgehoben hatte, ereilte ihn das Schicksal. Ein heimtückisch abgeschnellter Indianerpfeil, dessen Spitze vergiftet war, setzte seinem Tatendrang ein jähes Ende; es war sein eigenes Grab, das er sich geschaufelt. Nachfolgende Trailer fanden die skalpierte Leiche und fanden auch den Klumpen Silber. Einer von ihnen blieb zurück, um die begonnene Arbeit fortzuführen, nachdem er Brumkow bestattet hatte. Aber auch er fiel den Apachenpfeilen zum Opfer, und so war es noch weiteren fünfzehn Glücksrittern ergangen. Die Mine sollte sich nicht vollenden, sie war in der unheilvollen Bestimmung eines Massengrabes steckengeblieben, und Kreuz neben Kreuz reihte sich am Waldesrand. Bis dann Ed Schieffelin kam, dem es schließlich gelang, sie bis zur silberhaltigen Gesteinsader in die Tiefe zu treiben. Schieffelin war klüger als seine unglücklichen Vorgänger. Er markierte die Fundstelle und organisierte eine Expedition, die unter der verantwortlichen Führung seines Bruders stand. Er engagierte Scharfschützen, um gegen die heimtückisch anschleichenden Indianer einen Schutz zu haben. Immer tiefer wurde der Stollen in die Erde getrieben und neue Minen entstanden, die riesige Ausbeute brachten. Um die Auslage herum entstanden Wohnstätten, in der Hauptsache primitive Bretterbuden. Die Grabkreuze mußten weichen, denn das Glück hatte im großen Old Baldy-Tal Einzug gehalten. Jetzt winkte Silberreichtum für alle, die den Mut besessen hatten, zuzugreifen und auszuharren. Ein Dorf entstand, wurde zur kleinen Stadt. Offene Verkaufsstände, Drugstores, Kleidershops und Kneipen schossen wie Pilze nach dem Regen aus dem silberträchtigen Boden.

Abenteurer, Falschspieler, Taschendiebe, Strauchritter und ähnliches Gelichter hatten ein Dorado entdeckt. Statt der siebzehn Grabkreuze für die ersten Pioniere, die kein blitzendes Silber, sondern den dunklen Tod gefunden hatten, wurde ein Friedhof errichtet: Booth Hill. Ein Kuriosum ohne Beispiel. Auf allen Grabbrettern war neben dem Namen des „Verstorbenen" angegeben, auf welche Art er ums Leben gekommen, und nur wenige hatten den Vermerk „Durch Krankheit" oder gar „Durch hohes Alter". In der neuerstandenen Silberstadt gehörte es offenbar zum guten Ton, „in den Stiefeln" zu sterben.

Die Nähe der mexikanischen Grenze brachte ganze Horden von Schmugglern in die sich von Stunde zu Stunde vergrößernde Stadt. Jetzt wurde der Schrei nach einem Sheriffamt laut, man brauchte einen Hüter der Ordnung. Es fanden sich drei zugleich, drei Brüder, die gemeinsam das überhandnehmende Verbrechertum im Old Baldy-Tal zu bekämpfen sich vorgenommen hatten: Wyatt, Morgan, und Virgil Earp.

Unvergänglich sind ihre Namen mit der damaligen Epoche verknüpft. Sie waren Tag und Nacht nicht zur Ruhe gekommen, an allen Ecken und Enden knallten die Colts, blühte das Banditengeschäft. Es gab mehr Falschspieler als anständige Pokerratten in der Stadt, denn die Kneipen, besonders der „Vogelkäfig", waren dauernd geöffnet und hatten Hochbetrieb. Whisky floß in Strömen. Mister Harry Selterswater — ein höchst komischer Widerspruch zur alkoholischen Sachlage — hatte eigens eine Postkutsche erworben, um im Pendelverkehr neuen Sprit für durstige Kehlen herbeizuschaffen. Der gleiche Stoff wanderte auch in Lasterhöhlen, wo abgewrackte Liebesgeldhyänen ihre mit Krampfadern übersäten Stelzen in lethargischen Tänzen schwangen und die Bazillen ihrer verseuchten Körper in den Dunst mischten, wie drüben im „Colt-Salon", oder in der „Arizona-Bar". Flüche und Verwünschungen schwirrten hier durcheinander, aber ebenso fleißig surrten zischende Bleikugeln durch die dunstschwangeren Räume und rissen die allzu heiteren Glücksjäger fort ins unbekannte Jenseits.

Es war eine tolle, gesetzlose Zeit —

Wer hätte dies von der kleinen Silberstadt erwartet, die ein deutscher Student gegründet und Mister Schieffelin ausgebaut hatte. Mister Schieffelin, der durch seine Funde steinreich geworden war, hatte dem Städtchen im brodelnden Hexenkessel des Old Baldy-Tals auch den Namen gegeben — einen reichlich sonderbaren Namen, wie es dem Unkundigen scheinen mochte. Aber der Name hielt sich an die Wahrheit — er lautete: Grabstein.

Tombstone — Grabstein.

Schließlich war Frederic Brumkow, der revolutionäre Deutsche nur deswegen in die Gegend gekommen, um sich sein Grab zu schaufeln. Und waren nicht eine ganze Menge Gräber mit den aufschlußreichen Brettern seither errichtet worden?

Der „Vogelkäfig", das größte, theaterartig ausgebaute Etablissement der Stadt, konnte die Gäste kaum fassen, die lärmend, grölend und fluchend nach Whisky schrieen. Das Geld lag buchstäblich unter dem brüchigen Fußboden, in seiner mattglänzenden Naturform. Aasgeier des Glücksspiels, Ganoven der rollenden Kugel, abgefeimte Zuträger, gewissenlose Kneipenwirte; Strolche und Halunken aus aller Welt, mit glattem Haar, fettglänzenden Visagen und raubvogelähnlichen Blicken; sie alle gaben sich hier ein Stelldichein. Dazwischen mischten sich berüchtigte Schießer aus Texas, die ihre Kunst an den Meistbietenden verkauften, nebst dürrleibigen Köderhaien, denen das Talent gegeben war, mit habgierigen Blicken immer wieder ein Opfer ausfindig zu machen, um es mit ihrer zweifelhaften Kunst der Kartentricks bis aufs Hemd auszupowern. Der Abschaum der Menschheit drückte die Bänke, die Barhocker und die Sitze, eine wahre Pestilenz, wie sie aus Brutstätten der Vergiftung aufsteigt.

Bestimmt saßen auch ein paar Aufrechte dazwischen. Hier ein blutjunger Bursche, der vielleicht seinen Eltern in Tuscon durchgebrannt sein mochte, um das große Glück der Freiheit zu suchen; dort ein Mormone mit langem Schläfenbart und dem traditionellen Sektenschurz über der tiefschwarzen Hose. Seine hilflosen Augen irrten zum Himmel, Verzeihung heischend für das sündige Treiben um ihn herum, das er wohl sehen, aber nicht begreifen konnte. Ein Jünger des Lichts hatte sich in den Pfuhl des Teufels gewagt. Warum? Der Lockruf des Silbers war stark — und ein Mormone war auch nur ein Mensch.

Die Sensation Tombstones war ohne Zweifel Al Rowood. Sein Eintreffen in der Silberstadt war ein Ereignis. Al Rowood! Die Augen der Männer begannen zu glänzen, die Weiber rochen neue Kundschaft. Al Rowood, der Teufelskerl. Ein unübertroffener Kunstschütze und Zirkusreiter, ein weithin bekannter Faustkämpfer, der keine Gelegenheit vorübergehen ließ, seine Fäuste an harten, kampfgewohnten Boys zu schärfen; und ein Meisterspieler, der fast jedes Spiel gewann. Der „Fröhliche Al", wie sein Spitzname lautete, weil er so erfrischend zur Laute singen konnte, wobei in seinem hübschen Gesicht stets ein fröhliches Lachen wohnte — er hatte die ganze Welt zum Freund, bis auf drei, die ihm übelwollten: Wyatt, Morgan, und Virgil Earp, die Hüter des Rechts in Tombstone. Aber was konnten sie Rowood schon anhaben, solange er sich friedlich verhielt, und nicht als erster zu den Waffen griff; und solange er den Burgfrieden wahrte?

In Tombstone konnte man auch auf unblutige Art und Weise eine Menge Dollars machen: Man brauchte doch nur die dämlichen Schafe zu scheren, die tagsüber den gewünschten Reichtum aus der harten Erde kratzten, um ihn abends dem Moloch Kartenspiel zu opfern.

In der Ecke der großen Kneipe saßen sie beisammen, die abgegriffenen Spielkarten auf die Tischplatte trommelnd, und abermals flogen ungereimte Wortfetzen hin und her, charakteristisch für die Situation. Nichtssagendes, oft nur begonnen und wieder versickernd — Worte ohne spürbaren Sinn und Zweck, seelenloses Geschwafel... trotzdem aber mit einem versteckten Kern von Wahrheit, der in einer unbewußt schwelenden Gemütsbewegung gedieh.

„Stinkige Luft hier... verdammt stinkige Luft..."

„He, Dan... wir spielen Poker —"

„Ich weiß — bin schon wieder geistig weggetreten —"

„Trumpf... Flush..."

„Das macht nur die Luft... sie stinkt wie Taubendreck —"

„Stop... Royal Flush..."

„Oh —"

„Kismet. Seit meine Faust verunglückt ist, hat mich das Glück verlassen. Der Schwarze soll in der tiefsten Hölle braten —"

„Pik-As?"

„Unsinn — Dan, alter Strauchdieb... der Schwarze... der schwarze Fred..."

„Spielen wir Poker — oder erzählen wir Stories?"

„Das war Al... der große Al... bei ihm versagt jede Kunst."

„Ich gebe..."

„Der eine hat den Silber-Colt — der andere blutige Finger..."

„Pflasterhirsch... spielen wir oder spielen wir nicht?"

„Das macht nur die Luft — die stinkige Luft..."

„Kreuz-Bube... so knallhart wie der Blonde..."

„Her mit dem Zunder... alles Schiet... verdammter Schiet —"

„... wie der Blonde..."

„Welcher Blonde?"

„Der Stahlharte, der den Titel gewann... gegen Dan..."

„Was ist...?"

„Kümmere dich um die Luft... um die dreckige Luft..."

„Du sagtest doch gerade Dan..."

„Aber Dan Barry, der den Titel verlor —"

„An wen?"

„An mich, du Trottel..."

Al Rowood hob die Augen. Dan Barry? Ach ja — er hatte davon gehört. Dan Barry, der Meister aller Klassen im Schwergewichtsboxen, hatte seinen Titel verloren — an einen blonden Texaner, der ihn so jämmerlich zertrommelte, daß er geschworen hatte, nie wieder durch die Seile zu klettern.

Dan Haller verzog sein Gesicht, als habe er in eine Zitrone gebissen.

„Das macht nur die Luft... die stinkige Luft —" orakelte er, neue Kartenblätter vom Spieltisch aufraffend.

„Troll dich 'raus —"

„Spielen wir nun Poker oder nicht?"

„Ich bin am Zug..."

„Wie heißt der Blonde?"

„Tonny Löc... blöder Name."

„Jonny Cönn... oder so. Egal, meinetwegen Conny Cöll..."

„So war er... jetzt weiß ich's!"

„Spielen wir nun Poker oder nicht, verdammt!"

„Es soll sich um einen Grenzreiter handeln, um eine Polizeimaus..."

„Nette Mäuse..."

„Jedes Mäuschen sucht ein Loch, hahaha — jedes Häuschen einen Koch —"

„Idiot!"

„Das reimt sich nicht. In der Nacht da knattern Schüßchen und im Cañon schwimmt ein Flüßchen..."

„Spielen wir Poker — oder... was?!"

„Nein, hahaha... nun gebt mir eure Silberklümpchen — hab' doch eine Hand voll Trümpfchen..."

Nun war es genug. Al Rowood schmetterte seine Karten auf den Tisch, er wollte sich das blödsinnige Geschwätz nicht mehr länger mit anhören.

„Spielen wir... oder was —?!" knurrte Stan Moohawk, der Riese.

Dan Haller wollte gerade wieder seine idiotischen Sprüchlein von der stinkigen Luft, das er für sein Gastspiel in Tombstone einstudiert hatte, von sich geben, als Stan Moohawk plötzlich zu grunzen aufhörte.

„Der Schwarze..." sagte er im Flüsterton.

Nun hatte ihn auch Pitt Hoover, der Spieler mit der verkrüppelten Hand, gesehen.

„Er ist es... meine Flüche haben ihn herbeigewünscht... er ist es..."

„Wer?"

„Der ‚Schwarze Fred' —"

„Fred Lockh?" Von ihm hatte Al Rowood schon gehört, der Boy interessierte ihn nur wenig. Wer war schon Fred Lockh? Ein Einzelgänger, von dem kaum bekannt war, was er überhaupt trieb. Drüben in Texas sollte er sich einen ähnlichen Namen gemacht haben wie zum Beispiel Sam Brash in Utah, der sich ausschließlich nur zu dem Zweck in den Kneipen des Mittelwestens herumtrieb, um ständig neue Ziele für seine beiden Coltrevolver zu suchen. Al Rowood witterte Konkurrenz. Er war gewohnt in seinem Reich — und er hatte sich Tombstone als seinen neuen Wirkungskreis auserkoren — allein zu herrschen. Er betrachtete den hochgewachsenen, kräftig gebauten Mann mit den schwarzen Haaren, dem saloppen Gang und dem nichtssagenden Gesicht eingehender. Also so sah Fred Lockh aus, von dem irgendwelche Gerüchte umgingen, er sei hinter erfolgreichen Banditen her, um diesen dunklen Herrschaften wieder ihren schnell verdienten Reichtum abzunehmen. Ähnlich trieb es auch Brash in Utah, und ein elegant gekleideter Boy namens Neff Cilimm stand in dem Ruf, die bekanntesten Spielerkönige in nervenaufreibenden Partien mit den eigenen Waffen zu schlagen, um sie wieder bettelarm zu machen. Vor solchen Boys mußte sich jeder ehrgeizige Mann im Mittelwesten, der keine bösen Überraschungen erleben sollte, in acht nehmen. Al Rowood nahm sich daher ebenfalls vor, auf der Hut zu sein. Nicht ausgeschlossen, daß es Fred Lockh auf ihn abgesehen hatte. Vielleicht hatte sein schnell aufgeblühter Ruhm den „Schwarzen Fred" nach Tombstone getrieben, um seinen Glanz zu verdunkeln? Wer weiß —

Fred Lockh hatte sich soeben erhoben und ein paar Münzen auf den Tisch geworfen; er schickte sich an, das Lokal zu verlassen.

„Ein gefährlicher Bursche..." näselte Dan Haller hinter ihm drein.

Pitt Hover blickte auf seine zerschossene Hand, die ihn seines Lebens nicht mehr froh werden ließ. Haß loderte aus seinen kleinen, bösen Augen. Der Urheber seines Unglücks war in Tombstone: das war Grund genug, einen wilden Sturm in seinem Innern zu entfesseln. „Meine Flüche haben ihn herbeigewünscht", kam es unheilverkündend über seine Lippen.

Stan Moohawk, der Riese, griff sich ans Kinn, als fühle er immer noch den schmerzlichen Hieb, der ihn damals ins Reich der Träume sandte, am Rande des Grand Cañon.

„Mich juckt es in den Fäusten", brummte er wie ein Bär, einer langersehnten Beute ansichtig, „wir werden es diesmal klüger anfangen!"

„Er hat Ed Cooper auf dem Gewissen—"

„Was mag ihn nach Tombstone geführt haben?"

Ein hinterlistiger Blick aus den Augen Dan Hallers traf Al Rowood.

„Meinetwegen nicht, ich bin für ihn nicht interessant genug —" sagte er.

„Wegen mir vielleicht?" Der Spieler starrte auf seinen Handstummel, „ich kann keinen Colt mehr ordentlich zwischen die Finger nehmen — obwohl ich nichts lieber täte..."

„Du hast ja noch die Linke..."

„Der ‚Schwarze Fred' ist immer nur hinter Coltkönigen her. Bin ich vielleicht einer?"

„Nein", kicherte Dan, „du triffst auf fünf Yards kein Scheunentor —"

„Er ist hinter Al Rowood her", flüsterte Pitt Hoover mit einem seltsamen Licht in den Augen, „ich habe gesehen, wie er ihn fixiert hat —"

„Hat er das?" Der Coltmann zog die niedere Stirn in Falten.

„Ich habe es genau gesehen." Hinter der Stirn des Spielers traten Hinterlist und Falschheit in Aktion. Er mußte Al Rowood auf Fred Lockh hetzen; Rowood war das einzige Werkzeug seiner Rache, er konnte den Schuß heimzahlen, der ihm die Hand verstümmelte. Mit Befriedigung sah er, wie sich der „Fröhliche Al" erhob, in seinem lächelnden Gesicht stand noch etwas, das mit Humor nichts mehr zu tun hatte.

„Al Rowood ist nicht stark genug", sagte der Spieler, ganz leise, so daß es der Davonschreitende nicht mehr hören konnte. „Wir müssen uns in Bereitschaft halten..."

„Pitt hat recht", näselte Dan Haller, „gehen wir... die Luft hier drin ist wirklich stinkig —"

*

Am unteren Ende der Tingle-Street, der einzigen Straße von Tombstone, stand der Salon „Zur ewigen Unschuld". Das Blechschild war von zahlreichen Schüssen durchbohrt, und es war nicht ganz klar, ob Übermut nächtlicher Zecher oder die Empörung vereinzelter Puritaner sich in diesen Löchern dokumentierten. Ein finster dreinblickender Mann hatte vor Jahresfrist die Kneipe eröffnet, zusammen mit seiner Hauptattraktion, Miß Joan, dem einzigen weiblichen Wesen, das in Tombstone das Ansehen wert war. Unnahbar für jeden Gast wie sie war, schien sie in der Tat diese ewige Unschuld zu verkörpern. William Heston, der Keeper, achtete streng darauf, daß sie nicht gegen ihren Willen belästigt wurde und der „Schöne Charleston" und sein Busenfreund, der „Helle Bill", waren engagiert, ungebetene

Annäherungsversuche durch betrunkene Zecher bereits im Keim zu ersticken.

Indessen verstand es Miß Joan unzweifelhaft, die Gäste mit ihrem Gesang genauso zu begeistern, wie mit wirbelnden Tänzen. Sogar mit Zauberkunststücken, Bodenakrobatik und Jonglierakten konnte sie aufwarten, abwechslungsreiche Darbietungen, die die Gäste von dieser schlanken, mädchenhaften Schönheit mit Entzücken entgegennahmen. Der Salon „Zur ewigen Unschuld" war Fred Lockhs nächstes Ziel. Warum er der abseits gelegenen Bar am untersten Ende der Tingle-Street zustrebte, wußte er selbst nicht.

Irgendein Unbewußtes mußte ihm den Namen Miß Joan eingegeben haben. Übrigens erinnerte er sich unterm Gehen an eine Jugendgespielin gleichen Namens, ein putziges, verspieltes Mädchen, das nur Allotria im Köpfchen hatte. Das war drüben in Bisbee, wo sein Vater eine kleine Farm betrieb. Als er die Kneipe „Zur ewigen Unschuld" betrat, war er höchst erstaunt...

„Joan?" sagte er überrascht.

Das blondhaarige Mädchen erhob sich, das gleiche Erstaunen in den geschminkten Zügen. Erstaunen worüber? Über den vertraulichen Ton des Fremden — oder über das plötzliche Auftauchen eines alten Bekannten?

„Bist du es wirklich? Mädchen... kleiner Kobold?" So hatte er sie früher immer genannt, als sie noch Kinder gewesen.

„Fred —" kam das erlösende Wort. Er hatte sich also nicht geirrt; sie war es. Die kleine Joan, die er einmal unbedingt heiraten wollte, weil er es für unmöglich hielt, sich von ihr trennen zu können. Nun ja, Kinderjahre. Das Leben hatte es ganz anders beschlossen.

„Wie geht es dir, Joan?"

„Ich bin zufrieden —"

„Hier — im wildesten Brennpunkt des Westens?"

„Ich kann nicht klagen. Und du, Fred, mein Hochzeiter auf der Schulbank — was ist aus dir geworden?"

„Nichts besonders —"

„Trieb dich der Zufall nach Tombstone?"

„Die Neugier, Joan —"

Sie lachte hellauf, das war wieder die alte, lustige Joan.

„Setz dich, Fred." Zwei nicht gerade friedlich aussehende Gestalten näherten sich, aber das Mädchen winkte ab, worauf sie sich sofort zurückzogen. „Meine Schutzgarde, ohne die ich hier nicht auskommen kann. Mister Heston ist sehr auf meine Sicherheit bedacht."

„Wer ist Heston?"

„Der Besitzer dieser Bar, Fred. Aber nun sag schon, warum du wirklich nach Tombstone gekommen bist. War es das Silber?"

„Auch." Fred Lockh wollte nicht Farbe bekennen. Aber er setzte noch hinzu: „Ich habe in Virginia City etwas Glück gehabt — und jetzt auch wieder drüben in Bisbee. Es reicht nun ein paar Jahre, denn ich bin kein Säufer und erst recht kein Spieler."

Das Gesicht des Mädchens wurde ernst. Der strahlende Glanz der Fröhlichkeit verschwand wie eine stürzende Blendfassade.

„Tombstone ist nichts für dich", sagte sie dann leiser, „Tombstone ist Gift für Boys, die mit ihren Colts so gut umzugehen verstehen wie du. Fred, ich habe viel gesehen und erlebt, ich habe eine Menge scharfer Schützen kennengelernt. Keiner aber war wie du, keiner hätte sich mit dir vergleichen können, obwohl du damals noch ein

Knabe warst, als ich dich zum letzten Mal schießen sah. Männer mit solcher Begabung leben hier nicht lange..."

„Wie soll ich das verstehen?"

„Sie können die Waffe nicht im Halfter sitzen lassen! Fred, glaube mir —" ihre Stimme war noch eindringlicher geworden, „du bist ein durch und durch anständiger Boy, den ich nur achten und schätzen kann. Es ist dir nicht gegeben, tatenlos zuzusehen, wie die Gemeinheit aus allen Ecken und Enden emporschießt. Da mußt du zupacken — du kannst nicht anders, ich weiß das, du hast es zu Hause nicht anders gesehen. Aber solche Männer existieren in Tombstone nicht lange, sie sind Einzelgänger, die ohne Hilfe und Gleichgesinnte bleiben und nur ein ganzes Heer von Feinden gegen sich haben. Für sie kann diese verdammte Stadt immer nur zu dem werden, was ihr Name bedeutet, ein Grabstein. Oder..." sie stockte. Argwohn glitt über ihre Züge. „...bist du inzwischen abtrünnig geworden? Bist du etwa zur schwarzen Hammelherde gestoßen?"

„Nein, nein, Joan! Wo denkst du hin!"

„Dann befolge meinen Rat. Verlaß Tombstone, verlaß die Silberstadt, sie ist nichts für Aufrechte und Ehrliche, die anständig bleiben wollen."

„Du bist ja auch..."

„Ich bin eine Frau", unterbrach Joan, „und im übrigen befinde ich mich unter ausreichendem Schutz. Erst gestern habe ich den gleichen Rat einem jungen Texaner geben müssen, der meine Nähe suchte. Komisch, Fred, er sah aus wie du. Als du soeben durch die Tür kamst, glaubte ich im ersten Moment, er sei zurückgekommen."

„Wie ist sein Name?"

„Sam —"

„Sam Brash?"

„Er nannte nur seinen Vornamen."

„Was ritt er für ein Pferd?"

„Einen Schimmelhengst, glaube ich, wenn ich richtig gesehen habe. Ich verstehe nichts von Pferden. Aber gib mir jetzt das Versprechen, Tombstone zu verlassen. Siehst du dort drüben den langen Boy, mit dem schwarzen Stetson und dem hellroten Halstuch? Das ist Al Rowood. Hast du schon von ihm gehört?"

„Nein —"

„Er hat sich in den Kopf gesetzt, mein Freund zu werden. Aber ich..."

Fred Lockh starrte gedankenverloren über die Köpfe der lärmenden Gäste. Al Rowood. Natürlich hatte er diesen Namen schon einmal gehört. Handelte es sich um den „Fröhlichen Al"? Dann allerdings hatte er es mit einem der gefährlichsten Schießer Arizonas zu tun. Die zierliche Laute, die er auf dem Rücken bei sich trug, täuschte ihn über die Zweifelhaftigkeit dieses Gesellen nicht hinweg; das war nur eine Tarnung.

In diesem Augenblick näherte sich ein älterer Mann den beiden, der einen finsteren Blick aus buschigen Brauen auf Fred Lockh warf.

„Joan", sagte eine heisere Stimme, „Zeit zum Auftritt —"

„Sofort, Mister Heston!"

Das Mädchen zog den Jugendfreund etwas mit sich.

„Wirst du auf mich hören, Fred? Wirst du Tombstone verlassen?

„Hm... Kann ich dich später irgendwo treffen?"

„Warte, wenn der Rummel hier vorüber ist, an der Schieffelin-Mine auf mich." Dann war sie fort.

Fred Lockh wollte sich entfernen, da bemerkte er, daß Mister Heston an seine Seite getreten war.

„Miß Joan liebt keine Herrenbekanntschaften, Boy", murmelte der Keeper heiser aus einer stinkenden Whiskywolke, „sie ist nicht zu ihrem Vergnügen, sondern um zu arbeiten hier..."

Was Fred Lockh erwidern wollte, wäre bestimmt keine Schmeichelei geworden; aber er hielt sich zurück. Keine Unannehmlichkeiten für Joan, dachte er; er kannte ihr Verhältnis zu dem Barbesitzer nicht, der einen äußerst ungünstigen Eindruck auf ihn machte. Es hieß zuerst überlegen und das Ganze überdenken; im Grunde gefiel ihm diese Sache hier nicht. Er tippte kurz gegen seinen Stetson und machte brüsk kehrt.

Als er nun in die sternklare Nacht hinaustrat, ahnte er allerdings nichts von dem Beginn eines erregenden Abenteuers, das sein Leben schicksalhaft beeinflussen sollte — —

*

Der Eingang zur großen Schieffelin-Mine, die mit starken Wänden aus zolldicken Bohlenbrettern geschützt war, lag im ungewissen Zwielicht des Mondes. Wolkenfetzen zogen hoch oben vorüber und verdunkelten die trostlose Landschaft mit düsteren Schatten.

Mitternacht war schon längst vorüber. Fred Lockh stand in einer Bodenmulde, den Rücken gegen eine Holzabschirmung gelehnt, und wartete geduldig. Er wußte, wie unzuverlässig das Leben war, wie launenhaft die Umstände sein konnten. Von Joan war weit und breit noch nichts zu sehen.

Es war windstill. Nichts regte sich am südlichen Ende

des Hauptstollens, wo er sie wunschgemäß erwartete. Ob ihr nicht doch etwas zugestoßen war? Unruhe erfaßte den jungen Mann, und ein unbestimmtes Gefühl, das zur Vorsicht mahnte, ergriff von ihm Besitz. Um sich das Warten zu verkürzen, rauchte er eine Zigarette nach der anderen, aber schließlich war seine Geduld erschöpft. Er blieb dabei, daß die Sache ihm nicht gefiel und daß etwas im Gange war, was einer raschen Klärung bedurfte. Die Atmosphäre in der Bar, in der Joan angestellt war, dieser Mister Heston selbst, die beiden Aufpasser, die sich während seiner Unterhaltung mit dem Mädchen drohend genähert hatten: dies alles hatte sein Mißfallen, seine Aufmerksamkeit und schließlich seinen Argwohn erregt. Sicher brauchte Joan Hilfe, weil sie Lumpen in die Hände gefallen war, die sie skrupellos ausnützten. Sie war immer, solange er denken konnte, ein fröhliches, lebenslustiges Geschöpf gewesen, dem alles zum Objekt übermütigster Laune dienen mußte.

Er hatte diese Natürlichkeit an der einzigen Tochter seines Nachbarn John Mansfield besonders geliebt, war er doch selber das Gegenteil davon, zurückhaltend, verschlossen und schweigsam. Sein Blick war immer mehr nach innen gerichtet, ein Charakterzug, der vielen Menschen anhaftet, die von Geburt an mit einem Hang zur Einsamkeit ausgestattet sind. Gegensätze ziehen sich an, und so hatte er — wenn er es sich auch nicht eingestand — lange Jahre damit verbracht, an einer ebenso stillen wie unfruchtbaren Liebe herumzurätseln. Als vor drei Jahren Joan plötzlich von ihrem Heimatdorf verschwand, war er wie aus allen Wolken gefallen. Er hatte sie gesucht, weil er glaubte, sie wiederfinden zu müssen, doch sie war nicht mehr zurückgekehrt, wie sehr dies auch ihre aufgebrachten Eltern gewünscht hätten. Und nun hatte der Zufall sie zusammengeführt.

Fred Lockh nahm sich vor, Tombstone nicht zu verlassen, ehe er Licht in dieses Dunkel gebracht. Schemenhaft lag die häßliche Silhouette der Silberstadt, in die innerhalb weniger Wochen nahezu zwanzigtausend Menschen geströmt waren, um ihr Glück zu suchen, im großen Old Baldy-Tal. Die Fluten des San Pedro River, in denen sich das spärliche Licht des gestirnten Himmels spiegelte, zogen träge dahin. Am Ufer des Flusses standen armselige Hütten, von Diggern errichtet, die tagsüber im seichten Sand Gold wuschen. Im Westen dräute die Bergspitze des Old Baldy herüber, und im Osten der Felsgrat des Chiricahua Peak.

Fred Lockh nahm diese spärlichen Schönheiten der Nacht jedoch kaum auf, als er auf Flocke in sanftem Galopp die lange Straße zurückritt, die nach Tombstone hineinführte. Im „Vogelkäfig" brannte noch Licht. Die heiseren Stimmen der Betrunkenen drangen schrill und lärmend ins Freie; ein alter Musikautomat ächzte sein Gedudel durch die geöffneten Fenster. Fred Lockh ritt im weiten Bogen, denn Flocke liebte keinen Krach, sie hatte ein feines, zartbesaitetes Gemüt, das nur den weichen, einschmeichelnden Cowboyliedern offen war, die einmal vor langer Zeit nur darum entstanden sind, die verängstigten Pferde in den Korrals zu beruhigen. Sie passierten die Kneipe Wyatt Earps, des Sheriffs von Tombstone; sie hatte ihre Pforten bereits geschlossen. Endlich erreichten sie die Bar „Zur ewigen Unschuld". Aus den Fenstern der langgestreckten Baracke drang noch der Schein einer flackernden Ölfunzel. Fred Lockh sprang aus dem Sattel und versorgte die Stute, damit sie sich nicht, durch plötzliche Schüsse oder das Grölen von Betrunkenen erschreckt, entfernen konnte. Dann schlich er vorsichtig die hintere Wand des niedrigen Gebäudes entlang und spähte durch ein Fenster. Ein paar schlafende Goldgräber hockten herum, die Köpfe in den Armen vergraben oder auf die bloße Tischplatte gelegt; einer stand schwankend vor dem Monstrum des Musikautomaten und versuchte vergeblich, eine Münze durch den Schlitz zu stecken. Er hatte keine Kontrolle über seine Bewegungen mehr. An der Theke ordnete Mister William Heston persönlich die Flaschen, zählte die Gläser und reinigte die eisenbeschlagene Schankplatte. Außer der Ölfunzel sah Fred kein Licht mehr, und von Joan und ihren beiden Wächtern konnte er nichts entdecken. Wohnten sie hier und wo befanden sich die Schlafräume?

Er kreiste um die Baracke wie eine hungrige Katze um den Napf, aber nirgends fand er Bewegung oder irgendwelche Geräusche. Er kehrte wieder zum erleuchteten Fenster zurück und maß mit seinen Blicken den Umfang des ganzen Lokals. Zum Teufel, hier mußten sich doch private Räume befinden. Sicher hatte er sie am unteren Ende der Baracke zu suchen. Er fand eine schmale Tür, unverschlossen. Dennoch wagte er nicht einzutreten, da Heston ihn sofort wiedererkennen würde, wenn er ihm in den Weg käme. Dann dachte er, daß es am besten sei, den Keeper selbst zu fragen; davon versprach er sich den größten Erfolg. Gedacht — getan. Der Barbesitzer machte ein erstauntes Gesicht, als er plötzlich den späten Gast auftauchen sah.

„Einen Whisky, Keeper —"

William Hestons Gesicht verdüsterte sich, wie der Mond durch eine vorüberziehende Wolke.

„Dich kenne ich doch, Boy", sagte er, „natürlich..."
Er brachte seine feiste Gestalt in Bewegung, lief um die Theke herum und packte Fred vorn an der Lederweste: „Wo hast du sie hingeschafft? Du mit deinen Komplicen!"

„Wen?"

„Miß Joan! Kurz vor Mitternacht hat sie das Lokal verlassen, sie wollte sofort wieder zurück sein. Du bist doch der Freund von ihr aus ihrem Heimatdorf?"

„Allerdings —"

„Wo hast du sie hingeschafft, Halunke — zu dir hat sie gewollt! Ihren Jugendfreund aus Bisbee wollte sie treffen!"

„Wo ist Joan?"

„Frag nicht so dämlich! Los zum Sheriff mit dir! Wyatt Earp interessiert sich für deine Sorte."

Das Geschrei des Keepers hatte ein paar Schlafende geweckt, die jetzt herbeisprangen. Mit einiger Mühe gelang es Fred, sich den Griffen des wütenden Keepers zu entziehen, aber seine Erklärungen verpufften wirkungslos. Mister Heston begann, mit den Fäusten auf ihn einzuschlagen, und so blieb ihm keine andere Wahl, als sich zu wehren. Sein erster Boxhieb schon auf das massige Kinn ließ die Gestalt zusammensacken, und ein paar Schläge setzten die herbeigeeilten Helfer außer Gefecht. Wenige Sekunden später raste er draußen die Wand der Baracke entlang, während er hörte, wie es hinter ihm lebendig wurde. Fred Lockh hatte keine Lust, sich in nutzlose Faust- oder gar Revolverkämpfe einzulassen; sie würden die mysteriöse Angelegenheit nur komplizieren und zudem konnte es ihm passieren, daß ihn ein verirrter Schuß doch ins Leder traf. Als flüchtiger Verwundeter wäre er erst recht verdächtig gewesen. Er erinnerte sich der schmalen Tür am unteren Ende des Gebäudes und da er sie schon erreichte, riß er sie auf und sprang ins Dunkel, während er sie leise hinter sich ins Schloß zog. Draußen rannten seine Verfolger mit wütendem Schreien vorbei.

Er wartete. Die Minuten verrannen, als seien es Stunden. Die Verfolger kamen zurück, schimpfend und grollend, der Lärm ihrer Stimmen verlor sich langsam in der Ferne.

Wieder vergingen Minuten, endlose Minuten —
Da... Schritte —
Sie näherten sich der schmalen Tür. Fred hatte also richtig vermutet: sie führte in die Privaträume Mister Hestons.

Er drückte sich noch tiefer in die muffige Ecke, in der allerlei Gerätschaften herumlagen, Schaufeln, Pickel, Besen und Eimer.

Die Tür öffnete sich und die Gestalt des Keepers, die sich im Zwielicht des Mondes abzeichnete, stolperte an ihm vorbei. Im finsteren Flur knarrte eine Tür.

„Endlich", flüsterte eine Stimme, „wo bleibst du denn so lang?"

War das nicht eine weibliche Stimme gewesen? Fred mußte Gewißheit haben. Er schob sich langsam nach vorn, sorgsam darauf bedacht, nirgends anzustoßen. Langsam fuhr seine Hand die Holzwand entlang, bis sie einen Türrahmen ertastete. Er legte sein Ohr an den Türschlitz. Wieder vergingen Minuten. Aber kein Wort, keine Silbe, nicht das kleinste Geräusch war zu hören. Ob er es wagen konnte, die Klinke herabzudrücken? Er spürte sie deutlich in seiner Hand. Wenn nur die Dunkelheit nicht so unheimlich gewesen wäre. Aber er konnte nicht ewig stehen und lauschen, es mußte etwas geschehen, Joan! Joan war in Gefahr. Vielleicht wurde ein Verbrechen an ihr begangen? Fred mochte an keine Entführung glauben, ein Girl konnte doch leicht ein Rendezvous haben, das bis zum Morgengrauen dauerte. Aus welchem Grund aber konnte Heston behaupten, Miß Joan sei entführt worden? Und woher wußte er von der Verabredung? Von der Jugendfreundschaft. Fred Lockh war fast davon überzeugt: dem Keeper war nicht zu trauen, und es gab für ihn im Moment keine andere Aufgabe, als hinter die Geheimnisse zu kommen. Er mußte die Klinke nach unten drücken, selbst auf die Gefahr hin, sich durch das Knarren der Tür zu verraten. Vielleicht hatte er Glück, wenn er vorsichtig zu Werke ging. Tatsächlich gab die Tür seinem vorsichtigen Griff nach, ohne ein Geräusch laut werden zu lassen. Ein kleiner Raum nahm ihn auf, spärlich vom Mondlicht erhellt. Aber da war niemand und es führte auch keine sonstige Tür aus der Kammer. Trotzdem drangen verhalten Stimmen an sein Ohr, aus irgendwelcher Entfernung kommend. Fred entdeckte plötzlich einen schwachen Lichtschein am Boden, der sich in quadratischen Streifen verriet. Also ein Falltür: die Baracke war unterkellert. Ohne Schwierigkeiten gelang es Fred die Bodenluke zu öffnen, die in einen schwach erleuchteten Vorraum führte, mit allerlei Kisten, Korbflaschen und gefüllten Säcken verstellt. Er glitt in die Tiefe hinab, ohne die hierfür bestimmte Leiter zu benützen. Wenige Sekunden später hatte er die Tür in den Wohnraum Mister Hestons entdeckt. Jetzt drangen Stimmen deutlich daraus hervor.

„Dieser Schuft — dieser verdammte Schuft..." hörte er schimpfen.

„Beruhige dich, Mann..." beschwichtigte eine Frauenstimme.

„Er hat sie überredet, von hier fortzulaufen! Hat sie vielleicht fortgeschleppt!"

„Wer?"

„Was rede ich denn die ganze Zeit? Hör besser zu!"

„Du bist ungerecht. Einmal sprichts du von ihrem Jugendfreund, und dann sagst du — es sei Al Rowood gewesen..."

„Ich weiß es nicht, ich bin ganz durchgedreht. Sie hat mich eine Menge Geld gekostet und hat sich noch nicht bezahlt gemacht. Ich verliere..."

„Man muß Geld und Menschen auseinanderhalten, wir leben in einem demokratischen Land —"

„Erwürgen werd' ich ihn!"

„Erst mußt du ihn haben — und einen Al Rowood erwürgt man nicht ohne weiteres. Vielleicht liebt sie ihn?"

„Glaubst du?"

„Wenn ich Geschirr wasche, beobachte ich so einiges —"

„Das sagst du mir erst jetzt?!"

„Was soll schon dabei sein? Sie haben stets heimlich getuschelt, wenn sie zusammenkamen. Noch kein Mann hat bisher auf Joan den Eindruck gemacht wie Al Rowood. Das habe ich auf den ersten Blick gesehen. Sie hat sich verliebt — das ist alles —"

„Dann habe ich dem anderen Unrecht getan — aber ich bin ja gestraft genug..."

„Laß die Finger von solchen Mädchen, Mann", kam die weibliche Stimme warnend, „hübsche Mädchen haben im Wilden Westen einen steten Begleiter, den Tod. Sie bringen nur Unglück, Aufregung und Streitigkeiten — sie bezahlen sich nie!"

„Ich werde einen Spieltisch aufstellen — das wird der richtige Kassenmagnet sein."

„Mann, das ist eine Idee!"

Fred Lockh vernahm dies deutlich wie einen Stoßseufzer, weiblichen Lippen entflohen. Lautlos entfernte er sich aus den Kellerräumen. Er wußte nun Bescheid, bei Al Rowood hatte er Joan zu suchen. Er mußte wissen, warum sie zum verabredeten Stelldichein nicht gekommen war, und er hatte vor, ihr noch einige andere Fragen vorzulegen — —

*

Dunkel lag die Straße.

Fred Lockh hastete die primitiven Bretterbuden entlang, nichts im Sinn als nur den einen Gedanken, Al Rowood zu finden. Schnarchen drang aus den offenen Fenstern, und hier und da wurde noch häßliches Schimpfen laut oder das Kreischen einer zänkischen Weiberstimme.

Dunkel lag die Straße.

Sie glich einer Höhle ohne Anfang und ohne Ende, von zwergischen Hütten begrenzt. Der Weg des nächtlichen Wanderers führte an Indianertipis vorbei, an Zeltbauten, wie sie von den Trappern der nordamerikanischen Wälder verwendet wurden, und selbst an Erdlöchern, in denen noch Menschen hausten.

Auf einem freien Platz zwischen den notdürftigen Unterkünften schliefen Männer im Freien, nur unzulänglich mit Fellen zugedeckt. Aus einem Heuhaufen ragte ein bärtiger Schädel. Das Mondlicht fiel auf ihn und warf gebirgige Schatten in der Landschaft seines Gesichtes hervor; rythmisch klappte der Mund des Schläfers auf und zu.

Immer noch torkelten Betrunkene die Straße hinunter, singend und lärmend, halbgeleerte Whiskyflaschen in den Händen. Fred Lockh wich ihnen nicht aus, sie schwankten ohnehin wie vom Orkan getrieben. Vor einem etwas größeren Gebäude machte er halt; es sah aus wie eine Kirche. Ein turmähnlicher Oberbau ruhte auf einer langgestreckten Baracke und jetzt sah er auch das Kreuz. Ein uralter Mann hockte auf den Stufen zum Eingang, auch er schien zu schlafen. Als aber Fred Lockh stehenblieb, um die Kirche — offensichtlich eine mormonische — näher in Augenschein zu nehmen, erwachte der Alte und erhob sich umständlich.

„Kommt er endlich ... kommt er endlich ... hat er mich vergessen?" stammelte sein zahnloser Mund.

„Wer Väterchen?" fragte Fred teilnahmsvoll.

„Der Herr ..."

Fred Lockh blickte in ein irres Augenpaar. Diese erbarmungslose Welt hatte nichts übrig für alte Männer, die ausgemergelt, verbrannt und zu nichts mehr nütze waren. Man sah sie oft in irgendeinem Winkel zusammenbrechen und krepieren. Wie räudige Hunde krepierten sie, so ging in dieser schrecklichen, grandiosen Zeit das Menschenleben zu Ende —

Ein hochgewachsener Mann ging vorüber; Fred Lockh blickte ihm nach, er glaubte ihn gekannt zu haben, aber er hatte sich getäuscht. Der Mann ging vorüber und der Alte schlug die Hände vors Gesicht.

„Er ist es ... mein Gott ... der Teufel kommt, mich

abzuholen!" Dann rannte er, aus dürrer Kehle heiser krächzend, in die Nacht hinein.

Dunkel lag die Straße —

Fred Lock schüttelte verwirrt den Kopf, aber er tröstete sich mit den Worten jenes sarkastischen Weisen, daß die ganze Welt letzten Endes ein Irrenhaus sei, in dem nur wenige Normale lebten — nämlich die Verrückten. Der großgewachsene Mann erinnerte ihn in diesem Augenblick an Al Rowood, so daß er unverzüglich seinen Weg fortsetzte, der ihn an die Pforte des „Vogelkäfigs" brachte. Hier war noch Betrieb, es wurde gewürfelt, gebechert, und scharfer Gin floß durch die heisergeschrieenen Kehlen. Fred Lockhs Blicke flogen über die illustre Schar, über die Köpfe dieser lärmenden Dohlen, die mit dem Musikautomaten um die Wette grölten. Er stutzte, denn auch hier glaubte er Bekannte entdeckt zu haben — sie hatten auch ihn bemerkt. Dem Riesen dort am runden Tisch, unmittelbar vor der Theke, der ihn soeben mit hämischen Blicken anstarrte, war er schon einmal begegnet. Er erinnerte sich — es war erst kürzlich droben am Grand Cañon gewesen — und da war auch der Spieler, der seine Waffe gegen ihn gezogen. In seiner verkrüppelten Hand staken die Spielkarten fächerförmig, wie ein Gewächs auf wurzeliger Knolle. Auch den dritten im Bunde glaubte er zu erkennen: diese blöd grinsende Visage hatte er mit einem einzigen Faustschlag in eine Maske verwandelt, die verstaubt am Boden lag. Drei Augenpaare, aus denen Mordgelüste blitzten, glotzten ihn jetzt an. Aber Fred Lockh hatte nicht die Absicht, zu dieser Stunde mit den rünstigen Gesellen anzubinden. Indessen konnte er es sich nicht verkneifen, sie mit einem herausfordernden „Bye

bye" zu begrüßen, ehe er den „Vogelkäfig" verließ und wieder in die Nacht hinaustrat.

Auf diesen spöttischen Salut hätte er es allerdings nicht ankommen lassen sollen, denn kaum war er einige Schritte gegangen, als ihn ein Faustschlag in den Nacken traf. Ein zweiter ließ ihn taumeln. Er faßte sich blitzschnell und warf sich herum. Mit einer aus den Achseln geholten Geraden schlug er dem heimtückischen Angreifer derart aufs Kinn, daß es den Burschen von den Füßen riß. Aber der war nicht allein. Zwei weitere Gestalten drangen auf ihn ein, und während er den einen der beiden mit seinem nächsten Schlag verfehlte, traf seine Linke den anderen glücklicherweise mit voller Wucht. Der Getroffene schlug einen prachtvollen Salto mortale und blieb vorerst auf dem Rücken liegen. Nun war wieder der erste am Zug. Fred Lockh konnte das ihm zugedachte Geschenk zwar durch blitzschnelles Bücken ablehnen, aber ein neuer, gutgezielter Fausthieb ließ ihn zur Seite taumeln. Stan Moohawk, der Riese, hatte in die Aktion eingegriffen, wacker unterstützt von Dan Haller und Pitt Hoover, dessen gesunde Hand nicht müßig sein wollte, zum Gelingen des Sieges beizutragen.

„Nicht schießen", knurrte Moohawk, „Al hat tausend Dollar geboten, für den lebenden ‚Schwarzen Fred', tausend Dollar — verdammt..."

Mit diesem Fluch kam ihm allerdings die Erkenntnis, daß sein Nackenschlag nicht die erhoffte Wirkung hatte. Schon stand Fred Lockh wieder auf den Beinen, und jetzt war der Spieler sein nächstes Opfer, der geradezu blindlings in einen seiner weitausholenden Schwinger rannte. Pitt Hoovers Gestalt wurde plötzlich so steif wie eine Fahnenstange, die seufzend, mit wehender

Flagge, unterging. Aber inzwischen konnten die anderen Halunken wieder in den ungleichen Kampf eingreifen, und von allen Seiten prasselte es nun Hiebe auf Fred Lockh, obgleich er sich wie ein junger Löwe wehrte. Als dann noch Verstärkung aus dem Innern des „Vogelkäfig" kam, wurde seine Lage hoffnungslos. Der Bedrängte versuchte zwar noch einmal einen Ausfall, um die zahlreichen Angreifer abzuschütteln, aber es waren der Gegner doch zuviele. Ein Lasso legte sich um seine Arme, drückte sie mit einem brutalen Ruck zusammen, Fred verlor den Halt unter den Füßen — er stürzte — ...

„Nicht schießen! Al hat tausend Dollar geboten — lebend...!" gellte es ihm noch in den Ohren. Dann fühlte er sich wie ein Paket zusammengeschnürt, indes Pferdegetrappel laut wurde. Der Gefesselte wurde hochgehoben und über einen Sattel gelegt; dann ging es in eiligem Trab davon. Nur zwei Mann begleiteten den Gefangenen — der Riese Stan Hoohawk und Pitt Hoover, der Spieler. Sie boten zweifelsohne Gewähr, den „Schwarzen Fred" an den befohlenen Bestimmungsort zu bringen. Und immer noch lag Dunkel über der Straße von Tombstone — —

*

Der alte Irre, der auf den Stufen der Kirchentür Zuflucht genommen hatte, war mit allen Anzeichen des nackten Entsetzens zwischen zwei Bretterhütten hindurch in ein angrenzendes Maisfeld gerannt, vorbei an dem hochgewachsenen Fremden, der unbeirrt die Straße entlangschritt.

Sam Brash — der nächtliche Wanderer durch die Main

Street von Tombstone — hatte das hysterische Geschrei des Alten wohl vernommen, sich jedoch nur kurz umgewandt, ohne zu verhalten. Er kannte die Verhältnisse in einer so schnell aufstrebenden Silberstadt und wußte, daß es nicht gut war, sich des Nachts allein zwischen den Hütten und Baracken dieser abenteuerlichen Siedlung aufzuhalten, denn überall lauerten Gefahren, besonders, wenn einer wie er gewohnt war, sauber, ja wohlhabend gekleidet zu gehen.

Trotzdem blieb Sam Brash jetzt stehen; das Geschrei des Alten wollte nicht verstummen. Vielleicht war es doch einer, der Hilfe brauchte? Sam Brash war eine gute Haut, ein Junge vom alten Schrot und Korn, in dem sofort die Pflicht erwachte, einem Notleidenden zu helfen. Er hatte längere Zeit bei einem Indianerstamm der Sioux verbracht und dort gesehen, mit welcher Ehrfurcht die Rothäute ihre Alten und Gebrechlichen behandelten. Bei diesen sogenannten Wilden galt es als größtes Verbrechen, sich gedankenlos oder gar verletzend gegen die bejahrten Brüder und Schwestern ihres Volkes zu verhalten. Demütigung und Mißachtung des Alters hatte er erst in der Zivilisation der „Weißen" so recht kennengelernt — eine höchst zweifelhafte Tugend, bei Gott! Sam Brash kehrte um; er fand die Häuserlücke, die ins Maisfeld führte und machte sich durch lautes Rufen bemerkbar; aber die lamentierende Stimme des Alten war verstummt. Er fing an, ihn zu suchen, gab aber bald seine Bemühungen auf. Plötzlich drang entfernter Lärm an sein Ohr, der vom Ende der Hauptstraße zu kommen schien.

Dann wurde Pferdegetrappel laut. Sam Brash näherte sich wieder dem Straßenrand, um im Schatten einer

Bretterbude die Vorgänge zu beobachten. Drei Reiter preschten die Häuserreihe entlang, einer von ihnen lag gefesselt über dem Sattel eines Pferdes. Der Gefesselte bäumte sich wild in seinen Stricken, während das Reittier ungestüm mit Vorder- und Hinterhand ausschlug, so daß die beiden Begleiter es nicht wagen konnten, die Stricke zu straffen. Tatsächlich mußte der Gefesselte etwas im Schilde führen, denn indem er beständig mit Fußtritten seinen armen Gaul traktierte, versuchte er offensichtlich, sich im Schutz der auskeilenden Hufe von den Stricken zu befreien.

Sam Brash sah dies ganz deutlich; seine Augen starrten angestrengt auf den Gefangenen. Es war der Mann, den er vorhin an der Kirche hatte stehen sehen, nahe bei dem Schreienden. Der Mann war groß gewachsen und dunkel gewesen, wie es ihm schien, im Mondlicht... War das nicht —?!

Sein Atem stockte. Das war doch? Jetzt sah er's... das war doch Fred Lockh, der „Schwarze Fred" — sein Retter in der einsamen Waldschenke am Grand Cañon, wo er neben einem Toten...

Die Reiter waren schon vorübergepuscht. Es galt zu handeln. Sam Brash hatte seinen Schimmelhengst bei einem Bekannten, der in Tombstone eine kleine Silbermine betrieb, untergestellt. Dorthin rannte er jetzt die Straße zurück, als sei ihm eine giftige Riesenspinne auf den Fersen. Sam Brash träumte oft von solchen Untieren, die nur in seinem Unterbewußtsein existierten. Immer, wenn er in Gefahr war, oder wenn es galt, einen Gejagten zur Strecke zu bringen, kamen ihm die schrecklichen Geschöpfe seiner Phantasie zu Hilfe. Sie jagten ihn selbst, diese sagenhaften Ungeheuer, und jetzt flog er förmlich die Straße hinauf, erreichte keuchend die Behausung des Freundes, wo er wenige Minuten später Wolke, seinen starkknochigen Schimmelhengst, von der Futterkrippe zerrte. Wolke verspürte einen derben Schlag der sporenlosen Absätze — das war Alarm!

Er setzte sich in Bewegung, zuerst langsam, fast träge und wie erstaunt — dann aber mit der Gewalt einer Lokomotive, die mit zischenden Stößen den Boden pflügt. Wolke war ein prachtvoller Renner, mit Kraft in den Fesseln und breiter Brust, die ein erstaunliches Atemvermögen besaß. Nun zeigte er wieder, was in ihm steckte. Er fraß die Häuser, Baracken und Zelte förmlich in sich hinein und war im Nu am Ende der Tingle Street, wo sich die Prärie in unübersehbaren, sanften Wellen zu dehnen begann, mitten hinein in das fahle, unwirkliche Licht des Mondes. In dieser trostlos gleichmäßigen Landschaft war kein Reiter, ja selbst kein hungriger Präriewolf zu übersehen. Drei schwarze, sich bewegende Punkte tauchten am Horizont auf, dort, wo sich Himmel und Erde zu berühren schienen — die Verfolgten.

Sam Brash atmete auf; er war also auf der richtigen Fährte. Er vertraute auf Wolke, der von Minute zu Minute den Zwischenraum verkürzte. Die dunkle Wand eines Nadelwaldes wuchs in der Ferne auf, der unmittelbar vor St. David begann und sich bis zur Bahnstation Benson hinzog. Sam Brash mußte die Verfolgten erreichen, ehe sie in diesen riesigen Forst eintauchen konnten. Er blickte sich um. Das tat er immer, um sich selbst zu größter Anstrengung anzuspornen. Er glaubte die Spinne zu sehen, die sich wie ein riesiger Krake auf den gräßlichen, dünnen Beinen näherschob...

„Wolke", schrie er, „Wolke... flieg... flieg...!"

Dann legte er den Oberkörper auf den Widerrist des Hengstes und atmete schwindelnd die Nacht ein, die rasend auf ihn zustürzte.

*

Fred Lockh war es geglückt, bereits einen Fuß freizubekommen, ein Umstand, den er für sich auszunützen gedachte. Natürlich hatten seine beiden Widersacher nicht den Auftrag, ihn in halsbrecherischem Ritt über die Prärie zu jagen. Fred Lockhs freigewordenes Bein hatte diese verursacht, weil das Pferd dadurch scheu geworden war. Die weite Prärie war die einzige Rettung, denn nur hier bestand Aussicht, sich aus seiner heiklen Lage befreien zu können. Mit seiner List hatte er die Entführer längst über das eigentliche Ziel hinausgelockt, das wußte er und das erfüllte ihn trotz seiner Misere mit brennender Freude, denn schon an jenem grellgestrichenen Haus am Ende der Tingle Street hatten die beiden Halunken versucht, dem rasenden Gaul in die Zügel zu fallen, was ihnen zu ihrem Grimm freilich nicht mehr gelang. Durch das heftige Strampeln vermochte er jetzt auch den zweiten Fuß aus den Fesseln zu winden. Sein Oberkörper war indessen mit einem starken Lasso an den Sattelknauf gebunden und es kostete ihn Mühe, das Gleichgewicht auf dem Rücken des Pferdes zu halten. Das Tier, durch das beständige Schlagen der harten Stiefelhacken gegen seine Hinterbacke immer noch rasender gemacht, gewann schließlich mehrere Längen Vorsprung. Verzweifelt mühten sich die Verfolger, aufzuholen, doch der Abstand vergrößerte sich zusehends. Stan Moohawk fiel zurück; sein Körpergewicht schien für die Stute, die er ritt, weitaus zu schwer, und der „Schwarze Fred", der ihm tausend Dollar wert war, entkam, wenn nicht ein Wunder geschah. Wie hatte Al Rowood gesagt: „Tausend für den lebenden — fünfhundert für den toten Fred Lockh —!" Verdammt, wenn es schon schief gehen sollte, den vollen Betrag zu verdienen, die Hälfte wenigstens wollte er sich sichern. Er mußte das Pferd unter dem Gefangenen erschießen, selbst auf die Gefahr hin, daß sich der schwarzhaarige Boy das Genick brach. Schon war der große Forst in Sicht und seine Stute begann zu schäumen, sichtlich am Ende ihrer Kraft. Auch Pitt Hovers Pferd schnob heftig aus den Nüstern und erlahmte, das Fell naß und schwitzend vor Erschöpfung. Stan Moohawk drückte seinen langläufigen Colt auf den Fliehenden ab. Die ersten Schüsse gingen fehl. Doch Pitt Hover, der mit seiner unverletzten Linken schoß, hatte mehr Erfolg; eine seiner Kugeln traf das Pferd...

Ein Ruck ging durch Fred's Tier, die Vorderbeine knickten ein, die Mähne schlug heftig auf das Präriegras — die Wucht des plötzlichen Zusammenbrechens aber bewirkte, daß der Reiter wie bei einer Explosion in die Luft geschleudert wurde, während die Stricke sich lösten und er glücklicherweise auf den Rücken fiel.

Es war ihm nichts geschehen, er erhob sich sofort, frei von den Banden und wieder im Vollbesitz seiner Bewegungsfreiheit — ein Griff nach dem Waffengürtel überzeugte ihn, daß er geleert worden war. Indessen kamen die mordgierigen Burschen näher, die gezückten Colts in den Händen. Jeden Augenblick konnten sie ihre Schießeisen abdrücken auf ihn, den Wehrlosen. Das war das Ende.

Aber er gab noch nicht auf. Schmerz durchzuckte ihn,

Reflexe von blitzenden, krachenden Schüssen tanzten vor seinen Augen ... und jählings sah er, wie der Riese Moohawk die Arme in die Luft warf und auf seinem Pferd zusammenstürzte. Der Spieler, der brüllend den zertrümmerten Armstumpf in die Höhe hielt, riß plötzlich ein Bein aus dem Steigbügel, und der scheuende Gaul schleifte die herabhängende Gestalt aufwiehernd über den Boden in die schwimmende Dunkelheit hinein —

Ein dritter Reiter tauchte hinter den Getroffenen auf ...

Ein Mann auf prachtvollem Schimmelhengst, mit kraftvollen Bewegungen bemüht, den Lauf des Pferdes zu zügeln. Der starkknochige Hengst drehte sich im Kreise, stampfte mit wilden Hufen den Boden und stand endlich still.

„Kamerad —" rief Fred Lockh, mit großen Augen auf den Reiter starrend, der sich ihm lachend im Schritt näherte. Jetzt hatte er ihn erkannt: es war wirklich sein Kamerad — Sam Brash. Der Zufall hatte ihn im Augenblick höchster Not auf die Kampffläche gerufen. Der Zufall? Das war kein Zufall mehr — das war Fügung, höhere Bestimmung.

Sam sprang vom Pferd und schritt auf den Geretteten zu.

„Du warst gefesselt, Kamerad —?"

„Ich sollte gebrauchsfertig dem Empfänger zugestellt werden..." scherzte Fred.

„Das mußt du mir erzählen —"

Aber Fred konnte ihm doch nicht erzählen, daß eigentlich eine Frau schuld an seiner mißlichen Lage war. Würde ein Kerl wie Sam das überhaupt verstehen?

„Sie haben mich in eine Falle gelockt", stotterte er ausweichend, „ich habe dem Sheriff ein paar Dienste geleistet, und dafür... Du hast mir das Leben gerettet, Sam!"

„Papperlapapp", wehrte Brash ab, „Leben gegen Leben. Du erinnerst dich, vor wenigen Wochen..."

„Was hast du da?" flüsterte Fred Lockh plötzlich mit einem Blick auf Sam Brashs Waffengürtel. „Der Silber-Colt..."

„Ja — er hat diese beiden Halunken in die Hölle geschickt. Siehst du, Kamerad, so rächen sich die schlechten Taten..."

„Du sagst es — ich kann's kaum fassen... Übrigens sind mir die beiden wohlbekannt!"

„Dir bekannt?"

„Es waren Freunde von Ed Cooper, der dir am Grand Cañon die Unze Blei in den Rücken jagte. Fehlt nur noch einer aus dieser schurkischen Gesellschaft, aber den wird das Schicksal auch ereilen."

Fred Lockh machte sich daran, das Pferd Stan Moohawks einzufangen, während Sam Brash nur mit Mühe seinen Hengst beruhigen konnte. Wolke war noch so kräftig wie zu Beginn der wilden Jagd, die riesige Anstrengung war ihm nicht im geringsten anzumerken.

„Hast du etwas abbekommen, Kamerad?"

Fred Lockh streckte seine Glieder und dehnte sich mit einiger Vorsicht, um festzustellen, ob er vielleicht doch verletzt sei.

„Ich glaube, außer den Hieben und dem Sturz habe ich nichts weiter abbekommen. Es ist eben doch wahr, das Sprichwort: Unkraut verdirbt nicht..."

„Das ist für ein einzelnes Unkraut eine fragwürdige Chance, Kamerad."

„Freilich. Man sollte sich noch besser in acht nehmen können..."

„Und mehr Hände haben, um sich zu wehren... — Ich mache dir einen Vorschlag, Kamerad —"

„Der wäre?"

„Bleiben wir zusammen! Schlagen wir uns zusammen auf unserer einsamen Fährte durch, kämpfen wir gemeinsam: helfen wir uns gegenseitig, den Tücken in diesem rauhen Landstrich zu begegnen, wo wir sie treffen... Hier meine Hand!"

Fred Lockh griff nach der ausgestreckten Rechten. Er konnte sich nicht erinnern, mehr als zweimal in seinem Leben die Hand eines Menschen genommen zu haben. Das erstemal geschah es, als er von seinem Vater Abschied nahm, um in die Fremde zu gehen. Er hatte seine Ratschläge angehört und war gegangen; seine Worte auf dem Weg ins harte Leben hatte er nie vergessen. Das zweitemal hatte er die dargebotene Hand jenes Menschen ergriffen, den er ungemein verehrte und der ihn mit diesem Handschlag in die Reihen seiner Grenzreiter aufnahm: Oberst Sinclar. Fred Lockh war Mitglied der Texas Rangers. Ein besonderer Auftrag des Obersten hatte ihn nach Arizona gerufen und ihn vorübergehend die Uniform dieser bekannten Truppe ausziehen lassen; wegen Al Rowood war er nach Tombstone gekommen. Und als er nun zum drittenmal in seinem jungen Dasein die Hand eines Freundes umfaßte, fühlte er, daß es ein Handschlag fürs Leben war, ein Bund, unlösbar geschlossen, unzerstörbar bis in den Tod...

Seite an Seite ritten sie nach Tombstone zurück. Zwei Schweiger, zwei merkwürdig nach innen gekehrte Menschen, die man seither nie wieder getrennt voneinander gesehen, und deren Westname bald in weitestem Umkreis bekannt wurde: die „Unzertrennlichen".

Draußen, auf der Prärie, vor der Silberstadt Tombstone, begann ihr gemeinsamer Kampf, mit einem recht seltsamen Gespräch setzte er ein, das ihre eigenbrötlerischen Charaktere treffend erhellte.

„Ich halt' nicht viel vom Reden, Kamerad —"

So Sam Brash. Kamerad, sagte er, und das war für ihn der Inbegriff jeglicher Anrede. Für ihn gab es so gut wie keinen Mister oder Sir oder Boy, oder was auch immer; auch haßte er die landläufigen Hellos! und Hes!, das alles war für ihn unnützer Auswuchs der Gemeinsprache.

„Ich auch nicht", konstatierte Fred, „viele Worte sind für die Schwätzer da..."

„Und ich liege gern auf dem Ohr —"

„Halt' ich genauso..."

„Ich mag blonde Frauen..."

„Ich Rothaarige..."

„Ausgezeichnet, da kommen wir uns nie ins Gehege — ich hasse nämlich die Roten..."

„Ich bin Texas-Ranger..."

Sam Brash blickte überrascht zur Seite.

„Das auch noch —? Ich sehe aber kein Abzeichen bei dir, Kamerad!"

„Sonderauftrag von Oberst Sinclar..."

„Ah —"

„Schon von ihm gehört?"

„Braver Mann — braver Kamerad..."

„Ein Mann mit großen Plänen. Will eine Geheimmannschaft gründen; ohne Uniform, ohne Abzeichen. Nur mit einer kleinen Metallmarke in der Tasche, die größte Vollmachten gibt —"
„Hab' schon davon gehört."
„Hat sich's schon herumgesprochen?"
„Hm. Wär' eine feine Sache für mich."
„Kannst du schießen?"
Sam Brash nickte.
„Gut?"
Sam Brash nickte.
„Sehr gut?"
„Möcht' mich nicht loben, Kamerad — sie reden bereits über mich in Texas..."
„Texaner sind Aufschneider."
Sam Brash nickte.
„Weiß ich, Kamerad — nimm die Ausnahme für die Regel: eure ‚Nummer Eins' soll auch ein Texaner sein!"
„Conny Cöll? Der ist Arizoner. Aber woher weißt du, daß Oberst Sinclair im geheimen bereits seine Mannschaft gegründet hat? Das ist doch streng vertraulich."
„Hab's halt gehört..."
Fred Lockh schüttelte verwundert den Kopf: „Du hörst verdammt gut, Sam. Wenn du auch so gut schießen kannst, hast du Aussicht, die ‚Nummer Vier' oder ‚Fünf' zu werden..."
„Zähl langsamer, Kamerad: Hal Steve ist jedenfalls die ‚Nummer Zwei'..."
„Stimmt genau!"
„Und Neff Cilimm, der ‚Gentleman', die ‚Nummer Drei' —"
Fred Lockh sperrte Maul und Augen auf.

„Über weitere Mitglieder ist nichts bekannt, Kamerad", fuhr Sam Brash wie beiläufig fort.

„Doch —" überwand Fred sein Erstaunen.

„Du?"

„Ich bin die ‚Nummer Vier', wollte sagen, werde die ‚Nummer Vier', wenn die Gruppe offiziell in Washington beglaubigt ist. Mister Morrison will..."

„Weiß, weiß — das pfeifen doch schon die Spatzen von den Dächern. Oder glaubst du, besondere Taten besonderer Leute können in diesem romantischen Land lange verborgen bleiben? An allen Lagerfeuern der Cowboys erzählt man sich bereits die Stories von Blitz-Sunny, von Mac Garden, die endlich ihren Meister gefunden haben. — Wie sieht er aus?"

„Wer?"

„Trixi —"

„Das weißt du auch?"

„Kamerad", setzte sich Sam Brash in Positur, „ich habe Sunny Neill gekannt. Ich sage dir, er war ein Coltwunder. Er hat seine Langläufigen auf jedes Ziel abgedrückt und hat nicht ein einziges Mal danebengeschossen. Wenn man ihm zusah, beim Schießen zusah, lief es einem heiß und kalt über den Rücken. Dabei sah er nicht einmal wie ein Mann aus, eher wie ein Männchen, so schmächtig und klein, daß man fürchten mußte, ein starker Windzug würde ihn in die Lüfte entführen. Und doch ist das Unfaßbare: es gibt noch einen besseren Schützen. Einen besseren als ‚Blitz-Sunny', als der unbesiegbare Mac Garden. An jedem Lagerfeuer, in jeder Trapperhütte, ja in jeder Kneipe geht sein Name durch die Runde... ein neuer Name... Aber was schwätz' ich! Kein Wunder, wenn solche Könner im Dienst der

Geheimmannschaft Oberst Sinclars stehen. Freu dich, Kamerad, daß du Texas-Ranger bist! Könnte der Oberst Zuwachs gebrauchen?"

„Hab' dich doch schon gefragt, ob du schießen kannst..."

Sam Brash verzog keine Miene und tat, als ob er den Einwand seines neuen Freundes überhört habe. Den Beweis, ja, würde er ihm schon bringen...

Sie näherten sich dem Stadtrand. Im Osten erhob sich der junge Morgen aus dem Grau der Finsternis und goß sein erstes Licht über das schläfrige Land. Fred Lockh schien etwas auf dem Herzen zu haben; er verhielt an einem grellbemalten Holzhaus am unteren Ende Tombstones sein Pferd.

„Will mal kurz hier an die Tür klopfen", sagte er.

„Kennst du die Leute?"

„Möchte ich nicht mit Sicherheit behaupten — muß aber mit ihnen bekannt werden. Schon mal was von Al Rowood gehört?"

Nun zog auch Sam Brash die Zügel seines Hengstes straff.

Ein fragender Blick traf den neuen Freund, in dem zweifelsohne etwas wie Mißtrauen lag.

„Al Rowood?"

„Gehört zur Sorte ,Menschenfreund' — wollte mich nämlich ermorden."

„Herzlichen Glückwunsch, Kamerad!"

„Wozu?"

„Daß es ihm nicht gelungen ist... Eben dachte ich sogar was ganz anderes —

Nun befiel Fred Lockh aber doch ein sanftes Grinsen, denn die gesunde Bedenklichkeit seines neuen Kampfgefährten war eigentlich ganz nach seinem Sinn. Doch stieg er jetzt aus dem Sattel und ging auf die häßlich angepinselte Hütte zu, an deren verschlossener Tür er heftig zu rütteln begann. Alsbald erschien das verschlafene Gesicht einer alten Frau am Fenster.

„Was ist los? Was soll der Radau?" schrie sie aus zahnlosem Mund.

„Ist der Boy zu Hause?" Fred Lockh hatte eine eigene Methode, Nachforschungen anzustellen; das, was er nicht wußte, gab er durch gutgespielte Naivität vor, ganz genau zu wissen.

„Welcher Boy?"

„Der hier wohnt!"

„Schert euch weg, hier wohnt niemand außer mir...!" Die Alte schlug den Fensterladen wieder zu, daß er schier ächzend aus den Angeln sprang.

Mit zufriedenem Gesicht drehte sich Fred dem Freund zu.

„Sie hat blonde Haare, Sam", näselte er, „und ein sonniges Gemüt..."

Umständlich glitt Sam Brash aus dem Sattel.

„Die Alte gefällt mir nicht", brummte er verdrießlich, „die hat bestimmt eine rothaarige Tochter...!"

In diesem Augenblick geschah es:

Ein Rumpeln am Fensterladen, ein zeterndes Keifen und Schimpfen, und pochende Fäuste — wieder sprang das Fenster auf und der grauhaarige Schädel der Alten erschien im Rahmen. Im gleichen Moment aber schnellte ein rötlich gedunsener Männerkopf aus dem anderen Fenster der Behausung — und Coltläufe wurden sichtbar in der Öffnung. Fred Lockh, ganz auf die kreischende Alte konzentriert, übersah die drohende Gefahr, und die raffinierte

Täuschung wäre sicherlich gelungen, wenn — er allein gewesen wäre. Aber Sam Brash war auf der Hut. Noch ehe die beiden Coltläufe des fetten Rotkopfs Tod und Verderben speien konnten, bellten bereits seine Schüsse die entscheidende Melodie. Sam traf mit frappanter Sicherheit die beiden Waffen des heimtückischen Schützen und zerfetzte sie in dessen Händen. Mit wenigen Sprüngen raste er an das Fenster und klomm im Handumdrehen ins Innere der Hütte.

Indessen rammten Fred Lockhs Schultern die Eingangstür, die krachend und polternd nachgab. Die Behausung, offenbar nur aus einem einzigen Raum bestehend, war die Ärmlichkeit selbst und stank nach Unrat und Moder. Die Alte lehnte schreckensbleich an der Wand, mit erhobenen Händen; Sam Brash hatte eben den Rotgedunsenen, dessen Hände heftig bluteten, hochgerissen und auf einen Stuhl geschleudert.

„Heraus mit der Sprache, verdammter Ganove — was wird hier gespielt?"

Die Angst schnürte dem brandmaligen Burschen die Kehle zu, kein Wort kam über seine Lippen.

„Wo ist Al Rowood?"

„Laßt uns in Ruhe — wir wissen es nicht!" jammerte die Frau.

„Draußen liegen schon zwei, die das Gras küssen — der Koloß und die Krüppelhand: also, zum letztenmal — wo ist Al Rowood?" Das Gesicht Fred Lockhs zeigte die äußerste Entschlossenheit, mit den drohenden Coltläufen dieses saubere Hehlerpaar in seinem Stinkloch zu den Mäusen zu schicken.

„Wo find' ich Miß Joan? Speit die Wahrheit aus oder —!"

„Sie sind gestern schon weggeritten..." krächzte die Alte aus zahnlosem Mundloch.

„Lüge!"

„Doch — sie haben erfahren, daß der ‚Schwarze Fred' nach Tombstone gekommen ist... das ist ein Mitglied der Gruppe von Oberst Sinclar... Al Rowood sollte liquidiert... Er will Miß Joan heiraten — sie hat ihn überredet, mit ihr zu fliehen..."

„Lüge!"

„Jesus — es ist die Wahrheit — die reinste Wahrheit!" jammerte die Alte, während der stöhnende Krebsschädel mit angststarren Augen mechanisch dazu nickte, „... sie sind Hals über Kopf fortgeritten... die Miß wollte noch ein Rendezvous einhalten... mit einem Jugendfreund, der hier aufgetaucht... aber Al wollte nichts davon wissen..."

„Wohin geritten?" drängte Fred Lockh unnachgiebig wie ein Inquisitor; Sam Brash bewunderte ihn insgeheim für seine Ausdauer.

„Sicher nach Coloma, auf die Goldfelder... Und von Virginia-City, in Nevada, haben sie gesprochen... dort glaubten sie, vor den Nachstellungen der Texas-Rangers sicher zu sein —"

„Und heiraten wollte er die Miß? Das saugst du dir aus den schmutzigen Fingern, Vettel!" In Fred Lockhs Zügen mußten Spuren finsterster Absicht aufgetaucht sein, denn die Alte bückte sich ihm aufschreiend entgegen, fiel auf die Knie und wimmerte: „So hört doch, Jesus — so hört doch, Gents, Rowood hat es ihr versprochen... bedrängt hat er sie damit..."

Ein fragender Blick Freds traf den Gefährten, in dem fast etwas wie spöttische Belustigung blitzte. Sam bedeutete ihm mit einer Geste, das stinkende Schmutzloch jetzt doch zu verlassen.

Als sie nach draußen kamen, konstatierten sie zu ihrer Verwunderung, daß kein Mensch weit und breit zu sehen war. Kein neugieriger Blick aus den benachbarten Fenstern, nicht eine Person, die von der Schießerei angelockt worden wäre. In Tombstone war es ein ungeschriebenes Gesetz, sich nicht um die Angelegenheiten anderer zu kümmern.

„Sam, ich muß sagen..." begann Fred nach einer Weile wie gedankenverloren, „ich hab' dich ausgefragt wie einen Trottel..."

„Ah — du meinst meine ‚Schießprüfung', was —?"

„Kamerad", und es verstrich nochmals eine Weile, „ich will dir etwas sagen —: ich m u ß diesen Al Rowood aufspüren. Der Oberst setzt alle Hoffnung in mich. Es ist meine erste Aufgabe... und..." Fred Lockh begann zu stocken, es schien ihm nicht über die Zunge zu wollen.

„Kamerad", lachte Brash und blickte dreist nach der Morgensonne, die unbekümmert ihren rosigen Schein auf die armseligen Hütten und Baracken warf, „mit dieser Aufgabe sollst du dich in die ‚Geheimgruppe Sinclair' einführen — stimmt's?"

„Erraten!" Lockh gab sich einen Ruck. „Willst du mich begleiten?"

„Natürlich reit' ich mit dir. Auf nach Coloma und Virginia-City! Wir haben uns geschworen, beisammenzubleiben und gemeinsam zu kämpfen — das gilt! Whoop für deinen alten Oberst!"

„Whoop, Sammy — für die Blonden!"

„Whoop, Freddie — für die Roten!"

Und mit allem Übermut ihrer kameradschaftlichen

Begeisterung ritten die beiden „Unzertrennlichen" —
wie sie bald geheißen wurden, und weil sie sich auch
schier wie die Zwillinge ähnelten — in das Abenteuer
des strahlenden Morgens hinein — —

2.

Virginia-City

Soweit das Auge reichte — Sand — Sand — Sand —
Die Erde glich einem Flammenmeer. Sie loderte und
brannte in immer neuen Wellen, wenn der Wüstensturm in sie hineinfegte und das Land mit kleinen Hügeln bedeckte. Mit einer Stärke von über fünfzig Grad
warf die Sonne ihre sengende Glut ins Todestal.

Tomes Zucha — Tal des Todes — glühende Hölle...

Gab es Menschen, die den Weg durch dieses Infernum
wagten? Einzelgänger hätten die große Wüste im Süden
Kaliforniens kaum durchqueren können, hätte es nicht
„Kanonen-Johnny" aus echter christlicher Nächstenliebe
ermöglicht. Solange in den Staaten der Union vom
Death-Valley, vom Todestal in Kalifornien gesprochen
wird, wird jener Mann unvergänglich vor unseren Blicken erstehen, der über zwanzig Jahre seines Lebens opferte, um den Mitmenschen zu dienen. Sein eigentlicher
Name ist nie bekannt geworden, und selbst die Geschichtsschreibung des Goldenen Westens, der großen,
wilden Zeit, hat ihn verschwiegen. Kanonen-Johnny —
das war geblieben. Man nannte ihn so wegen seiner
beiden großkalibrigen Colts, von denen er sich Tag und
Nacht nicht trennte. Sein Name ist unverlöschlich mit

der berühmten Quelle Kaliforniens verbunden, deren unterirdischer Lauf quer durch das Death-Valley führt. Ein halbverdursteter Hengst hatte sie entdeckt, als er vor Qualen laut wiehernd mit seinen scharfen Hufen den sandigen Boden aufschlug, das rettende Naß witternd. Eine Quelle inmitten der Todeswüste? Das war eine Sensation größten Ausmaßes gewesen, zumal sie zeitlich mit den Goldfunden in Kalifornien zusammenfiel. Die Goldsucher aus den östlichen Staaten der Union brauchten nun nicht mehr die weiten Umwege um das große Wüstenbecken machen, denn jetzt konnten sie es wagen, Death-Valley zu durchqueren, um auf dem kürzesten Weg nach Kalifornien zu kommen. Leider aber verschütteten die Sandstürme immer wieder die Quelle, so daß die Karawanen in die Irre gingen und elend verdursteten. Mit orkanartiger Heftigkeit rasten die Stürme über die Wüste, türmten Hügel dort, wo zuerst Täler lagen, und ließen Täler entstehen, wo soeben noch Sand zu Bergen gehäuft war. Man grub das Quelloch wieder aus, aber immer wieder verschwand es unter den fauchenden Stößen der „Dust Cowl". Die Skelette der Verdursteten mehrten sich und Wüstengeier fanden ausgiebig ihr grausiges Mahl, bis endlich Kanonen-Johnny Abhilfe schuf. Er transportierte ein kräftiges Ofenrohr an die Quelle, rammte es fest und stützte es ab gegen Wind und Sturm. Nun war der Standort markiert und die Karawanen konnten wenigstens nicht mehr in die Irre reiten. Daneben hatte Kanonen-Johnny eine handfeste Schaufel in den Sand gelegt, um das Wasserloch jederzeit säubern zu können. Da aber kamen Indianer, die Wüstenapachen, die sich gegen das ununterbrochene Vordrängen der Bleichgesichter zur Wehr setzten. Sie entfernten die Ofenröhre und träufelten Gift in die Quelle, und das rief Kanonen-Johnny erneut auf den Plan: Er grub sich einen tiefen Keller in die Erde, richtete sich wohnlich ein und verteidigte heldenmütig das lebenserhaltende Naß gegen alle Zugriffe der Rothäute. Zwanzig Jahre lang hatte er hier — mit zeitweiligen Unterbrechungen, um sich neu zu verproviantieren — auf diesem Posten ausgehalten, ein stiller Märtyrer echten Christentums, von keinen Annalen glorifiziert. Unzähligen Menschen erhielt er das Leben — und Unzählige haben ihn vergessen. Als eine Selbstverständlichkeit hat man diese Beweise der Nächstenliebe hingenommen und vielerorts sogar seiner gespottet. Dennoch hatte es sich Johnny nicht verdrießen lassen; seine Selbstlosigkeit überwand den Undank der Welt. —

Sam Brash und Fred Lockh strebten dem Wasserloch zu, sie wollten keine Zeit verlieren, denn ein Umreiten von Death-Valley hätte den Verlust von wenigstens vierzehn Tagen bedeutet. Sie wollten mit Kanonen-Johnny sprechen, vielleicht würde sich dann der strapazenreiche Ritt nach Coloma erübrigen. Es war als sicher anzunehmen, daß auch Al Rowood mit seiner Begleiterin den Weg durch die Wüste gewählt hatte, möglicherweise im Anschluß an eine Karawane. Vielleicht waren sie auch ohne Gesellschaft in den Ausläufern der Spring-Mountains nach dem Todestal aufgebrochen? Die Aussagen der verschüchterten Alten im grellgestrichenen Haus in der Tingle Street hatten sich als richtig erwiesen. Die beiden Verfolger konnten in Valenfine an den Cottonwood Clifts die erste Spur Rowoods aufnehmen; in Chloride hatten die beiden genächtigt und dann nördlich von Nelson den Colorado River überquert. In Las

Vegas schließlich hatte Al Rowood wieder einmal ein kurzes Gastspiel gegeben. Im „Quäker-Saloon" der Spielerstadt, einer berüchtigten Spelunke, war er mit Falschspielern in Streit geraten, die in Unkenntnis der Gefährlichkeit ihres Gegners zu den Waffen griffen. Drei Tote und zwei Schwerverletzte waren das Fazit dieses verwegenen Handels. Diese verlustreiche Schießerei jedoch hatte den Coltmann mit seiner Begleiterin gezwungen, sofort wieder Las Vegas zu verlassen, sehr zum Ärger Sam Brash und Fred Lockhs, die sich schon am Ende ihrer langen Verfolgung sahen.

Es sollte aber erst der Anfang sein...

*

Der Boden brannte vor flimmernder Hitze. Bleierne Müdigkeit hatte die beiden Reiter ergriffen, mit hängenden Köpfen zockelten die Pferde dahin. Zum erstenmal seit dem Verlassen der Silberstadt Arizonas hatte es die sengende Glut zuwege gebracht, daß sich der Hengst Wolke und die Stute Flocke, die sonst so streitsüchtigen Vierbeiner, vertrugen. Das gemeinsame Leid hatte ihren kreatürlichen Zwiespalt besiegt, wenn auch nur vorübergehend.

Stundenlang ritten die beiden Freunde schon durch den Wüstensand, schweigend, wie es ihre Art war. Deutlich stand auf ihren staubverkrusteten Gesichtern geschrieben, was ihr Inneres so lebhaft beschäftigte.

„Kamerad —"

Fred Lockh blickte fragend zur Seite.

„Scheußliche Hitze, die armen Tiere..." begann Sam Brash.

„Wir müssen aushalten", brummte Fred.

„Mein Dicker ist ohnedies zu fett geworden..."

„Aber mein Mädchen ist gar nicht so stabil. Dem sonderbaren Maultier da hinten scheint die Hitze überhaupt nichts auszumachen, trotz dem Gepäck —"

Sam blickte zurück. Mit muntern Bocksprüngen folgte der Esel, als habe er frisches Wasser unter den Hufen; er war mit einem langen Seil an den Sattelknopf des Hengstes gesichert.

„Eine Schande — das wird mir Wolke nie vergessen... er ist tödlich beleidigt..."

„Weil er für den Esel sorgen muß?"

„Nein — weil ihn Flocke ausgelacht hat..."

„Hat sie das?"

„Gründlich! Ich habe das mißratene Weibsstück genau beobachtet — sie mag meinen Dicken nicht leiden..."

„Haßliebe —" orakelte Fred, „das wird sich noch wenden. Scheußliche Hitze... Kennst du die Wüste?"

„Nein —"

„Wir brauchen nur der abgesteckten Linie zu folgen, um an die Quelle zu kommen. Wie lange ist das Todestal?"

„Zweihundert Meilen."

„Schrecklich — aber wir haben es ja nur mit der Breite zu tun —"

„Noch siebzig Meilen bis zum Owens River — noch fünfzehn bis zur ‚Ofenröhre'..."

„‚Ofenröhre'..." wiederholte Fred gedankenversunken. Dieser Name schien romantische Erinnerungen in ihm wachzurufen. „Ob Johnny noch am Leben ist? Wir hätten uns nach ihm erkundigen sollen — der Oberst hat schon wiederholt von ihm erzählt, er kannte ihn noch aus der großen Goldgräberzeit..."

„Das ist lange her."

„Laß mich nachrechnen... fünfzehn, sechzehn, zwanzig... vierundzwanzig Jahre, seit er ihn zum letzten Mal gesehen. Wir werden bald an der Quelle sein, dann haben wir Gewißheit..."

„Er ist ein Held, Kamerad".

„Das ist er — ein Held der Nächstenliebe. Man müßte ihm ein Denkmal setzen."

„Das hat er selbst bereits getan — jedes Menschenleben, das er retten konnte, hat ihm fortzeugend lebende Denkmäler gesetzt, die seinen Ruhm und seine Selbstaufopferung verkünden! Solche Menschen gibt es heute nicht mehr..."

„Nein — die Welt hat für solche Tugenden nicht mehr viel übrig. Drüben in Nevada ist ein neues Dorado entstanden —"

„Silver-City?"

„Man hat riesige Mengen Silber gefunden... ein zweites Tombstone."

„Hat man dort nicht schon einmal vor langen Jahren Metalle aus dem Wüstenboden geschürft?"

„Oberst Sinclair erzählte davon, er hat die Gründung Virginia-Citys miterlebt*). Man wird auf neue Silberadern gestoßen sein — jetzt, fünfzig Jahre später —"

Wolke warf den Kopf in den Nacken, wieherte kurz und kräftig, wie er es immer tat, wenn er etwas entdeckt hatte. Und er hatte etwas entdeckt.

Am fernen Horizont, dort, wo sich stahlblauer Him-

---

*) Conny Cöll: **Die große Zeit**

mel und gelbschmutziger Wüstensand zu berühren schienen, war ein riesiger, schwarzer Punkt aufgetaucht, der zusehends größer wurde. Kräftiger griffen die Pferde aus, die Unterbrechung der trostlosen Umwelt schien sie mit neuer Kraft zu erfüllen. Der träg sich vorwärts bewegende Zug in der Ferne schien eine Karawane zu sein. Nach einer halben Stunde konnten Sam und Fred Einzelheiten erkennen: es war in der Tat eine Karawane, aber von höchst seltsamer Art. Wohl ein Dutzend kräftiger Maultiere zogen ein wahres Ungetüm von hochrädrigem Karren, dessen riesige, eisenbeschlagene Räder sich ächzend und knirschend in den knöcheltiefen Sand wühlten. Die Zugtiere schienen eine ungeheure Last zu schleppen, und hinter dem langen Transportkarren trotteten weitere Maultiere, vermutlich zum Ersatz.

Es war nicht alltäglich, in Death-Valley auf Fremde zu treffen. Beim Annähern von Sam und Fred hielten die Treiber an und grinsten bei den erstaunten Gesichtern der beiden Freunde. Es war ihnen nichts Neues, daß sie Aufsehen erregten, wohin sie auch kamen.

„Hallo, Boys", rief der Anführer, „der Himmel schicke Euch Regen und töte die Sandflöhe..."

Sam Brash verzog keine Miene, solche frommen Sprüche mißfielen ihm.

„Good day", brummte er, „was schleppt ihr denn da durch die Wüste?"

„Dreimal dürft ihr raten!" grinste der Fuhrmann, während er sich eine Prise Schnupftabak auf den Handrücken streute.

„Gold?"

„Falsch."

„Silber?"

„Falsch..."

„Eisen?"

„Wieder falsch!" Der Anführer der Fuhrleute schneuzte sich kräftig, nachdem er einen gehäuften Berg aromatischen Tabaks durch beide Nasenlöcher gezogen hatte. Ein herzhaftes Niesen folgte.

„Zum Wohl", brüllte Sam, dessen Schimmelhengst einen erschrockenen Satz zur Seite machte, „jetzt weiß ichs — ihr schafft neuen Sand in diese trostlose Hölle, neuen Sand, hahaha..."

Etwas erstaunt nahm der Fuhrmann den plötzlichen Heiterkeitsausbruch des fremden Reiters zur Kenntnis.

„Auch der Sand ist eine kostbare Gabe Gottes", seine Rechte vollführte eine großzügige Bewegung, als wolle er die ganze Welt verschenken, „darunter liegen Schätze sag' ich Euch — Schätze, viel kostbarer als Gold, Silber und Eisen. Mister Emery Smith hatte den zündenden Funken — er hat die Hand ausgestreckt und gefunden... gefunden! Der Reichtum liegt im Sand, Boys!"

Sam Brash blickte auf den Gefährten, in dessen Gesicht eine Wolke von Heiterkeit heraufzog.

„Nicht jeder verträgt die Hitze", sagte er belustigt, „der eine verliert den Verstand und findet Sand —"

Wieder zerriß ein Niesen wie die Detonation eines Schusses die atemlose Stille der Wüsteneinsamkeit.

„Zum Wohl!" brüllte Sam zurück, mit beiden Händen die Zügel seines Hengstes haltend, denn diesmal konnte er gerade noch verhindern, daß ihn der Dicke zu Boden warf; die Nerven Wolkes schienen tatsächlich sehr gelitten zu haben. „Eine andere Frage, Mister...: Wie weit ist es noch bis zu Johnny?"

„Wer ist Johnny?"

„Kanonen-Johnny!"

Ein plötzliches Erinnern ging über das nicht gerade geistvolle Gesicht des Fuhrmanns.

„Ah... der Verrückte! Wollt ihr zu ihm?" Er wartete die Antwort nicht ab, sondern brach, zu seinen Begleitern gewandt, in ein schallendes Gelächter aus. „Sie wollen zu Johnny, der zweiundzwanzig Jahre lang wie ein ausgedörrter Fakir neben der Ofenröhre hockte, um die vorüberziehenden Reiter anzubetteln. Nein, es ist nicht mehr weit! Noch eine Stunde. Hahaha, der eine schleppt Sand durch die Wüste und verliert dabei den Verstand — der andere aber sucht gebleichte Knochen, um gescheiter zu werden, hahaha! Viel Vergnügen, Boys!" Seine Peitsche knallte durch die Luft. „Los, Freunde — zieht... zieht! Zieht die Fuhre Sand durch die Oase der Glückseligkeit. Sand... immer mehr Sand..."

Schwerfällig setzte sich das mächtige Gefährt in Bewegung und lachend winkte der Fuhrknecht, bis der Lastzug ächzend und stöhnend von dannen rollte.

„Hast du das gesehen, Kamerad?"

Fred Lockh nickte.

„Dann war es keine Fata Morgana! Die Armen... die Hitze muß ihnen die Hirnschale ausgetrocknet haben. Jedenfalls wissen wir nun, daß wir in einer Stunde am Ziel sind..."

Der Fuhrmann hatte die Wahrheit gesprochen. Aber Fred Lockh und Sam Brash waren doch sehr erstaunt, als sie anstelle der erwarteten „Ofenröhre" eine hübsche, kleine Siedlung antrafen, mit schmucken Häusern, richtigen Bäumen und Arbeitsbaracken, in denen fleißige

Hände tätig waren. Und nun erfuhren die beiden Freunde erst, welche Schätze die Fuhrknechte in dem riesigen Karren, der gut und gerne zwanzig Tonnen Inhalt transportierte, durch die Wüste schleppten: Borax.

Jahrzehntelang waren Tausende Glücksritter durch die Wüste gezogen und hatten die „Ofenröhre" passiert, ohne die Bodenschätze zu bemerken. Ihre Sehnsucht hatte nur Gold geheißen, Gold in Kalifornien! Dabei waren sie achtlos über noch größere Reichtümer unter ihren Füßen hinweggezogen. Kanonen-Johnny war schon längst nicht mehr, sein Name Legende. Mister Smith, der Inhaber der Borax-Gesellschaft, schon wieder dabei, einen neuen Zug nach dem Osten zusammenzustellen, gab bereitwillig Auskunft. Al Rowood und seine Begleiterin waren tatsächlich durch die Oase gekommen, hatten sich gestärkt, ihre Wasserschläuche gefüllt, um unverzüglich wieder aufzubrechen. Ihr Ziel war Virginia-City; sie hatten sich genau nach den Wegverhältnissen in die Wüstenstadt, aus der neuerdings große Silbervorkommen gemeldet wurden, erkundigt.

Sam und Fred waren befriedigt. Jetzt brauchten sie nicht mehr der mühseligen Fährte zu folgen, sondern konnten sich direkt nach Virginia-City begeben. Sie beschlossen, am Owens Lake die Railway zu besteigen, die sie bis Reno bringen sollte. Von dort aus waren es nur noch wenige Meilen bis zur neuen Silberstadt.

Virginia-City, die wildbewegte Stadt inmitten der Wüste Nevadas, aber sollte die Station eines tollkühnen Abenteuers für die beiden Freunde werden. In ihrem wirbeligen Schoß sollten die frischgeknüpften Bande einer jungen Kameradschaft unlösbar gefestigt werden, zum erstenmal mit einem Westnamen bedacht, der schon in kurzer Zeit seinen guten Klang durch alle Staaten der Union trug...

Die „Unzertrennlichen" —

Die „Nummer Vier und Fünf" der ruhmbedeckten Sinclargruppe...

*

Die große Zeit Virginia-Citys war schon längst vorüber, die Zeit der Indianerüberfälle, der überwältigenden Silberfunde. Die Brüder Grosh, denen die Entdeckung reicher Silberminen zu verdanken war, lebten schon längst nicht mehr, ihr Name schien vergessen. Die Stadt, die mitten in der Wüste entstanden war und einmal über sechzigtausend Seelen beherbergte, war nur noch spärlich bewohnt. Die reichsten Adern konnten als versiegt bezeichnet werden, das Gros der Minenarbeiter war abgezogen und hatte sich anderen Gegenden zugewandt.

Die Kneipen, die einmal Tag und Nacht ihre Pforten offenhielten, führten ein geruhsames Dasein. In den Tanzsälen, die einmal traurigen Ruhm genossen, fanden nur noch wenige Veranstaltungen statt. Die Wohnsitze derer, die in der großen Zeit beachtliche Vermögen gemacht hatten, drüben in Digger-City, standen verwaist oder wurden von Männern bewohnt, die immer noch auf verzweifelter Suche Stollen in die ausgepowerte Erde trieben, neuen Reichtum zu entdecken. Erst vor wenigen Wochen war ein Boy namens Ike Smallroad auf eine frische Silberader gestoßen; ein Triumphschrei ging erneut durch die Staaten. Virginia-City war entgegen gehässiger Falschmeldungen noch lange nicht tot, es gab immer noch gleißendes Metall in der halbverlassenen

Stadt, das die Ausdauer der Unentwegten belohnte. Draußen, vor den Toren, lag die Wüste im blassen Schein des Sternenlichtes. Es ist eine Eigenart der Wüstennächte, keine echte Dunkelheit zu kennen, denn der gelbe Sand der baumlosen Steppe wirft den fahlen Glanz der Himmelskörper wieder zurück. Dunkel und düster lag der Kristall-Saal, das Prunkstück Virginia-Citys, dessen riesiger Kronleuchter eine echte Sehenswürdigkeit war. Düster lagen die Straßen, die Gassen, die mächtigen Paläste, die in der Zeit der ersten Silberfunde entstanden waren. Welcher Unterschied zu Tombstone, zu Coloma! Dort waren es durchwegs nur klägliche Bretterhütten, Notbaracken und Wellblechhäuser, die zur Unterkunft dienten; Virginia-City aber bestand aus prächtigen Steinbauten, aus vornehmen Villen mit hohen Portalen, Marmorsäulen und breiten Veranden. Eine hochragende Kirche und sogar ein richtiges Opernhaus waren da, und obzwar kaum mehr besucht, zeugte ihre Existenz immer noch von einer Epoche, die den größten des amerikanischen Kontinents zugerechnet werden muß.

Virginia-City war noch nicht tot —

In der Silberstadt der Wüste gärte immer noch das Leben, besonders zur Nachtzeit, wenn draußen hoch über den gelben Sanddünen die bleiche Scheibe des Mondes ihr geheimnisvolles Zwielicht über die Dächer und Zinnen der einsamen Oase inmitten der Sandflächen Nevadas warf. Dann begann es sich mancherorts in den halbverlassenen Häusern, Gassen und Straßen zu regen —

*

Joe Fresnodge hatte vom Fenster seines im ersten Stock des „Kristall-Palastes" gelegenen Zimmers, das er bereits seit mehreren Wochen bewohnte, einen prächtigen Blick über die Hauptstraße von Virginia-City. Drüben lag das stattliche Wohnhaus Mel Rodgers, der mit seinem Brunnengeschäft ein reicher Mann geworden war. Wasser war kostbar inmitten der Wüste von Nevada und viel, viel wertvoller als Gold und Silber. Nicht einmal Randall Grove, seines Zeichens Baumeister, der die meisten Häuser der Silberstadt errichtet hatte, konnte sich rühmen, so viele Dollars gemacht zu haben wie der „Wasserbohrer" von Virginia-City, dessen Stern jetzt freilich im Sinken war. Aber es wurden ja auch keine Häuser mehr gebaut, und damit war auch die Verdienstquelle Grovers versiegt. Es war ein offenes Geheimnis, daß in der Wüstenstadt nur noch ein Mann wirklich Geld verdiente, nämlich Joe Fresnodge. Es war nicht gut, laut darüber zu sprechen. Der dicke Joe hatte viele Freunde, die alle in dem Geruche standen, erstklassige, gefährliche Coltmänner zu sein, stets in Bereitschaft, die Befehle ihres Herrn zu empfangen. Der bürgerlich wohlanständige Teil der Bevölkerung machte einen großen Bogen um Joe Fresnodge; man mied ihn und — man fürchtete ihn. Dabei betrieb der dicke Mann doch nur eine öffentliche Agentur: Er kaufte Silber, Gold und Mineralsalze auf, um sie an seine Zweigniederlassungen in Chicago und New York weiterzuleiten. So stand auf seinen Geschäftsbriefen zu lesen und in seinen Empfehlungen — es war auch die Meinung Sheriff Ted Jordans; dagegen war nichts einzuwenden. Nur was bewiesen werden konnte, zählte, und bis heute hatte man Joe Fresnodge noch nichts Unehrenhaftes in die Schuhe schieben können.

„Ist der Transport aus Reno schon eingetroffen, Hartly?"

Hartly war die rechte Hand des dicken Joe. Hartly wußte alles, kannte alles, war über alle Geschäftsvorgänge genau im Bilde. Ohne Hartly hätte Fresnodges Existenz ganz anders ausgesehen. Er war Butler und Hauptbuchhalter in einer Person, kümmerte sich um die Speisekarte mit der gleichen Intensität wie um das Einkassieren der erheblichen Rechnungsbeträge.

„Nein, Mister Fresnodge..."

Trotz seiner unzweifelhaften Verdienste war Hartly die Demut und Bescheidenheit in Person. Hundertmal hatte ihm Fresnodge schon angeboten, ihn Joe zu nennen. Das war amerikanisch. Hartly aber war Engländer und hielt auf Etikette. Fresnodge war sein Arbeitgeber, der zum mindesten fordern konnte, in seiner Person respektiert zu werden.

„Nenne mich Joe, Hartly, wie es hierzulande üblich ist..."

„Jawohl, Mister Fresnodge..."

Hartly war ein hartgesottener Sohn Albions; was er nicht hören wollte und was nicht in seine Weltanschauung paßte, pflegte er einfach zu ignorieren.

„Und die Boraxladung?"

„Nach meinem Zeitplan dürfte der Abgesandte von Mister Smith in Sacramento eingetroffen sein. Die Ladung wird dort registriert. Ich habe verfügt, die Güterwaggons nicht zu wechseln — das letztemal haben wir fünf Doppelzentner Verlust dabei gehabt, von den Lohnkosten nicht zu reden. Bis morgen Abend wird die Sendung in Reno sein."

„Sie ist für unser Haus in Chikago bestimmt."

„Ich habe bereits diesbezüglich Anweisungen gegeben, Mitser Fresnodge. Die Waggons haben in Reno nur eine Stunde Aufenthalt. Wer wird Mister Davis den Scheck überbringen?"

„Das Bargeld, verdammt", unterbrach Fresnodge unwirsch, „ich liebe keine Papiergeschäfte!"

„Darf ich erinnern — das letztemal wurde der Geldbote überfallen, niemand wußte von hunderttausend Dollar — und doch..."

„Wir haben unsere ordnungsgemäße Empfangsquittung, sollen die Kerle besser auf ihr Geld achtgeben!"

„Es wäre vieleicht doch besser, Mister..."

„Du bringst das Geld nach Reno, Hartly, und damit basta. Ich liebe nur klare Geschäfte — hie Ware, hie Geld!"

„Jawohl, Mister Fresnodge."

„Diesmal handelt es sich um eine beachtliche Summe, Hartly — nimm dir ein paar Scharfschützen mit, damit du wohlbehalten bis zur Railway kommst. Grüße Davis von mir und nimm dich vor ihm in acht. Er ist ein Spaßmacher, der trotz seiner Urwüchsigkeit nur üble Streiche im Kopf hat. Was gibt es in Virginia-City?"

„Oberst Sinclar mit seinen Langreitern ist eingetroffen, Mister Fresnodge."

„Was will er hier?"

„Er hat die Kneipen und verschiedene leerstehende Häuser durchgekämmt und einige Verhaftungen vorgenommen. Ein Fremder, der erst gestern in unsere Stadt gekommen ist, leistete Widerstand — er wird morgen im Wüstensand begraben..."

„Wie lange gedenkt der Alte hierzubleiben?"

„Nach meinen genauen Ermittlungen bis heute abend, Mister Fresnodge." Die Stimme Hartlys wurde leiser:

„Wir haben herausbekommen, wem die Sinclarleute auf den Fersen sind: Al Rowood..."

Joe Fresnodge hob erstaunt den Kopf.

„Das kann nicht gut sein. Rowood hält sich zur Zeit in Tombstone auf..."

„Verzeihen Sie, wenn ich widersprechen muß. Rowood hat bereits vor einer Woche Tombstone in Richtung Death Valley verlassen. Er soll nach hier unterwegs sein... er will in Reno heiraten —"

Fresnodge schüttelte zweifelnd den Kopf.

„Du bist ein kluger Kopf, Hartly", sagte er nach einer Weile, „diesmal aber hast du mächtig viel Unsinn geredet. Ein Kerl wie Al Rowood wird nie heiraten. Heirat bedeutet ein bürgerliches, friedliches Leben. Kannst du dir den ‚Fröhlichen Al' als treusorgenden Familienvater vorstellen? Lächerlich! Eher könnte man aus einem blutgierigen Wüstenfuchs eine harmlose Sandmaus machen, die sich von Flöhen und giftigen Kröten ernährt!"

„Ich kann es auch nicht recht glauben, Sir —"

„Rowood ist der gefährlichste Bursche, der mir bis heute untergekommen ist. Man muß sich vor ihm hüten. Glaubst du, daß Sinclar ihn zur Strecke bringen wird?"

„Ohne Zweifel, Sir! Er hat ein gutes Dutzend Langreiter in seinem Gefolge."

Der dicke Joe machte eine geringschätzige Gebärde.

„Gefolge! Was nützt es einer Herde Wölfe, einen armseligen Präriehund zu jagen, der sich in tausend Erdlöchern verstecken kann. Sie müßten den flinken Burschen erst haben, Hartly... und daran werden sie sich die Zähne ausbeißen, glaub mir!"

„Der Oberst hat tüchtige Schützen in seiner Mannschaft. Hal Steve zum Beispiel, einen jungen Mexikaner, und Clark Stone, Bruce Hightown, Stendahl Drove, Mike Lower: alles Namen, die einen guten Klang haben..."

„Einen hast du vergessen, Hartly!"

„Den ‚Schwarzen Fred'? Verzeihen Sie, Sir, wäre er bei der Mannschaft Sinclars, hätte ich ihn erwähnt. Er befindet sich mit einer Sonderaufgabe in Arizona. Einer der Langreiter war so freundlich, mir nähere Einzelheiten mitzuteilen..."

„Den meine ich gar nicht —"

Joe Fresnodge räkelte sich geschmeichelt in seinem bequemen Schaukelstuhl. Er liebte es, den tüchtigen Sekretär mit Neuigkeiten zu überraschen, die dessen Schnüffelsinn entgangen waren.

„Oberst Sinclar hat über hundert Langreiter unter seiner Fahne, Mister Fresnodge", antwortete Hartly mit überlegener, fast beleidigter Miene, „und die tüchtigsten Boys habe ich aufgezählt..."

„Keiner von ihnen hat gegen Al Rowood eine reelle Chance. Hal Steve vielleicht... der Oberst hat aber noch einen verborgenen Trumpf in seinem Kartenspiel!"

„Nicht daß ich wüßte, Sir!"

Das Gesicht des dicken Geschäftsmannes war eitel Wonne.

„Der alte John trägt sich mit dem Gedanken, eine Geheimmannschaft zu gründen", sagte er augenzwinkernd, „hörst du, Hartly? Eine Geheimmannschaft. Also eine Gruppe ohne Uniform und Abzeichen, die mit besonderen Vollmachten ausgestattet ist und das Recht haben soll, gleichzeitig Sheriff und Henker zu sein. Was sagst du dazu, Hartly?"

„Sie wird kein langes Leben haben, Sir..."

„Sinclar hat einen großen Trumpf —"

„Ah, jetzt verstehe ich. Trixi, den texanischen Wunderschützen!"

Das hagere Gesicht des Engländers verzog sich zu einem Grinsen.

„Ich glaube nicht an Wunderknaben, Sir — sie beginnen und vollenden zu früh."

„Trixi ist die ‚Nummer Eins' dieser getarnten Mannschaft, Hal Steve und Fred Lockh mit Sicherheit die ‚Nummer Zwei' und die ‚Nummer Drei'. Acht Namen soll diese Gruppe umfassen, und nur die Besten, die Verwegensten der Unionsstaaten sollen ihr angehören..."

„Woher wissen Sie das, Sir?"

„Ich habe in Washington gute Beziehungen", lächelte Fresnodge, „Minister Morrison wird keinen leichten Stand haben, wenn er seine Vorlage im Weißen Haus einbringt. Er hat starke Widersacher. Wir leben nicht unter Tyrannei, die frechen Hauptes tun und lassen kann, was und wie sie will. Man kann nicht einer Hand voll Männer Rechte und Befugnisse in den Schoß werfen, um damit Mißbrauch zu treiben. Eine solche Gruppe von Richtern und Vollstreckern in einer Person, die nach Gutdünken, nur sich selber verantwortlich, handeln und die Gesetze nach ihrer Weltanschauung, nach den Gepflogenheiten und Notwendigkeiten des Augenblicks auslegen kann, ist für uns alle eine riesengroße Gefahr..."

„Für uns doch nicht, Sir — doch nur für die Lumpen, von denen es, Gott sei's geklagt, eine ganze Menge gibt."

„Ich sage, für uns alle, verdammt", Fresnodge schnaufte heftig, in Wut geraten, „bedenke, was diese Machtbefugnisse in falschen Händen für verheerende Folgen haben können! Da könnte zum Beispiel dieser Trixi — überdies ein Halbwilder, der bis heute in den Urwäldern des Black River gelebt hat — auf den Gedanken kommen, daß ein gewisser Mister Anthony Hartly aus England derjenige ist, der die Geldboten, die von uns mit so stattlichen Summen für ihre Lieferungen ausgestattet wurden, überfallen läßt. Beweis? Dieser Hartly allein wußte, wie die Empfänger der Beträge aussahen, wo sie sich aufhielten und wohin sie sich wandten, auf dem Weg zurück an ihren Ausgangspunkt. Das sind doch handfeste Argumente, was, Hartly!? Dem Richter würden sie natürlich nicht genügen, und einem Sheriff würden sie vielleicht nur ein mitleidiges Lächeln abgewinnen. Wenn es sich nun dieser Halbindianer — ich will beim Beispiel bleiben — in den Kopf gesetzt hat, daß der Täter, dem inzwischen schon zwei saftige Raubzüge geglückt sind, nur Anthony Hartly heißen könne, wer verbietet ihm noch, seinen Colt zu ziehen, um Old England um einen treuen Sohn ärmer zu machen?"

Hartly starrte entsetzt auf seinen Chef. Die ganze Schrecklichkeit dieses mit leichten Worten hingemalten Bildes stand in seinen Zügen geschrieben.

„God bless me", stotterte er verwirrt, „diese Vorstellung ist unheimlich —"

„Und darum, Hartly", Joe Fresnodge war ganz sachlicher Geschäftsmann, nur auf seinen Vorteil bedacht, „darum müssen wir auf Oberst Sinclar und seine neue Gruppe ein ganz besonderes Auge haben. Kapiert?"

„Kapiert, Sir!"

Die Hände des Sekretärs befiel ein leichtes Zittern. Er schluckte krampfhaft, während in seiner linken Brustseite etwas heftig zu stoßen begann — das Herz. Das Herz machte in letzter Zeit nicht mehr mit, es ertrug keine plötzlichen Aufregungen mehr. Anthony Hartly beschloß, in den nächsten Tagen Doktor Wellis, einen tüchtigen Arzt, zu konsultieren.

Nicht nur, um sich untersuchen zu lassen — er hatte mit dem alten Freund auch sonst noch zu sprechen.

Unter vier Augen...

*

Sie nächtigten in Pomis am Lake Tahoe in einer abgelegenen Farm, die einem alten Einsiedler gehörte. Gastfreundschaft war im Grenzgebiet des langgestreckten Gebirgszuges der Sierra Nevada etwas Selbstverständliches. Jeder arme Bergbauer, der ein primitives Dach über dem Kopf hatte, schätzte sich glücklich, einen müden Reiter aufzunehmen, ihn zu bewirten und seine Behausung mit ihm zu teilen.

George Arbucle — so hieß der Einsiedler — hatte sofort bemerkt, mit wem er es zu tun hatte: Liebesleute, die in Reno heiraten wollten. Und da seine Hütte nur aus einem einzigen Raum bestand, glaubte er nicht mit Unrecht, zu stören. Er nahm seine Decke, um in den Bergen zu kampieren. Von weitem grüßte der Twin Peak, eine bizarr geformte, rötlich-braune Bergspitze. Es war sicherlich nicht die erste Nacht, die er in Gottes freier Natur verbrachte, und er liebte die Berge, die freien Höhen und Felsgrate, mehr als die engen Wände seiner Hütte. —

Sie saßen einander schweigend gegenüber, der Mann mit finsterer Miene, die Frau den Tränen nahe.

„Was quält dich? Du bist nicht mehr wie früher! Du warst ganz anders... in Tombstone —"

Joan hob den Kopf. Wirklich, Tränen standen in ihren Augen.

„Du bist nicht der, für den ich dich gehalten habe", begann sie stockend.

„Wie soll ich das verstehen?" Al Rowood verstand nicht, was das Mädchen meinte.

„Du bist nicht ehrlich, Al."

„Zu dir bin ich's, Joan..."

„Das genügt mir nicht!" Die Stimme des Mädchens wurde leiser. Sie sprach zu sich selber und sie senkte den Kopf, als würden die Gedanken sie zentnerschwer belasten, die hinter ihrer Stirn aufgezeichnet waren. „Als ich dich zum erstenmal sah, glaubte ich, mein Wunschbild zu sehen — nicht nur körperlich, denn im Äußeren ist an dir nichts auszusetzen. Ach — ich liebe fröhliche Menschen, die mit einem herzhaften Gruß am Morgen erwachen und mit ihrer guten Laune ein ansporndendes Vorbild des Frohsinns sind. Deine Lieder haben mich betört, haben mich blind gemacht. Man hat mich vor dir gewarnt. Man hat dich einen Blender genannt, dessen Fröhlichkeit nur Tarnung, nur Täuschung sei. Ich habe die Warner verlacht. Man hat dich einen schlechten Kerl genannt, einen üblen Coltmann, einen brutalen Schläger, dessen übles Handwerk man in blanke Dollars umwechseln könne. Man hat dich einen Verbrecher genannt, der auf der falschen Seite des Lebens steht..."

„Namen... nenne Namen!"

„Damit du diese Behauptungen unter Beweis stellen kannst, nicht wahr?"

„Wenn man seine Ehre verteidigt, ist jedes Mittel recht, auch das brutalste!"

Unruhig fuhr die Hand des Mädchens über die blassen Wangen, wischte nasse Stellen trocken, beruhigte mit sanftem Druck die schmerzenden Augen.

„Ich habe mich getäuscht — ich habe einen Fehler begangen, für den ich büßen muß. Ich sah dich mit den Augen der Liebe, mit den falschen Augen, mit denen man einen Mann nicht betrachten darf. Die einschmeichelnden Lieder, die du zur Laute gesungen, haben meinen Verstand verdunkelt, aber die Schüsse in der Kneipe von Las Vegas haben ihn wieder klar gemacht. Du hast falsch gespielt, Al!"

„Ich brauchte Geld —"

„Geld durch Falschspiel? Darauf ruht kein Segen. Du hast ausgezeichnet falschgespielt und das hat mir verraten, wie oft du schon auf der betrügerischen Seite gesessen bist. Diese Fähigkeit erlernt man nicht von heute auf morgen. War es notwendig, nach entdeckter Entlarvung gleich zu den Waffen zu greifen? Du bist ein vorzüglicher Schütze, Al. Ich kenne nur noch einen, der die Waffen schneller ziehen kann als du ... nur einen einzigen —"

„Und der wäre?"

„Das ist gleichgültig, sein Name wird dir völlig unbekannt sein. Ich bin mit ihm aufgewachsen."

„Dann will ich dir seinen Namen nennen — Fred Lockh..."

Joan blickte überrascht auf. Woher kannte Al...?

„Möchte dir ein kleines Geheimnis verraten", fuhr Rowood fort, „wegen diesem Fred Lockh, der Mitglied der Sinclar-Reiter ist, habe ich Tombstone verlassen.

Wollte nicht mit ihm zusammenstoßen. Seit ich dich kenne, Joan, bin ich ein anderer Mensch geworden..."

„Fred soll bei den Texas-Rangers sein? Unmöglich! Der zurückhaltende, eigenwillige Fred Lockh, der immer verträumt und mit sich selbst beschäftigt durch die Wälder lief, um mit den Bäumen zu reden und mit den Tieren der Prärie..."

„Und der schneller seinen Colt in die Finger bekommen soll, als ich...!"

„Er ist der beste Schütze, den ich kenne!"

„Du bist ja ganz verliebt..."

„Ich liebe Unerschrockenheit und Kühnheit — und noch mehr Anständigkeit, und Fred Lockh ist ehrlich durch und durch. Er würde nie die Spielkarten mißbrauchen, nie Menschen des schnöden Geldes willen umbringen!"

„Habe ich das getan?" Lauernd hingen die Blicke Al Rowoods am Gesicht des Mädchens.

„Jetzt glaube ich jedes Wort, was man mir über dich hinterbracht hat. Du bist ein Coltmann, der für schmutzige Bezahlung Menschen mordet und seinen Lebensunterhalt mit Verbrechen bestreitet. Das ist die bittere Erkenntnis. Ich war blind, blind, wie es eben nur ein verliebtes Mädchen sein kann. Gibt es einen besseren Beweis für meine Behauptung, als du ihn mir selbst geliefert hast? Du hast Tombstone Hals über Kopf verlassen, weil dir ein Texas-Ranger auf den Fersen ist..." Joan erhob sich, sie bebte am ganzen Körper, sie rannte zur Tür. „Ich muß ins Freie, ich halte es nicht mehr aus, ich muß überlegen, wie ich mich entscheiden soll... ich war blind... blind..."

Die Tür schlug hinter ihr zu.

Al Rowood starrte düster vor sich hin. „... Blind ... blind ..."

Wie ein Echo verhallten die Worte draußen in den Ausläufern der Berge. „Blind ... blind ..." Je leiser sie verklangen, desto wuchtiger hämmerten die kurzen Silben auf ihn ein, ließen das Blut in seinen Adern sieden. Er erhob sich von rasendem Unwillen gepackt, entschlossen, den Schandfleck dieses Vorwurfes auszutilgen.

„Verdammt", knurrte er, „das hat mir noch niemand gesagt ... und — das wird mir auch niemand mehr sagen ..."

Mit geducktem Oberkörper näherte er sich der Tür, schlich hinaus, seine Augen in die zwielichtige Dunkelheit gerichtet.

Wenige Minuten später bellte ein kurzer Schuß durch die Einsamkeit der Nacht, der sich vielfach an den entfernt ansteigenden Felsen brach. George Arbucle verhielt jählings seinen Schritt. Dem bellenden Schuß war ein gellender Aufschrei gefolgt. Der Schrei eines verzweifelten Weibes in Todesnot ... ?

*

Nicht weit von Pomis entfernt, am Fuß der nördlichen Ausläufer des Twin-Peak, befand sich ein kleines Dorf der Sioux-Indianer. Große Aufregung herrschte unter den Rothäuten, denn sie hatten unerwarteten Besuch erhalten, einen Gast — obzwar ein Bleichgesicht —, der ihnen aufs höchste willkommen war: „Blitzende Hand", der große Freund Marjous, des obersten Häuptlings der Sioux-Ogalala, die weiter nördlich im Staate

Oregon ihre Reservationen hatten. Conny Cöll befand sich nicht zufällig im Grenzgebiet des Lake Tahoe. Er wollte in Virginia-City mit Oberst Sinclar zusammentreffen, der ihn hatte verständigen lassen, sich in einer äußerst wichtigen Angelegenheit einzufinden. Conny Cöll glaubte diese Angelegenheit zu kennen. Auf der Jagd befindliche Indianer hatten ihn erkannt, und es wäre eine tödliche Beleidigung für den Häuptling des Sioux-Stammes am großen See gewesen, hätte er dessen Gastfreundschaft nicht in Anspruch genommen. Er wollte zudem seinem Pferd, einer ausdauernden Stute, die er sich nach dem Tode Redlys *) auf der freien Wildbahn eingefangen hatte, etwas Ruhe gönnen. So war ihm die unfreiwillige Pause nicht unwillkommen gewesen. Die Rothäute des Lake Tahoe interessierten ihn. Er hatte etwa drei Jahre lang bei den Ogalalas verbracht, hatte ihre Sitten und Gebräuche kennengelernt, ihr Dasein studiert; vielleicht war ihm vergönnt, bei den Sioux des Südens Neues hinzuzulernen. Schon nach wenigen Stunden aber mußte er feststellen, daß kein Unterschied bestand. Im Norden wie im Süden war die Treue zur Gemeinschaft das oberste Gesetz, die Unterordnung unter das Ganze, unter den Rat der Alten, die durch den Mund des Häuptlings den Stamm regieren. Hier wie dort gab es keine Verzärtelung der Jugend, aber auch keine körperliche Bestrafung. Der Indianer verachtet den Weißen, weil er sein eigenes Fleisch und Blut züchtigt. Menschen, die sich an ihren Kindern vergreifen, fördern höchstens die schlechten Eigenschaften, erziehen sie zur Unbeherrschtheit und Gewalttätigkeit, die sich

---

*) Conny Cöll: Trixi

oft sogar gegen alte Menschen richtet. Das aber — Conny Cöll konnte dies immer wieder zu seiner Freude feststellen — war bei den Stämmen der Indianer einfach unvorstellbar.

Er liebte sie, ihre Naturhaftigkeit, ihr unverbildetes Wesen, beglückten ihn. Als er dem Häuptling gegenübersaß, ruhten die Blicke des „Gütigen Auges" anerkennend auf seiner Gestalt. Der Häuptling hatte dem berühmten Gast „Blitzende Hand" sein eigenes Tipi zur Verfügung gestellt. Die Aufnahme, wenn auch nur für eine einzige Nacht, erforderte ein umständliches, althergebrachtes Ritual. Im Hintergrund hatte der rothäutige Vater den Ehrenplatz, seine beiden Söhne saßen zu seiner Linken, die drei Töchter zur Rechten, und die Mutter, die immer noch hübsche Squaw mit den ebenmäßigen Gesichtszügen, bewachte den Eingang. Niemand durfte die feierliche Handlung stören. Zur Einleitung der Zeremonie wurde gegessen und der erste Bissen jeweils dem Himmel, der Erde und den vier Windrichtungen, die Gutes und Böses in pausenloser Folge bringen und forttragen können, geweiht.

„Wir sind alle Kinder Manitous, der uns segnet und bestraft, der uns Mißerfolg und Gelingen sendet. Es gibt keine bösen Geister, die uns übel gesinnt, keinen Tod, der uns verschlingt —"

Dann wurde die federgeschmückte Tonpfeife entzündet, die den Mittelpunkt des Rituals darstellte, und alles wiederholte sich noch einmal; nur die Worte waren anders. Eben schickte sich „Gütiges Auge" an, den begleitenden Spruch zur Zeremonie des Rauches zu sprechen, als seine Squaw durch unruhige Bewegungen zu erkennen gab, daß sich draußen vor dem Tipi etwas ereignet habe. Der Häuptling unterbrach die Begrüßungs- und Übergabefeier und trat in die Öffnung des Zeltes.

„Das Bleichgesicht, das man George Arbucle nennt, will den Häuptling der Sioux sprechen", sagte die Frau, ehe er nach draußen schritt, „er steht mit erhobenem Arm, die Handfläche nach außen, wie unsere Väter gelehrt und befohlen — es ist die Linke, Häuptling, die Hand der Freundschaft, die noch kein Blut vergossen, die dem Herzen näher ist —, das Bleichgesicht ist sehr unruhig, es hat etwas zu berichten..."

„Gütiges Auge" trat ins Freie, hob den Arm zur Begrüßung. Er kannte den weißen Einsiedler, der ein Freund der Indianer war.

„In den Bergen ist ein Verbrechen geschehen", sagte George Arbucle in fehlerfreiem Sioux-Dialekt, „eine weiße Frau wurde ermordet. ‚Gütiges Auge' möge einen seiner Krieger nach der Siedlung der weißen Männer senden, um den Sheriff zu holen. Die Untat schreit nach Sühne — oh... ein Bleichgesicht..."

Conny Cöll war hinter dem Häuptling aus dem Zelt getreten, da er die Worte des Einsiedlers gehört hatte.

„Wer ist der Mörder?" fragte er.

„Ich kann ihn genau beschreiben — er hat die Gastfreundschaft mißbraucht... dieser ehrlose Schuft..."

„Ich werde den Fall untersuchen."

Nur ungern ließen die Indianer ihren Gast ziehen, doch da in der Nähe einer Indianersiedlung eine weiße Frau ermordet gefunden worden war, hatte sich eine gefährliche Situation ergeben, die sofortige Aufklärung erheischte. Eine blutige Strafaktion des weißen Militärs wäre sonst unweigerlich die Folge gewesen.

Kurze Zeit später galoppierten zwei ausgeruhte Pferde in die abendliche Bergeinsamkeit — —

*

Knirschend hielt die unförmige Dampflokomotive an der Railwaystation von Reno. Der lange Gütertrain, der eine stattliche Ladung Borax aus dem Death Valley beförderte, hatte nur einen planmäßigen Aufenthalt von wenigen Minuten. Der Clerk der Station war verständigt, die letzten drei Waggons, die der Firma Smith aus Bartlet am Owens-Lake gehörten, abzuhängen. Chester Davis, der verantwortliche Mann für den Transport — von seiner Umwelt nur der „Schnupfer" genannt —, hatte Auftrag, die Übergabeverhandlungen zu führen und den ordnungsgemäß quittierten Betrag in Empfang zu nehmen; Mister Joe Fresnodge, der Silberkönig von Virginia-City, hatte sich schriftlich verpflichtet, über diese Vorgänge tiefstes Stillschweigen zu bewahren. Mister Smith hatte seine Gründe dafür. Man lebte in unsicheren Zeiten und schwamm in einem großen Teich, in dem nicht nur die harmlosen Fische zu Hause waren; es galt mit Vorsicht zu operieren. Jeder Fremde war verdächtig, und besonders in Reno, einer aufstrebenden Stadt des Lasters, in der sich das Spielergesindel der ganzen Welt ein Stelldichein zu geben schien — der Ruf der Stadt war der schlechteste in der ganzen Union.

Neugierig betrachtete Chester Davis, umringt von seinen nicht gerade glücklich dreinschauenden Fuhrknechten, seine Umgebung.

Reno war kein nennenswerter Umschlagplatz; die Firma Barlopp war eine der wenigen, die dort ihre Lagerschuppen unterhielten. Außer den drei Waggons Borax war noch ein weiterer zur Entladung zurückgeblieben, mit einem gewissermaßen kulturellen Inhalt: Spielautomaten. Funkelnagelneue Apparate von jener Sorte, vor der hysterische Weiber und geschminkte männliche „Ästheten" mit schmalen Gesichtern, noch schmäleren Händen und beutegierigen Augen ihre modernen Tänze um das „Goldene Kalb" aufzuführen beliebten.

Chester Davis war ein Boy von alter Lebensart: rauhe Schale — echt und bieder im Kern. Die Stadt gefiel ihm nicht. Sie war zu schnell entstanden, zu rasch groß und reich geworden. Man nannte sie heute schon die „Kleinste Großstadt der Union", das kommende Zentrum des Mittelwestens. Das war blinder Größenwahn. Eine Stadt, die nur von Steppe und Wüstenrand umgeben war, konnte keine Großstadt werden, dazu fehlten alle echten Vorbedingungen. Ein Mittelpunkt des Verbrechertums war sie allerdings schon, diese Errungenschaft bezweifelte Chester Davis nicht im geringsten. Er nahm eine ordentliche Prise Schnupftabak, sog sie genießerisch in seine Nase, vor Vergnügen ächzend. Ein heftiges Jucken reizte sein Riechorgan... und ein durch Mark und Bein gehendes Niesen erschütterte die Umgebung.

„Zum Wohl, Master!"

Als Chester Davis daraufhin wieder die Augen öffnete — er schloß sie immer während der befreienden Prozedur, die seinen Leib bis in die Grundfesten erbeben ließ —, sah er zu seinem Erstaunen zwei Männer vor sich stehen, die er nie und nimmer im Grenzgebiet des Staates Nevada vermutet hätte, sondern irgendwo im Death Valley oder im südlichen Kalifornien. Sie waren mit dem gleichen Zug nach Reno gekommen und hatten soeben ihr Abteil verlassen, um nach ihren mitverladenen Pferden zu sehen.

„Hol's der Satan", rief er verblüfft, „die Wüstenreiter! Boys, ich freue mich euch zu sehen. Der Himmel hätte euch nicht besser zusammenführen können. Seid bewahrt von allen Giften — ihr seht nicht nur aus wie Zwillingsbrüder: ihr seid gewiß auch welche..."

„Sogar eineiige..."

„Eineiige? Was ist das? Hoffentlich nichts Unanständiges. Ich würde nämlich niemandem raten, Chester Davis zu verderben. Ich bin gewappnet und gepanzert... genauso wie meine Begleiter..."

„Sind das die Boys, die Euch geholfen haben, den Sand durch die Wüste zu schleppen?"

„Den Sand?" Davis erinnerte sich wieder. O ja, natürlich — der Sand. Er hatte sich damals schon halb schief gelacht, als die beiden ihm im Todestal begegnet waren, eine Stunde von der „Ofenröhre" entfernt. Ein prustendes Lachen erschütterte von neuem seine elefantische Statur. Chester Davis wog nämlich nicht weniger als einhundertfünfzig Kilogramm, aber trotz seiner gewaltigen Proportionen wirkte er keineswegs schwammig oder schwerfällig. Im Gegenteil — seine strotzenden Glieder waren ständig in harmonischer Bewegung.

„Kolossale Idee, Boys", rief er, „Sand aus dem Death Valley für die Wüste von Nevada!"

Chester Davis war ein Witzbold, der keine Gelegenheit vorübergehen ließ, sein Zwerchfell zu beschäftigen, und sein Lachen war noch dröhnender als seine andere Lieblingsbeschäftigung, das Niesen.

Sam Brash und Fred Lockh konnten nichts anderes tun als stehen, grinsen und staunen.

„Für wen ist die Ladung bestimmt, Dicker?" brach endlich Fred Lockh sein verständnisvolles Schweigen.

„Für Mister Joe Fresnodge — aber ihr werdet den Gent nicht kennen —"

Fred Lockh verzog keine Miene.

„Mister Fresnodge?" Nichts in seinem Gesicht verriet seine Gedanken. Joe Fresnodge? Und ob er diese zwielichtige Persönlichkeit aus Virginia-City kannte! Jeder Langreiter hatte Auftrag, auf ihn und seine Zuträger zu achten; Oberst Sinclar vermutete ihn als Führer einer weitverzweigten und gut organisierten Banditenbande. Auch über die beiden Raubüberfälle auf Boten, die kurz zuvor von Beauftragten Joe Fresnodges beträchtliche Gelder erhalten hatten, waren sie instruiert.

„Hm", meinte er bedächtig, „tatsächlich noch nie gehört. Also Fresnodge hat die Ladung gekauft..."

„Die Ladung Sand..." ergänzte Davis heiter.

„Und er bezahlt sie bar?"

„Natürlich — deswegen bin ich ja hier." Irgend etwas aber riet dem niesfreudigen „Schnupfer" zur Vorsicht, obwohl er eigentlich gar keinen Grund sah, sich vor diesen harmlosen Tölpeln zurückzuhalten — das waren doch zwei ausgemachte Greenhörner. Ritten durch die Wüste, um einen Mann zu besuchen, der schon jahrelang nicht mehr unter den Lebenden weilte! Trotzdem aber wollte er jetzt, eingedenk des dringenden Rats von Mister Smith, kein Sterbenswörtchen mehr über die Sache verlieren. „Und ihr", lenkte er ab, „wo habt ihr denn eure bleichen Wüstenflöhe?"

„Im Pferdewaggon."

„Boys", wandte sich Chester Davis — der Schalk saß ihm im Nacken — an seine Begleiter, „habt ihrs gehört? Sie haben ihre Pferde bis Nevada mitgeschleppt. Als ob sie für die Passage nicht neue hier bekommen hätten!"

„Es gibt Pferde und Reittiere, Kamerad", mischte sich Sam Brash ins Gespräch „und außerdem gibt's Esel — wo habt Ihr übrigens die anderen gelassen?"

„Welche anderen?" hob „Schnupfer" verständnislos die Brauen.

„Na, im Death Valley hattet Ihr eine ganze Menge, um den riesigen Sandkarren herum..."

„Allerdings", nickte Davis.

„Ein Pferd, Dicker, ist kein Esel, den man nur zum Lastenschleppen verwenden kann. Ein Pferd ist des Menschen bester Kamerad, und von allen Tieren steht es Gottes Vaterherz am nächsten..."

„Wer hat das gesagt?"

„Franz von Assisi..."

„Wer war das?"

„Der Sheriff von Reno", grinste Sam, „frag nach bei ihm — und bestell ihm einen schönen Gruß von uns! Aber nies ihm nicht das ganze Office voll..."

Chester Davis holte umständlich seine Dose hervor und nahm sich eine Prise auf den Handrücken. Er schnupfte genießerisch den feuchten Tabak in seine gewaltigen Nasenlöcher, verzog das Gesicht wie ein Urwaldheiliger im Augenblick der himmlischen Eingebung, und brach sodann in das dröhnende, befreiende Bellen aus, das außer dem gelegentlichen Fauchen der Lokomotiven auf der Railwaystation das einzige stets wiederkehrende und weithin hörbare Geräusch war.

Jetzt war ihm wieder klar im Kopf, und er sah, daß

die beiden Greenhörner bereits davonstapften. Was hatten sie ihm da vom Sheriff-Office gesagt? Und von seinen Eseln? Die lausigen Burschen hatten Chester Davis wohl zum besten gehalten!? Hätte er nur die grinsenden Ledergesichter der Ladeknechte sehen können, die sich an den Waggons zu schaffen machten — er hätte gleich gewußt, woran er war, samt seinen einhundertfünfzig Kilo Lebendgewicht! Indessen wurde seine Aufmerksamkeit im Moment von einem weiteren Reisenden gefesselt, der eben damit beschäftigt war, sein Pferd aus dem Waggon zu zerren. Der Mann war sehr jung, zwanzig Jahre vielleicht, von großer, athletischer Figur, die in einer blitzsauberen Kleidung steckte. Offensichtlich ein Cowboy — allerdings von etwas stutzerhaftem Aussehen, was in dem ehemaligen Holzfäller Chester Davis ein gewisses Mißtrauen erregte. Trotzdem hatte der junge Mann seine Sympathie, wie er den schweren Sattel aufnahm und ihn mit Leichtigkeit seinem Pferd auf den Rücken legte. Dabei mußte ihm allerdings ein Mißgeschick unterlaufen sein, denn das Pferd steilte plötzlich nervös in die Höhe und rannte auf das Stationsgebäude los, wovor Chester stand. Chester fiel ihm geistesgegenwärtig und behend in die Zügel, und da war der Cowboy auch schon an seiner Seite.

„Schau dir das Biest an", lachte der „Schnupfer" dröhnend. Er blickte in ein braungebranntes Gesicht, in dem strahlend-blaue Augen aus den etwas ungebärdig über die Stirn fallenden blonden Haaren lugten.

„Dank für die Hilfe", hörte Chester eine sanfte Stimme, aber der Junge schien sehr eilig zu sein, denn er saß bereits auf, winkte ihm noch kurz zu und preschte die Straße nach Reno hinab.

„So ein Boy", brummte der Koloß hinter ihm drein, „will vielleicht gar nach Las Vegas — jammerschade! Man sollte dieses Sodom und Gomorra ausräuchern, mit Stumpf und Stiel. Das wär' ein gutes Werk!"

Und um seine moralschweren Ergüsse wenigstens zu einem momentanen Effekt zu bringen, wollte er eben wieder in die Tasche nach der Dose fahren, als er Mister Hartly, den Bevollmächtigten Mister Joe Fresnodges, auf dem Bahnhofsgelände auftauchen sah.

Chester Davis ließ die Prise zunächst sein, denn nun konnte der geschäftliche Teil und damit der Abschluß seiner langen Reise beginnen — —

*

„Dan — hörst du... Dan —"

„Verdammt, was gibt's?"

„Der ‚Schwarze Fred' ist in der Stadt!

„Na wenn schon."

„Ich habe gesagt, der ‚Schwarze Fred'!"

„Ich bin nicht schwerhörig, Dick. Hast du Angst?"

„Ehrlich gesagt, mir ist nicht ganz wohl..."

„Ah —! Vielleicht eine Magenverstimmung. Dafür gibt's Tabletten..."

„Hör zu, Dan. Es ist wichtig — nimm es nicht auf die leichte Schulter. Der Boß hat es nicht gern, wenn wir uns in leichtsinnige Abenteuer stürzen. Er hat angeordnet, diesmal besonders vorsichtig zu sein, denn Oberst Sinclar und seine Grenzreite sind in Virginia-City aufgetaucht. Sie müssen Verdacht geschöpft haben und fahnden jetzt in der Silberstadt, unauffällig selbstverständlich..."

„Hast du schon jemand gesehen von ihnen?"

„Ja — den ‚Schwarzen Fred'!"

„Jag doch dem Tölpel eine Unze Blei in seinen neugierigen Balg, dann hat dein Hasenherz Ruhe..."

„Er ist nicht allein!"

„Na wenn schon!"

„Verdammt, Dan, so hör doch zu! Du weißt ja gar nicht, wer in seiner Begleitung ist!"

„Wird nicht so wichtig sein."

„Trixi!"

„Trixi?"

„Warum sagst Du Idiot das nicht gleich! Wie sieht er denn aus?"

„Er glich Fred Lockh aufs Haar — es könnte ein Zwillingsbruder von ihm sein."

„Trixi soll blonde Haare haben."

„Soll... soll — das sind alles nur Gerüchte. Diplomatie, verstehst du, Dan! Unsere Leute sind schnell hinter das Geheimnis gekommen."

„Das ändert natürlich die strategische Lage — wir müssen etwas tun. Trommle die Boys zusammen. Growler soll sich mit vier Mann auf die Fährte des fetten Chester setzen. Der Coup darf nicht mißlingen. Am besten — der Train, der ihn nach Death Valley zurückbringen soll, wird bei Verdi zum Entgleisen gebracht. Der Boß hat Truckee dafür vorgesehen. Ich brauche aber die Boys. Mit Trixi, diesem gefährlichen Teufel, werden wir kein leichtes Spiel haben. Ich brauche alle Mann. Einzelheiten darüber später. Ich muß nachdenken und das Terrain sondieren... Trixi in Reno — verdammt, das kann die Situation ändern. Der ‚Schwarze Fred' machte uns keine Schwierigkeiten, das ist ja bloß ein

Tölpel, der an seiner eigenen Einfältigkeit zugrunde geht. Aber was will Oberst Sinclair in Virginia-City? Darüber müssen wir Gewißheit haben. Sonst noch Schwierigkeiten?"

„Al Rowood ist nach Reno unterwegs — vielleicht ist er schon in der Stadt eingetroffen."

„Aha, darum also —"

„Du glaubst, daß das Erscheinen der Sinclar-Mannschaft mit Al Rowood zu tun hat?"

„Kann sein... Verdammt, sonst keine Neuigkeiten?"

„Phil Woodland ist gestorben."

Ein Stuhl fiel knallend zu Boden. Eine Faust schlug auf den Tisch, daß die Gläser klirrten.

„Bist du übergeschnappt, Dick?"

„Nein, er ist tot. Ich weiß es bestimmt, ich war ja dabei..."

„Na und...?"

„Phil Woodland spielte das Spiel seines Lebens — ein Genie, Dan, wie Reno nur wenige beherbergt hat..."

„Keine langen Vorreden!"

„Es war das letzte Spiel seines Lebens. Ein blondhaariger Bursche, der ihm während der Partie über den Rücken schaute, hat sein falsches Blatt aufgedeckt. Du kennst Phil Woodland. Wenn einer sein Falschspiel entdeckte, war's aus. In solchen Situationen griff er nach dem Colt, aber der Blonde war schneller... das ist alles —"

„Alles?"

„Wie man's nimmt. Bud Fairfield, sein ständiger Begleiter..."

„Verdammt, ich weiß, wer Bud ist. Woodland hat den fähigen Schießer zu seinem persönlichen Schutz engagiert — gegen zehn Prozent seiner Einnahmen; hat der Kerl geschlafen?"

„Er schläft noch, Dan."

„Wie soll ich das verstehen?"

„Als der blonde Boy in die Karten griff, um das falsche Spiel aufzudecken, hatte sich Bud auf ihn gestürzt. Er hatte geglaubt, das Bürschlein mit der Faust erledigen zu können. Hat sich was —! Der Blonde duckte sich blitzschnell unter der zischenden Rechten Fairfields hinweg, und im gleichen Moment bekam er eine verpaßt! Dan, ich sage dir, ich habe so etwas noch nicht gesehen. Das war ein Uppercut, daß Bud einen richtiggehenden Salto mortale nach rückwärts schlug. Er fiel mit dem Rücken auf den Nachbartisch, stürzte mitsamt Tisch und Gläsern zusammen und gab keinen Schnaufer mehr von sich. Er schläft immer noch..."

„Hm, hm..."

„Paß auf, Dan — Jim Pollock und Adam Rolbins haben zum Abschluß noch das Wirkende bekommen, ich war wie vom Schlage gerührt..."

„Jim Pollock — Rolbins... das Wirkende...?"

„Sie standen an der Pendeltür — hatten Wache um unangenehme Gäste abzuhalten. Sie wollten nach dem Aufruhr den Blonden natürlich nicht passieren lassen... Die Boys standen gegen das Licht — die Funzel muß sie geblendet haben —, anscheinend bekamen sie die Drücker ihres Colts nicht zu fassen... Ladehemmung vielleicht, ich weiß es nicht. Sie waren zu ihren Vätern gegangen, ohne ihren Freunden noch ein letztes Wort sagen zu können. Drei Fliegen auf einen Schlag. Drei unserer besten Leute! Der Boß wird toben..."

Ein Geräusch klatschte auf. Es war nur Dans Hand, die gegen seine eigene Stirn schlug.

„Verdammt, verdammt..."

„Ja — verdammt... Dan, ich sage dir, der Blonde..."

„Genug!" Dan sprang in die Höhe, sein Stuhl kippte polternd zu Boden.

„Dein Stetson, Dan..."

Aber der stürmte schon davon, die Hiobsbotschaften hatten sich wie Flügel an seine Füße gesetzt.

„Fort..." klagte Dick, während er sich erschöpft auf den nächsten Stuhl fallen ließ, „und ich habe ihm noch gar nicht gesagt, daß auch Hamilton Dree zu den Maulwürfen gegangen ist. Hamilton... hat hinter ihm dreingeschossen... bis dann der Blonde... kaum anvisierte... und Hamilton... Hamilton... nein, diesen Schlag überwinde ich nicht — nie... Hamilton, Dans bester Freund... darüber wird er nicht hinwegkommen... das raubt ihm den Verstand..."

Kopfschüttelnd starrte Dick zu Boden, während ein stockendes Gemurmel sich zwischen seinen Zähnen zerrieb — —

*

Jack Growler war auf dem Posten. Er hatte mit seinen zwei Begleitern in rasendem Ritt die kleine Bahnstation Verdi erreicht. Dan Talmadge hatte Auftrag gegeben, den Train gleich hinter der Staatsgrenze — also bereits auf kalifornischem Boden — anzuhalten und dem „Schnupfer" das ihm in Reno übergebene Dollarvermögen wieder abzunehmen.

Ein lächerlich einfacher Job. Zwei seiner Leute befanden sich im Zug, um einen eventuell aufkommenden

Widerstand gleich im Keim zu ersticken. Jack Growler war Spezialist in sang- und klanglosen Überfällen und er hatte schon schwierigere Aufträge gemeistert. Er lag mit seinen Komplicen neben den Geleisen, wohl verborgen hinter würzig duftendem Salbeigebüsch. Der Standort war großartig gewählt. Der Train erklomm ächzend die Verdi-Höhe, den ersten Ausläufer des mächtigen Monte Lola, und kam auf dem höchsten Punkt der Steigung fast zum Stehen. An diesem Punkt hatte Growler einen starken Baumstamm über die Schienen gelegt. Der kurze Aufenthalt, der zur Entfernung des Hindernisses notwendig war, würde ausreichen, die Reisenden des fraglichen Kupees um ihre Brieftaschen und Schmucksachen zu erleichtern. Der Train, der hauptsächlich für die Beförderung von Gütern bestimmt war, führte nämlich nur ein Abteil für Reisende. Dan Talmadge hatte angeordnet, sich so zu verhalten, als würde es sich um einen gewohnten Überfall handeln, der dem ganzen Waggon und nicht einer Einzelperson galt.

Dan Talmagde und natürlich vor allem der Boß in Virginia-City sollten mit ihm zufrieden sein...

*

Die Sitzbänke des Sacramento-Reno-Trains, der einer Transportgesellschaft in Coloma am American River gehörte, waren gepolstert, ein ungewöhnlicher Luxus, der bei den Reisenden nicht nur großes Aufsehen, sondern noch größere Behaglichkeit hervorrief. Chester Davis hätte seinen breiten Rücken bestimmt mit grunzenden Lauten der Zufriedenheit in das weiche Rückenteil versenkt, würde ihn nicht etwas Scheußliches geärgert haben. Dieses Etwas waren die zwei Männer, die er für den Tod nicht ausstehen konnte, nachdem sie die altväterliche Würde seines Spotts auf der Station in Reno so erfolgreich pariert hatten. Er bemerkte grimmig ihre höhnischen Blicke, obwohl sie nichts als zwei dumme Greenhörner waren.

In seinen Fäusten begann es zu jucken, wie in seiner Nase, wenn sie vom Schnupftabak gekitzelt wurde.

Oh, er war Manns genug, diesen beiden Frechdachsen die Lust zu nehmen, ihn auszulachen. Aber er mußte sich beherrschen. Wie hatte der Boss ihm immer wieder gepredigt? ‚Chester, keine Ausfälle, keine Aufmerksamkeit erregen, den Dummen und Armen spielen, und sich durch nichts aus der Ruhe bringen lassen, durch nichts — und wenn dir ein Indsman in die Visage spucken sollte —, hast du verstanden? Durch nichts!'...

Davis wollte seinen Chef, der ihn so fürstlich bezahlte, nicht enttäuschen. Also beherrschte er sich, wenn auch seine wuchtige Gestalt unter diesen heroischen Bemühungen bebte. Es mußte sein, es stand zuviel auf dem Spiel. Gleichmäßig waren seine Helfer über das Abteil verteilt, in das man durch zwei Eingänge gelangen und es mit einem einzigen Blick übersehen und überwachen konnte.

Chester Davis nahm sich vor, die beiden, die am seitlichen Ende der langen Polsterbank saßen, gar nicht zu beachten. Das war das beste Mittel, sich im Zaum zu halten. Aber was sollte er nur tun, um gegen die Reizung seiner Ohren gefeit zu sein?

„Kamerad —" hörte er.

„Was ist, Sam?"

„Habe die Newspaper gelesen..."

„Aha —"

„Da steht eine Scherzfrage..."

„Laß hören!"

„Was fressen Rollmöpse am liebsten?"

„Weiß ich nicht."

„Ich auch nicht — wollen wir unseren Fettberg in der bequemen Ecke da hinten fragen?"

Chester fühlte ein siedig-heißes Rumoren in seinen Eingeweiden: die Wut, die sich einer schmerzhaften Blähung gleich Luft verschaffen wollte, aber keinen Ausweg fand — keinen finden durfte.

Mechanisch griff er in die Tasche, brachte seine Dose zum Vorschein und schlug sich brummend eine Riesenportion des braunen Extrakts auf die Faust und schnupfte sie laut und kräftig. Dann lehnte er seinen Schädel weit zurück, schloß die Augen und zog schlürfend und schluchzend die Luft ein... Hatschiii...! drang ein gewaltiges Dröhnen durch das Abteil, wobei sein quadratisches Hinterteil für den Bruchteil einer Sekunde die Sitzfläche verließ und die schwere Gestalt schier mit der Wucht einer Bombe auf die Polster zurückwarf. Die Reisenden zogen unwillkürlich die Köpfe ins Genick, als befürchteten sie den verderblichen Ausbruch zorniger Elemente.

„Zum Wohl, Dicker!" platzte Fred Lockh in die eingetretene Stille, die dem Sturm zu folgen pflegt.

„Danke —" grunzte Chester, noch nach Atem ringend.

„Eine Wohltat, was, Kamerad...?"

Der Riese nickte, wobei er nicht gegen seine Vorsichtsmaßregeln verstieß; ein Nicken war noch keine Unterhaltung. Er starrte durch die Fensterscheiben. Sein Blick irrte über die Landschaft, ohne sie zu sehen; die Hauptsache, er hielt seine Augen von der Quelle der Erbosung fern. Aber dafür waren seine Ohren schutzlos den beiden Frechlingen ausgeliefert.

„Kamerad —"

„Was ist, Sam?"

„Jetzt weiß ich immer noch nicht, was ein Rollmops am liebsten frißt!"

„Sandflöhe..."

Ein neuer Ruck ging durch des „Schnupfers" massige Gestalt. Sandflöhe! Das war auf die Geschichte mit der Ladung gemünzt. Aber er sollte ja nicht hinhören und mußte Ruhe bewahren. Mit noch angestrengteren Blicken widmete er sich der vorbeifliegenden Landschaft; der Train begann sich mühsam eine hohe Steigung hinaufzuarbeiten. Die Bahnstation Verdi lag bereits im Rücken und in einer Krümmung des Schienenweges hatte er schon die mächtige nach oben strebende Bergspitze des Monte Lola gesehen. Somit war die Grenze Nevadas passiert und man befand sich bereits auf kalifornischem Boden. Gottlob, das war Heimatluft. Sandflöhe — lächerlich!

„Und es sind doch Sandflöhe!" beharrte die aufreizende Stimme wieder auf ihrer Behauptung, „frag doch den Dicken, er handelt ja mit kalifornischem Sand..."

„Da fällt mir eine Story ein... Das Ofenrohr in der Borax-Grube... kennst du sie schon?"

„Nein."

„Also paß auf — he Dicker, hör mal zu!"

„Ich will nichts hören!" Nun war es heraus. Chester Davis hatte sich vergessen; wütend preßte er seine kräftigen Zahnreihen aufeinander.

„Ihr lacht euch schief bei der Story! Eines Tages

kommt ein Elefant in die Wüste und wie er das Ofenrohr in der Boraxgrube..."

Die Leute begannen belustigt zuzuhören, während sie mit einem Ausdruck höhnischen Schmunzelns in Chesters Ecke schielten. Chester sah ihre grinsenden Gesichter, und prickelnd wie der aromatische Tabak aus seiner Dose stieg ihm jetzt das Blut zu Kopf, seine Augen traten wie Knöpfe aus dem rotangelaufenen Fleisch. Er keuchte... stemmte sich mit einem Ruck aus den weichen Polstern in die Höhe — — In diesem Moment ging ein knirschender Stoß durch den Waggon. Koffer, Zeltsäcke, Schirme, Stöcke und Schachteln wirbelten wie Geschosse durch das Abteil. Die Reisenden wurden heftig durcheinandergeschüttelt, rutschten von ihren Sitzen, streckten, zu Boden gerissen, grotesk die Beine in die Luft... da brach ein Schrei des Entsetzens durch die Sitzreihen —

An beiden Ausgängen hatten sich maskierte Männer postiert — zwei Mitreisende, die plötzlich ihre Halstücher über Mund und Nase gestülpt, und ihre Waffen aus den Halftern gerissen, um damit die Anwesenden in Schach zu halten. „Sitzenbleiben, Gents! Keine unvorsichtige Bewegung — kein Geschrei, Ladies! Und jetzt die Brieftaschen und Schmucksachen, wenn wir bitten dürfen — hurry up, Gents...! Schneller, schneller... Ladies — keine Verschlüsse öffnen, Verschlüsse sind billig, nur die Perlen, Broschen und Armbänder... Natürlich auch die Ringe der Gentlemen. Allright, alles schön auf einen Haufen gelegt. Wir werden das Zeug schon sortieren... Halloo Dicker — keine Bilanzverschleierung — rasch, sonst müssen wir nachhelfen! Lebenden greifen wir nicht in die Taschen — nur den Toten... na, wirds bald,

Fettbauch... du hast ein Paket unterm Kittel, ich sehe es bis hierher..."

Draußen vor dem Zug wurden Kommandorufe laut, und Befehle.

„Zum Teufel, Dicker... zum letzten Mal!"

Chester kramte mit zitternden Hängebacken ein dickes Banknotenbündel hervor und legte es auf den Haufen zu den Brieftaschen und Schmuckstücken.

„Na also — und ihr beiden dort, ihr Witzbolde? Wohl keinen Cent in der Tasche, he? Gleich kommen unsere Freunde die Ladung holen... Heraus mit dem Mammon, Boys!"

In diesem Moment schloß Sam Brash die Augen, ein Wehlaut kam ächzend über seine Lippen, und er fiel zu Boden. Die beiden Maskierten sprangen heran, denn Sam ließ sich verdächtig nahe an dem Schatzberg fallen — aber die wenigen Sekunden, die sie sich mit dem Gestürzten beschäftigten, wurden ihnen zum Verhängnis.

Plötzlich peitschten Schüsse auf. Fred Lockh, dessen Finger sich hinter der Lederweste schon geschlossen hatten, war es, der sie abgab. Er trug stets eine verborgene Waffe unter der Achsel, die in dem Augenblick zu speien begann, als die Banditen in ihrer Aufmerksamkeit gestört waren. Wortlos sanken sie zusammen — im gleichen Moment drangen zwei weitere Banditen über die äußere Plattform des Waggons. Sam Brash sah sie als erster. Er lag noch am Boden, als er ihre dunklen Gestalten erhaschte und aus seinen gezückten Rohren mit wenigen Schüssen erledigte. Fred Lockh stürzte zum anderen Ausgang, preßte sich gegen die Wand — ein dritter Maskierter platzte ins Innere des Abteils, die Colts in den Händen. Fred Lockh schraubte sich hinter seinen

Rücken — aber er schoß nicht, sondern ließ seinen schweren Fünfundvierziger auf den harten Schädel sausen, daß der Räuber mit schmerzlichem Stöhnen in die Knie sank und lautlos den Schlaf der Ohnmacht begann.

„Okay", rief Sam, „der sich mit einem schnellen Blick ins Freie instruiert hatte, daß kein Nachschub mehr folgte.

„Na, ‚Schwarzer Fred', wie hat Kamerad Sammy das gemacht?"

„Good show, der Oberst wird sich freuen! Wen haben wir eigentlich da zur Strecke gebracht? Ah — schau her, Sam, alter Rollmopsfresser, das nenn' ich einen Fang: das ist Jack Growler, auf dessen Ergreifung der Oberst tausend Dollar gesetzt hat! Und weißt du, wessen Freund Jack Growler ist? Nein — das will ich dir später verraten..."

Fred Lockhs Augen suchten Chester Davis, der blaß wie ein Buddhamönch in seiner Ecke saß und genau wie die übrigen Reisenden kaum fassen konnte, was geschehen war.

„He, Dicker, was macht die Prise...?" rief er ihm aufmunternd zu.

„Ihr seid der ‚Schwarze Fred'?" stammelte Chester, noch tödlich benommen.

„Du sagst es."

„Der Sinclar-Mann, der bekannte Texas-Ranger?" Davis schlug sich auf die Stirn. „Oh — ich Esel! Und ausgerechnet..."

„Unsere Pferde sind schon ausgeladen, Fred", rief Sam Brash, der inzwischen zum Lokomotivführer gerannt war, um weitere Anweisungen zu geben, „wir müssen sofort nach Reno zurück..."

„Leb wohl, Gevatter", rief Lockh zum Abschied, „und viele Grüße für die Ofenröhre in der Borax-Grube..."

Nun erst brach der lähmende Bann im Abteil und die Reisenden begannen erregt aufeinander einzureden und aus dem künstlichen Berg der geraubten Schmucksachen und Geldtaschen ihr Eigentum hervorzuwühlen; einige ergriffen den ohnmächtigen Banditen, um ihn dem Bahnpersonal zu übergeben. Auch Chester Davis brachte sein Banknotenbündel in Sicherheit und nahm dann eine saftige Prise, nach deren erlösender Hatschi-Wirkung er es nicht länger aufschieben konnte, den Mitreisenden wichtig zu erklären:

„Leute, die beiden Bengel mit ihrem respektlosen Geplapper hab' ich ja weiß Gott verkannt — Also, ich muß sagen, so etwas von cleveren Burschen... nein, das will mir gar nicht in den Kopf — wie die hier aufgeräumt haben! Und dabei wollt' ich ihnen beinah an die Kehle springen..."

Das ganze Abteil lachte in dem befreienden Gefühl glücklich überstandener Gefahr, und der „Schnupfer" nahm wieder und wieder eine Prise und nieste fröhlich und dröhnend, während die Lokomotive prustend den Weg ins Tal nahm — —

*

Mister Spencer Keyes' Nachtlokal in der Virginia Street in Reno lag im schwülen Dämmerlicht. Die Lampen waren rot verhängt und gelbe und violette Tücher hingen von den Fenstern, um jene Atmosphäre künstlicher Intimität zu schaffen, die dem Männerfang Vorschub leistet. Grellgeschminkte Sirenen mit glanzroten Lippen, saftig wie Granatfrüchte, und Wimpern, gekrümmt wie Spinnenfüße, die sich verlangend der Beute entgegenstreckten, spähten mit frecher Stirn, auf der gedrehte Sechserlocken pappten, nach den Opfertieren aus, sie in die schummrig-farbige Dämmerung der Logen und Lauben zu locken.

Dollarmachen... Dollarmachen um jeden Preis. In Keyes' Nachtlokal stand kein Spielautomat; hier wurde ein anderes Spiel zum Automat erniedrigt. Und das Geschäft florierte. An den dunstigen Wänden waren sie wie im Figurenkabinett postiert: hohläugige Mulattenmädchen, breitknochige Europäerinnen, falsche Geishas und ordinäre Negerinnen, und an den einzelnen Tischen saßen scharfäugige Spielertypen, Zuhälter, vor dem stereotypen Whiskyglas, und Gangster, längst reif für den elektrischen Stuhl des Nordens oder die Gaskammern der Staaten Missouri und Nevada, Schläger und berüchtigte Schießer, jeder mit seiner „Methode", Uncle Sams Dollarnoten zu kassieren.

Sie alle lebten von den unbürgerlichen Trieben protziger „Freier", die allabendlich erschienen, um bei einem Spielchen wacker hinters Ohr gehauen zu werden und hintennach in den tröstlichen Fängen der berechnend-koketten Huren die schwülen und so gefährlichen Wonnen des „Gewinns an Liebe" auszukosten...

„Dollar-Jim" erhob seine eckige Visage, glotzte zur Tür, in der eben ein neuer Gast erschien und erschrak.

„Dollar-Jim" erhob sich, schlich gebückt davon. Zum Teufel, das hatte noch gefehlt! Im Hinausgehen streifte er „Hyänen-Jack", einen Halunken ähnlicher Prägung, deutete zur Tür und rannte weiter. „Hyänen-Jack" zuckte zusammen, ein nervöses Zittern ging über seine von zahlreichen Messerstichen verunzierte Physiognomie, dann folgte er „Dollar-Jim". Verdammt, er hatte ebensowenig Lust, von dem Mann gesehen zu werden. Er war schon einmal windelweich geprügelt worden, damals, als er sich erdreistet hatte, einen begehrlichen Blick auf Carmen Ly zu werfen...

„Pik-Bube", ein virtuoser Falschspieler, sah den Mann an der Tür in dem Augenblick, als er ein zweites Herz-As ins Spiel zauberte, um die Partie komplett zu machen. Die „Versteckte" blieb im Ärmel, die spitzen Finger begannen plötzlich zu zittern, sie fühlten keine Karten, keine gezinkten Stellen mehr; die Karten klatschten auf den Tisch. „Pik-Bube" schien es plötzlich sehr eilig zu haben. Er verbarg sein Gesicht in der Hand — nur seine schwarzgeränderten Augen starrten durch die Finger, angstvoll, abwartend. Dann erhob er sich, verließ die Bar, nicht ohne noch im Weggehen „Schläger-Bill", einem wüsten Kerl mit platter Boxernase, einige Worte zuzuflüstern. „Schläger-Bill" stand in dem Ruf, weder Tod noch Teufel zu fürchten. Er sprang auf die Füße, seine Augen weiteten sich und seine breite Kinnlade klaffte auseinander. Aber es waren keineswegs Zeichen der Unerschrockenheit, die jetzt die Schweißtropfen auf die Stirn trieben und seine Züge verdunkelten. Schmähliche Furcht ließ ihn in den Hintergrund entweichen. Sein Rückzug wirkte alarmierend, andere standen auf, ein paar Messerhelden und Schießer, sahen den Mann an der Tür... und erbleichten. Zusammen, an einer Kette, wie im Schützengraben, schlichen sie zur Hintertür.

„Schläger-Bill" war schon draußen und das züchtige Gefolge drängte ihm nach, mit keinem anderen Entschluß, als an die Luft zu kommen.

Hölle und Teufel! Sie hatten alle geglaubt, ihn endlich los zu sein und nichts mehr von ihm zu hören: und nun war er zurückgekommen.

Ein irres Kreischen aus Weibermund: Carmen Ly, eben mit wiegenden Hüften und zitternden Schultern dabei, einen schlechtnachgeahmten Tempeltanz vorzuführen — sie war unantastbares Tanzmädchen in Spencer Keyes' Nachtlokal —, erstarrte in den lasziven Bewegungen. Aufkreischend floh sie, noch einige Hüllen ihres ohnedies spärlichen Kostüms verlierend, erreichte die rettende Kemenate, ihr Tabu, in das kein männliches Wesen Zutritt hatte. Der Schlüssel drehte sich im Schloß —

Jetzt bewegte sich der Mann an der Tür und kam näher. Man rückte zur Seite und abermals hielten es ein paar Herrschaften des Stammpersonals für nötig, stillschweigend zu verschwinden. Es roch nach Unannehmlichkeiten, nach Schießerei und Kampf. Der Mann ging zur Theke, hinter der Spencer Keyes stand, ein langaufgeschossener Gentleman mit gedunsenen Wangen, die auf quälende Magengeschwüre schließen ließen. Spencer Keyes kannte sein Busineß von der Pike auf. Noch heute sah er aus wie ein Tangojüngling, wie ein verwelkter Gigolo der Freude. Die dicken Tränensäcke seiner spröden, geschwollenen Backen aber zuckten wie die faltigen Runzeln einer Kröte.

„Al Rowood..." zischte er.

„Ich habe mit dir zu sprechen!"

Spencer Keyes öffnete die hinter der Theke gelegene Tür und ließ seinen Gast eintreten. Ein spartanisch eingerichtetes Zimmer empfing sie, in der Mitte lediglich mit einem Tisch und zwei Stühlen versehen. Nur ein

Holzkreuz hing an der kahlen Wand, geschmückt mit welken Blumen. Al Rowoods Mundwinkel zogen sich verächtlich herab.

„Bist du gekommen, Stunk zu machen, Al?" fragte Keyes besorgt. Besorgnis war eine der wenigen Eigenschaften, die er in der Tat noch an sich hatte, zum Wohle seiner selbst, versteht sich. „Niemand ist Carmen zu nahe getreten — ich habe sie wie meinen Augapfel gehegt..."

„Zum Teufel mit dem Weibsstück!"

Keyes machte ein Gesicht, als taxiere er einen käuflichen Neuerwerb in billiger Seide nach den Ertragschancen.

„Bist du gekommen, dich zu rächen?" Seine gedunsenen Wangen röteten sich. „Al, ich verbürge mich für die Boys. Du wurdest schlecht beraten. Jemand ist mir übel gesinnt und hat behauptet, meine Leute hätten dich verpfiffen. Sheriff Ted Jordan suchte fieberhaft nach dir. Zeugen sind aufgetreten, die dich des Raubmordes beschuldigten, — aber sie leben nicht mehr. Wir haben reinen Tisch gemacht. Es ist niemand mehr da, der dich beschuldigen kann. Das hast du alles mir zu verdanken. Laß die Boys zufrieden, Al, sie sind unschuldig..."

„Zum Teufel mit den Ratten, sie interessieren mich nicht!"

Spencer Keyes verstand ihn nicht.

Weshalb war er zurückgekommen? Wenn nicht wegen Carmen Ly, oder um seine Rache zu suchen, obgleich sie seine Leute ungerechtfertigt getroffen hätte. Was führte Rowood im Schild?

„Wo treffe ich Dan?" kam die barsche Frage.

„Dan Talmadge? In Virginia-City. Er ist heute morgen abgeritten, den Boß zu warnen — er wird sich freuen, dich zu sehen, Al..."

„Ich schließe mich nicht der Masse an, Spencer. Allerdings, wenn er mich braucht..."

„Er braucht dich — eine große Gefahr ist in Reno und in Virginia-City aufgetaucht, eine riesengroße Gefahr..."

Rowood nickte.

„Ich weiß — der ‚Schwarze Fred'..."

„Ach — der..." Eine abfällige Handbewegung begleitete diese Worte.

„Du hältst nicht viel von ihm?"

„Er ist nicht gefährlicher als jeder andere Texas-Ranger auch. Ihn meinte ich nicht..."

„Er hat immerhin mit seinem Begleiter Jack Growler und seine vier Helfer in die Hölle geschickt."

Der Keeper sprang auf, die Krötensäcke zitterten in seinem schwammigen Gesicht.

„Das ist mir neu — verdammt, da kommt mir ein Gedanke! Von seinem Begleiter erzählt man sich Wunderdinge — weißt du, wer der Begleiter des ‚Schwarzen Fred' ist? Dan hat es mir gesagt: er soll Fred Lockh aufs Haar gleichen — Trixi...!"

„Trixi?" Die Reihe war jetzt an Al Rowood, erstaunt zu sein, „Trixi soll sich in Begleitung des ‚Schwarzen Fred' befinden? Unmöglich! Trixi hat keine schwarzen Haare, und er ist viel, viel jünger als der Begleiter des Texas-Rangers..."

„Woher willst du das wissen?"

„Weil ich ihn kenne. Trixi hat blondes Haar und er kann noch nicht viel älter sein als zwanzig Jahre..."

Spencer Keyes griff sich plötzlich an die Stirn, seine Linke suchte mit rudernden Bewegungen die Stuhllehne zu angeln.

„Dam'd", stöhnte er, „ich muß mich setzen, blonde Haare — zwanzig...: Der Teufel selbst ist nach Reno gekommen. Jetzt begreife ich: Phil Woodland — Bud Fairfield — Pollok — Rolbins — und zum Schluß noch der arme Hamilton, der große Stolz des Alten... entsetzlich..."

„Drück dich gefälligst genauer aus! Ich war nämlich Augenzeuge, wie sie die Leichen aus der Railway bei Verdi transportierten und Jack Growler mehr tot als lebendig in sicheren Gewahrsam nahmen — was hat das alles zu bedeuten... was ist passiert?"

Spencer Keyes hing schlaff in seinem Stuhl.

„Eine ganze Menge", keuchte er, „Trixi... ich muß sofort einen Boten nach Virginia-City beauftragen... sofort..."

Tatsächlich ließ Spencer Keyes Al Rowod rücksichtslos bei Kreuz und welken Blumen allein. Jetzt brauchte er zuerst einen doppelten Whisky, und dann...

Aber das würde der „Fröhliche Al", der Freund von Leier und Schwert, noch früh genug erfahren — —

*

Ein Spottvogel hatte einmal behauptet, aus dem dreckigen Wüstendorf Reno würde eine Weltstadt werden — zwar immerhin noch die kleinste Großstadt der Union, aber Metropole. Lächerlich — inmitten der Wüste! Ohne Wasser, ohne das belebende Grün von Gräsern und Bäumen. Jeder Bewohner des erbärmlichen

Nestes mit der schnurgeraden Straße, das in der Wüste begann und in der Wüste endete, war davon überzeugt, daß es schon in wenigen Jahren keine Ortschaft mehr mit diesem Namen geben würde. Aber das war eine Täuschung, wenngleich in unserer Story nicht die Rede davon sein soll *) sie spielt noch in einer Zeit, in der erst die Ansätze der kommenden Bedeutung der berüchtigten Spielerstadt zu erkennen waren; einige Bars, ein paar Silberminen, die nur spärliche Ausbeute lieferten, wenige hundert armselige Bretterhütten, waren das ursprüngliche Milieu, in dem wir uns bewegen.

Alles um Reno war Wüste, unendliche Wüste mit ihren Salzflächen, ihren trockenen Seen und den weißen Schleiern ihrer Staubstürme, die geisterhaft aufflatterten und an den Berghängen wie müde Wolken zusammensanken. Eine ungesunde, trostlose Gegend ist das, die sich bis Virginia-City hinzieht, der sagenhaften Silberstadt, voll regen Lebens und Treibens. Im Norden grüßen die Gipfel der Virginia Mountains, im Westen die langgezogenen Felswände des Mt. Rose; die großen Seen der östlichen Himmelsrichtung indessen liegen noch weit, in gänzlich verschwimmender Ferne.

*

Sheriff Ted Jordan war ein vielbeschäftigter Mann. Ein großes Gebiet unterstand seiner Amtsgewalt: Reno, Sparkas, Virginia-City, Silver-City, um nur ein paar Städte zu nennen. Sein Office unterhielt er in der Silberstadt Virginia-City, deren Bewohner ihm jedoch die

---

*) Demnächst: Conny Cöll: König der Spieler

wenigsten Schwierigkeiten machten. Sein Sorgenkind war Reno, und mehr als einmal war er versucht, an die alte Weissagung zu glauben, die Siedlung stünde auf sündigem Boden, der dem Teufel gehörte. Auf den Silberfeldern Virginia- und Silver-Citys wie in den Ausläufern des Mt. Rose und in den Gruben in Washoe und Franktown wurde das Geld verdient und leider allzu rasch wieder in den schmutzigen Kneipen Renos ausgegeben. In letzter Zeit waren neumodische Glücksautomaten aufgestellt worden, die gleich an Ort und Stelle klingenden Gewinn in barer Münze auswarfen; sie bereiteten Sheriff Jordan zwar wenig Sorgen, aber sie zogen allerlei lichtscheues Gesindel an. Besonders Spencer Keyes' Nachtlokal zeichnete sich durch diese neukonstruierten Apparaturen aus, und dieses vergiftete Dorado der Kokotten, Lebemänner und Verbrecher wurde dadurch noch um erhebliche Grade gefährlicher.

Auch jetzt war Jordan wieder mit seinem schwerbewaffneten Aufgebot, das aus zwölf wetterharten Burschen bestand, nach Reno unterwegs.

Unglaubliche Ereignisse hatten sein Eingreifen notwendig gemacht. In Keyes' Nachtlokal hatte es eine wüste Schießerei gegeben, mit dem Resultat mehrerer Toter. Es war zwar nur nichtsnutziges Gesindel, das aus Anlaß des Falschspiels ums Leben gekommen. Ein blondhaariger, blutjunger Bursche sollte der Täter gewesen sein, dem Sheriff Jordan seine geheime Hochachtung nicht versagen konnte, angesichts der Scharen überbeleumundeter Strolche, die dort zu verkehren pflegten. Wie waren die Namen der Erschossenen? Phil Woodland, Bud Fairfield, Jim Pollok, Adam Rolbins und Hamilton Dree? Jeder einzelne von ihnen war schon längst für den

Henker reif gewesen — aber der Arm des Gesetzes in der Wüste Nevadas war ja so kurz und ohnmächtig! Merkwürdig immerhin, daß Oberst Sinclair, der sich mit seinen Texas-Rangers zufällig in Virginia-City aufhielt, so hintergründig gelächelt hatte, als er von dem blutigen Ereignis in dem Nachtlokal erfuhr...

Ted Jordan sah es nicht gern, wenn fremde Sheriffs oder Kommandeure von Grenzreiter-Legionen ihre Nase in seine Angelegenheiten steckten; doch Oberst Sinclair ließ er sich gefallen. Diesen alten, verdienten Offizier des Sezessionskrieges bewunderte und verehrte er als einen Inbegriff der Gerechtigkeit und personifizierten Ehrlichkeit.

„Clark", sagte er zu seinem Hilfssheriff, der ständig an seiner Seite ritt, an den langen und oft erfolglosen Jagden und Verfolgungen teilzunehmen, „was hältst du von der Sache?"

„Sinclair..." brummte Clark. Wenn die brütende Hitze Gedanken und Bewegungen lähmte, sagte er nie mehr als nur ein Wort.

„Du glaubst also, daß einer der geheimen Sinclar-Männer..."

„Nicht —" unterbrach Clark. Der Sheriff war im Bilde.

„Ich weiß — noch ist die Gruppe nicht legal; das hat aber den alten John nicht abgehalten, sie trotzdem in den Feldzug der Gerechtigkeit zu werfen. Vier Namen sind bereits bekannt: Trixi — Hal Steve — Neff Cilimm — Fred Lockh..."

„Der ‚Traurige' —"

„Samuel Brady, ja. Über ihn ist am wenigsten bekannt — über diese geheimnisvolle Angelegenheit ist überhaupt zu wenig bekannt. Wetten, daß einer dieser verteufelten Boys der Bande in Reno das Wirkende verpaßt hat!?"

„Gewonnen —"

„Und wer?"

„Trixi —"

„Woraus willst du das schließen?"

„Blond —"

Der Sheriff schwieg. Sein sprachkürzender Ein-Wort-Gehilfe schien auf dem richtigen Wege zu sein; es gab nicht allzuviele und vor allem nicht so auffällige Blonde in Nevada, und der Teufelsschütze aus dem Nachtlokal wurde als für seine Jugend ungewöhnlich athletisch gewachsen, mit blondem Haar und blauen Augen geschildert. In der Tat, das konnte nur Trixi gewesen sein, die „Nummer Eins" der geplanten Geheimabteilung des Obersten. Darum befand sich Sinclar wohl auch in dieser Gegend. Auch Fred Lockh war im Umkreis von Verdi aufgetaucht und hatte — wie konnte es anders sein — seinen bisherigen Bravourstücken schon wieder ein neues hinzugefügt. Der Sheriff von Truckee drüben auf kalifornischem Boden hatte ihm depeschiert, daß der „Schwarze Fred" und sein Begleiter Sam Brash der Bande Jack Growlers den Garaus gemacht hatten. Sam Brash. Diesen Namen mußte er sich merken. Vielleicht eine neue Größe?

„Da erinnere ich mich an die Nachricht, die gestern durchgegeben wurde", fuhr der Sheriff fort. Er war mehr im Selbstgespräch, aber dem mundfaulen Clark entging kein Wort. „In Stewart am Carson River, also etwa dreißig Meilen südlich von Reno, ist ein ungewöhnlich eleganter Mann gesehen worden..."

„Cilimm..."

„In Begleitung eines Mormonenpredigers..."

„Brady —"

„Clark", wurde Jordan lebhaft, er schien die Hitze plötzlich nicht mehr zu spüren, „es tut sich etwas in Virginia-City. Es ist, als habe der Oberst seine neuen Männer zusammengetrommelt, um ihnen etwas Wichtiges zu verkünden. Die Mannschaft soll nur acht Leute zählen, das war die Bedingung, unter der die Gegner des Ministers Morrison die Pläne Sinclars akzeptieren wollten. Acht Mann, lächerlich..."

„Genug —"

„Unsinn, Clark! Was können acht einzelne Männer schon ausrichten, bei diesen Zeiten, den fast täglich aus dem Boden schießenden Städtegründungen, und bei der heutigen Rechtsunsicherheit und dem Mangel an Gesetzesfurcht..."

„Hm..."

„Sie werden kein hohes Alter erreichen. Viele Hunde sind des Hasen Tod, daran ist doch nicht zu rütteln..."

„Schlecht —"

„Ja, ein schlechter Vergleich, mag sein. Aber für Sinclars Pläne sehe ich schwarz. Gewiß, wenn es sich bei dem blonden Boy um Trixi handelt, der drunten in Arizona beträchtliche Erfolge zu verzeichnen hatte — Blitz-Sunny... Mac Garden und seine Bande..."

„Black-River —"

„...ich traue ihm ohne weiteres die Heldentat in Reno zu, und wir dürfen uns glücklich schätzen, die Sinclarleute hier zu wissen. Vielleicht gelingt es ihnen, endlich Licht in die dunklen Vorgänge unseres Amtsbereichs zu bringen. Banden schießen wie Pilze nach dem

Regen aus dem Boden, von einem einzigen, unsichtbaren Kopf geführt. Heute morgen wurde der dritte Überfall auf einen Boten Mister Fresnodges verübt, diesmal gottlob ohne Erfolg."

„Lump —"

„Wer?"

„Fresnodge —"

„Vorsicht, Clark, Vorsicht! Wir leben in einem demokratischen Land, das für gewisse Freiheiten leidenschaftlich eintritt. Laß deine Meinung nicht zu laut werden, wäre schade um dich. Wenn man etwas behauptet, muß man es beweisen können, Verdacht oder Anschuldigung allein genügen nicht. Beweise brauchte man..."

„Hm..."

„Doch Clark — sei vorsichtig! Du bist ein tüchtiger Boy und es würde mir leid tun, wenn dir etwas zustoßen sollte. Schon kein ehrlicher Mensch läßt sich ungestraft beschuldigen, und gar erst einer, der es nicht ist..."

„Lump, trotzdem", grunzte der Hilfssheriff, mit einem Höchstmaß von zwei Worten seine Meinung unnachsichtig verteidigend. Hierauf schwiegen beide, und zweifelsohne nicht nur von der Sonne erschöpft...

*

Zum „Messinggeländer" hieß das Lokal in Virginia-City, das heute hochinteressante Gäste beherbergte. Die Kneipe, die über ein richtiges Geländer aus Messing verfügte — für die Stadt, in der es nur Silber gab, ein unschätzbarer Reichtum —, hatte im Anschluß an den Schankraum ein Nebenzimmer, zu dem eine Wendeltreppe mit der blankpolierten Handlaufschiene aus besagter Kostbarkeit führte. Ruhige, behäbige Männer, müde vom langen und oft ergebnislosen Tagewerk, hockten auf einfachen Stühlen da, führten stille Gespräche bei ihren Getränken und hingen ihren Gedanken nach. Vereinzelte Blicke gingen über die Treppe in das Obergeschoß des Hauses, wo so etwas wie eine Versammlung stattzufinden schien.

Oberst Sinclair hatte nahe der Tür Platz genommen. Ihm gegenüber saß ein junger Mexikaner, Sohn des Kaktuslandes und der ewig heißen Sonne, der zu seinem sauberen Westanzug den typisch mexikanischen Sombrero mit ungewöhnlich breiten, rot- und weißkarierten Rändern trug. Seine Haut war tief gebräunt. An seiner Seite hatten Fred Lockh und Kamerad Brash Platz genommen. Hinten an der Wand lehnte eine wahrhaft elegante Erscheinung. Wer sich in der Wüste Nevadas, auf den endlosen Steppen New Mexikos, in den wildzerklüfteten Schluchten Arizonas je danach gesehnt hatte, einen perfekten Gentleman zu sehen — hier hätte er Gelegenheit gehabt. Die gut einen Meter neunzig hohe Gestalt des vornehmen Mannes stak in einem Anzug, der ein Vermögen gekostet haben mußte. Der teuerste Schneider von Los Angeles, der Stadt der eleganten Mode, mußte ihn aus feinstem Leder, das weich und geschmeidig wie Seide war, gefertigt haben. Unter der reichverzierten Jacke sah man ein Hemd, geschmackvoll bunt, beste indianische Arbeit und im freien Handel kaum zu haben, und ein Stetson aus bestem Panamafilz sowie hochhackige Stiefel mit echtem Silberbeschlag und Sporen aus blinkendem, goldfarbenen Metall, vervollständigten die Ausrüstung. Eine wahre Sehenswürdigkeit war der Waffengürtel. Schmal und schmiegsam legte er sich um eine schlanke Lende, nur so breit als die Patronen in den Schäften lang waren. Die schweren Coltrevolver, Meisterstücke aus den Hartwicher Waffenfabriken, mit silbernen Griffen und reichen Verzierungen, gaben dem Aussehen des Mannes noch die besondere Note. Und wie er sie trug, das bewies, daß sich hinter dieser Eleganz ein blendender Coltschütze verbarg...

Das Gesicht des hochgewachsenen, breitschultrigen Mannes paßte zu dieser Eleganz. Es war schmal und lang, aristokratisch geprägt, mit etwas müden, grauen Augen, die angenehm zu der vornehmen Blässe über Stirn und Wangen kontrastierten. Ein feines Bärtchen lag wie ein leichter Schatten über der Oberlippe, die Schläfen waren schon ergraut, obwohl der „Gentleman" nicht älter als achtundzwanzig oder höchstens dreißig Jahre sein mochte. Seine Hände waren ständig in Bewegung, mit Spielkarten beschäftigt. In diesem pikanten Genre war er schlechthin ein Zauberkünstler. Die Rechte wölbte das Spiel, ein sanfter Druck ließ die Blätter in die Höhe wirbeln — einen halben Meter hoch — in die oben ausgestreckte Hand. Und langsam, man hätte sie einzeln zählen können, flogen die Karten seitwärts, senkrecht, waagrecht, einer sanften Fontäne gleich — sie glitten allesamt wieder in die andere Hand. Keine Karte fiel zu Boden. Und erst die Volte! Ein Zirkusdirektor hätte eine Riesengage bezahlt, wäre es ihm vergönnt gewesen, diesen Mann zu engagieren. Er war ein Kartenwunder. Er holte aus allen Taschen, aus allen Gegenständen, ja aus der Luft jede zugerufene Karte, jedes willkürlich gedachte Blatt, das blitzschnell genannt wurde. Er brachte es fertig, sich in Minutenfrist, während er eifrig die Karten mischte, ein Flush Royal auf einen Haufen zu zaubern — er beherrschte die Kunst des Falschspiels in höchster, untadeliger Vollendung, ein Genie, wie es der Westen auf diesem Gebiet noch nicht hervorgebracht.

Während er abermals die Karten in die Höhe springen und einen wundervollen, makellosen Bogen beschreiben ließ, dessen Ende bereits das Innere eines auf dem Tisch liegenden Stetsons erreichte — die übrigen Blätter folgten folgsam nach — stand neben ihm eine merkwürdige Gestalt, ganz in Schwarz gekleidet, eine vernikkelte Brille vor den Augen. Dieser Mann wirkte auf seine Art ebenso unalltäglich und beinahe befremdend wie der Gentleman an seiner Seite. Alles an seiner Figur vermittelte den Eindruck der Trauer, der Anzug, der Stetson, des Hemd, die Schuhe, der Waffengürtel — und die Blicke, die unsagbar traurig dem kunstvollen Flug der Karten folgten. Sie kamen aus den traurigsten Augen der Welt, weh und träumerisch, wie die eines unschuldigen Tieres. Aber Unschuld und Sanftmut mochten eine gewiß meisterhafte Tarnung sein, denn ebenso konnte Eiseskälte, gemischt mit sadistisch-grausamen Zügen, in diesem traurigen Gesicht unter den dunklen Brauen hervorbrechen, wenn es Schurkerei zu entlarven und Bösewichter zur Strecke zu bringen galt. Spielte sich hier die Traurigkeit in eine verderbenbringende Maske — oder wohnte sie friedlich neben dem Willen zu gnadenloser Vernichtung? Wer konnte das sagen?

Oberst Sinclar erhob sich, und die wirbelnden Karten verschwanden. Wohin? Der traurige Mann hatte nicht gesehen, wohin der „Gentleman" sie gezaubert hatte, sie waren nicht mehr da, und sie staken auch nicht im Ärmel, in keiner Tasche, in keiner Falte des vornehmen Gewandes... Meisterlicher Trick eines Spielkartengenies!

John Sinclar war eine markante, soldatische Erscheinung. Alles an ihm war Disziplin, Selbstbeherrschung und persönliche Überlegenheit; alles war echt. Die gerade Haltung, ohne steif zu wirken, das entschlossene Gesicht, ohne hart zu sein, die zwingenden Augen, ohne despotisch befehlen zu wollen: all dies kennzeichnete einen Mann, der nur seine sich selbstgestellte Pflicht kannte, angespornt von hoher Willenskraft. Ein Kriegsheld, der siegreiche Schlachten geschlagen, dessen Name — obwohl er auf Seiten der Verlierer, der Südstaaten gefochten — mit keinem Makel befleckt war und dessen Fairneß sogar seine Gegner überwältigt hatte. Ein Demokrat in Uniform, ein freier Bürger, der nichts von eiserner Zucht wissen wollte, sondern alles auf das Prinzip kameradschaftlicher Treue abstellte, seine Männer an sich zu fesseln. Er war ein Freund des großen Präsidenten der Union, Abraham Lincoln gewesen, von dem er ausgezeichnet worden war. Diese Auszeichnung bestand allerdings aus keinem Orden — Oberst Sinclar hatte es nicht nötig, sich blecherne Abzeichen an die Brust zu hängen, um nach außen zu demonstrieren, was kaum jemanden interessierte. „Männer mit blitzenden Orden", pflegte er zu sagen, „sind wie eitle Pfaue, die sich in Selbstgefälligkeit aufblähen, ohne zu platzen." Nein, Abraham Lincoln hatte ihm vor versammeltem Gremium die Hand gereicht und mit tiefer, feierlicher Stimme verkündet: „Das ist John . . . mein junger Freund —"

Vielleicht dachte er in diesem Augenblick an jene große Stunde — die größte seines Lebens —, vielleicht waren seine Augen deshalb so weltentrückt. Seine Blicke schweiften über die Köpfe der ihn erwartungsvoll anblickenden Männer; aber er dachte nicht an den Präsidenten, er dachte an etwas anderes —

„Boys", begann er. Seine Stimme kam flüsternd und leicht belegt — oder ließ ihn die Rührung die Worte so zögernd setzen? „Ich habe mit Bedacht diese Stätte gewählt, diese heilige Stadt unvergänglichen, alten Pioniergeistes. Sie ist geblieben, was sie immer war — ein lebender, glanzvoller Zeuge einer großen Zeit, die unsere Nation unendlich reich gemacht. Ich denke in diesen Minuten an die Helden jener ruhmreichen Epoche. Sie haben mich befähigt, einen steinigen Weg zu gehen, an dessen Dornen und Disteln und hinterlistigen Fallgruben jeder andere verzweifelt wäre. Ich habe durchgehalten, ich habe die große, wilde Zeit erlebt, durch alle Höhen und Tiefen, in ihrer Wucht und Verworfenheit, in ihrem Glanz und Elend. Virginia-City war eine Station darin, sie ist uns erhalten geblieben wie Coloma und Fort Sutter, die Denkmäler unseres Sieges über Mexiko, über den egoistischen Norden, der die Neger zu befreien vorgab und es nur auf den wachsenden Reichtum, auf die bessere Lebenskunst, den müheloseren Dollarerwerb des Südens abgesehen hatte. Der Norden hat die Neger befreit und uns dafür zu Sklaven gemacht, aber wir haben auch diesen Schlag überwunden und sind nicht daran zerbrochen. Wißt ihr, Boys, welche unveräußerlichen Werte in dieser Welt nicht zerbrochen werden können? Sie sind Naturgesetze, sie liegen im Willen eines Höchsten, sichtbar für jeden, der Augen hat zu sehen: es sind Recht und Gerechtigkeit! Das Recht wird immer siegen — auch wenn es Jahrzehnte dauert; und das Recht hat auch diesmal gesiegt. Ich habe euch hierher gebeten, weil ich eine frohe Botschaft habe, eine

Botschaft, die ich euch persönlich überbringen muß. Freunde, es ist geschafft!"

Oberst Sinclar schwieg bewegt, der Odem einer großen Seele wehte über seine verklärten Züge.

„Es ist geschafft", sagte er noch einmal, jetzt mit feierlich erhobener Stimme, „aber ich sehe einen nicht unter euch, an dessen Anwesenheit mir sehr gelegen ist..."

„Ich bin da", antwortete in diesem Moment eine sanfte Stimme, die einem jungen, blondhaarigen Mann gehörte. „Ich stand draußen vor der Türe — um nicht zu stören. Ich hörte alles, was Sie sagten..."

„Conny —" wie befreit rief John Sinclar diesen Namen, „du bist gekommen. Boys, nun sind wir vollzählig, fürs erste. Es kann beginnen!"

Conny Cöll trat näher und nickte lächelnd. Er kannte die Kameraden bis auf einen, bis auf den „Schwarzhaarigen", der an der Seite von Fred Lockh saß. Bescheiden setzte er sich seitlich, ein wenig im Hintergrund, und das freundliche Lächeln blieb in seinem braungebrannten Gesicht mit den jungenhaften sympathischen Zügen. Er war ganz ruhig und gelassen, obgleich er ahnte, was nun kommen würde — der Oberst hatte schon öfters davon gesprochen, hoffend gesprochen. Er fühlte die Bedeutung dieser Stunde, die auch seinem Leben Ziel und Richtung gab.

John Sinclar überblickte schmunzelnd seine kleine Schar, mit der Genugtuung, die erfüllte Hoffnungen offenbarte.

„In dieser Stunde lege ich den Grundstein zu einer Organisation, deren wahre Bedeutung heute noch nicht erkennbar ist. Ich trage in meiner Tasche die Ernennungsurkunde, die bindenden Vollmachten des Ministeriums, die mich ermächtigen, unter den Besten unseres Volkes zu wählen. Recht und Gerechtigkeit, Freunde, sind heilige Güter, die in unserer Zeit Gefahr laufen, an Gültigkeit einzubüßen. Die Welt wird nicht edler und nicht besser — je weiter auch die Zivilisation ihre sogenannten Segnungen, ihre zweifelhaften Errungenschaften in unser Leben trägt, je mehr wir uns von der natürlichen Bestimmung unseres Seins entfernen. Unaufhörlich gleitet sie aus ihren sittlichen Bindungen und vielleicht gelingt es uns, diesen Verfall hinauszuzögern — zu behaupten, ihn aufzuhalten, wäre vermessen. Aus dieser Voraussicht gründe ich zur Stunde und an diesem Ort den Secret Service, die Geheimabteilung der überstaatlichen Grenzpolizei, Gruppe Sinclar, für die es in Zukunft keine Grenzen, keine Gesetzbestimmungen und keine Einschränkungen mehr geben wird, sondern nur noch das Recht, ihrem Gewissen verantwortlich zu handeln, das Feindliche und Verbrecherische zu vernichten und den Bedrängten und Verfolgten zu helfen. Jeder Sheriff der Mittelweststaaten wird euer Helfer sein und hat die Anweisung, euch in allen Handlungen nach Möglichkeit zu unterstützen. Es liegt in eurer Hand, sie abzusetzen, wo ihre Unfähigkeit erwiesen ist, und neue Hüter der Gesetze einzuweisen, wo es die Situation erfordert. Unsere jungen Staaten sind zu schnell gewachsen, Abenteurer aus aller Welt glauben im Land der Freiheit jede Freiheit zu besitzen; sie sind die Maulwürfe am grandiosen Werk unserer Väter, die diese Freiheit mit ihrem Leben erkämpft. Was morsch in unserer Union ist, muß ausgerottet werden, und ihr sollt euer Scherflein dazu beitragen."

Oberst Sinclar machte eine Pause. Die jungen Männer

hatten sich erhoben, angefaßt von der großen, feierlichen Verpflichtung der Stunde.

Der Oberst griff in die Tasche, aus der er kleine Silbermedaillen zum Vorschein brachte. „Die Zeit der Uniform, der äußeren Abzeichen ist vorüber; niemand soll euch erkennen. Nur das kleine Silberstück in meinen Händen soll der Ausweis eurer Mission sein: Zwei mit den Läufen verschränkte Colts und dazwischen eine Nummer — eure Nummer, die ich nun verleihen will ..."

Seine Blicke suchten den blondhaarigen Mann, wanderten weiter über die erwartungsvollen Gesichter.

„Die ‚Nummer Eins' trägt Conny Cöll; Trixi, wie ihn der Volksmund nennt.

Die ‚Nummer Zwei' — Hal Steve, der Sohn des großen Rhett Steve, meines alten Freundes.

Die ‚Nummer Drei' — Neff Cilimm, der ‚Gentleman', dessen Inneres so edel und vornehm wie sein Äußeres ist.

Die ‚Nummer Vier' — Fred Lockh, genannt der ‚Schwarze Fred'.

Die ‚Nummer Fünf' — Sam Brash, für den Fred Lockh gebürgt, und der durch seine Taten würdig ist, in unseren Kreis aufgenommen zu werden.

Die ‚Nummer Sechs' — Samuel Brady, der ‚Traurige'.

Die ‚Nummer Sieben' und die ‚Nummer Acht' harren noch der Verleihung. Ihre Träger sind noch ungewiß —"

Schweigend nahmen die neuernannten Sinclar-Männer die Abzeichen entgegen mit ernsten, starren Gesichtern, hinter denen sich ihre feierliche Erregung verbarg.

„Boys" schloß der Oberst, „das ist alles. Es ist mehr, viel mehr, als euch jetzt vielleicht zum Bewußtsein kommen wird. Ihr habt keinen Vorgesetzten, der euch befiehlt, ihr seid so frei, wie je ein freier Bürger unserer Staaten es sein mag. Ich bin nur euer Vater und euer bester Helfer zugleich; die Zukunft wird euch all dies verstehen lehren. — Und was gedenkt ihr nun als erstes zu tun?"

„Ich weiß nicht", zuckte Conny Cöll ganz unbefangen die Achseln, „ich muß es erst mal überschlagen. Bin noch nie einem Abenteuer nachgelaufen, es ist mir noch immer in meinen schönsten Schlummer geplatzt —"

„Schläfer —", näselte Neff Cilimm beleidigt, „schnarchender Geselle... Ich werde mir vorerst mal die Silberstadt ansehen —"

Fred Lockh betrachtete sinnend die Medaille in seiner Hand.

„Ich habe bereits eine Aufgabe. Ich suche einen Boy namens Al Rowood, der sich in Reno trauen lassen will... Und gerade das ist es, was ich verhindern will..."

„Ich werde ihm dabei helfen —" fügte Sam Brash rasch hinzu.

„Und du, Hal?"

„Ich will sofort wieder nach New Mexiko aufbrechen, ich habe dort eine ganz bestimmte Spur gefunden, die es wert ist, weiter verfolgt zu werden. Das ist zunächst meine Aufgabe..."

Nun hatte sich nur Samuel Brady noch nicht geäußert; seine traurigen Augen starrten nachdenklich vor sich hin.

„Oberst", sagte er nach einer Weile, „es liegt also in meinem Ermessen zu tun, was ich für richtig finde?"

„Vollkommen —"

„Dann werde ich nach Reno reiten..."

Sechs Augenpaare richteten sich auf den schwarzgekleideten Mann, auf das Original der Gruppe, aus dem keiner recht klug werden konnte.

„Dort gibt es ein Nachtlokal, das einem Mann namens Spencer Keyes gehört..."

„Verdammt gefährliche Höhle! Was willst du dort?"

Samuel Brady strich nachdenklich über das silberne Abzeichen, als sei diese Münze von magischer Gewalt.

„Spielen..." sagte er näselnd und sah traurig in die Runde, als ob dies die letzte Verderbnis seiner Seele bedeute.

„Dazu hast du kein Talent, Sammy, alte Trauerweide..."

„Nicht mit Karten, Neff. Bin ich ein Zauberonkel...?"

„Womit dann?"

„Mit dem Schießeisen! Ich möchte etwas Lärm in der ‚Höhle' machen — vielleicht wird eine gute Tat daraus. Kennst du Spencer Keyes' Nachtlokal, Neff?"

„Nein —"

„Du solltest es kennenlernen!"

„Wird dort gespielt?"

„Natürlich. Das gezinkte Blatt ist die Grundlage des Geschäfts. Ganoven und Falschspieler bilden das Stammpersonal, von der weiblichen Dekoration abgesehen..."

„Das ist mein Fall, Sammy, ich werde dich begleiten, und wir ergänzen unsere Fähigkeiten. Zuerst bin ich am Wurf. Kartenhyänen sind meine besonderen Lieblinge! Weißt du, Trauerweide, ich schlage die Boys mit ihrer eigenen Waffe — ich powere sie aus, bis sie keinen Knopf mehr an der Hose haben..."

„Und ich werde den Giftschlangen den Saft abzapfen, edler Lord..."

„Da bin ich auch mit von der Partie", mischte sich Fred Lockh ins Gespräch, wacker assistiert von Kamerad Brash, dessen ganze Aufmerksamkeit bis jetzt Conny Cöll, seinem heimlichen Idol gegolten hatte, der sich gerade mit dem Oberst leise unterhielt.

„Verdammt viel Ehre für die Spelunke!" näselte Sam Brady.

„Freddy will mit rothaarigen Mädchen tanzen", grinste Kamerad Brash, „und wenn's auch ein paar blinde Sumpfbohnen gibt, dann werd' ich mal die Nase dranhalten ... die sind nämlich mein Fall —"

„Na dann", nickte der ‚Traurige', „auf zum Betriebsausflug, der neuen Firma ..."

In diesem Moment näherte sich Oberst Sinclar der gutgelaunten Gruppe.

„Fred", wandte er sich an Lockh, „nanntest du nicht soeben den Namen Al Rowood?"

Fred Lockh's Züge verdüsterten sich augenblicklich.

„Ich verfolge dieses schlüpfrige Subjekt schon seit Tombstone. In seiner Begleitung befindet sich ein Mädchen, das ich sehr schätze — es ist mit mir zur Schule gegangen, wir sind zusammen aufgewachsen — wir waren Nachbarskinder ..."

„Hörte sie auf den Namen Joan Mansfield?"

„In der Tat —" wurde Fred Lockh stutzig.

Oberst Sinclar senkte die Blicke; es war ihm offensichtlich unangenehm, seine Mitteilung zu eröffnen.

„Unsere ‚Nummer Eins' hat in der Reservation der Sioux-Indianer eine tote Frau gefunden, mit einem Schuß im Rücken, der aus einem Coltrevolver stammte. Sie wurde ermordet. In ihrer Tasche war ein Brief, der an eine Miß Joan Mansfield gerichtet und mit John unterzeichnet war..."

„Von ihrem Vater!" rief Fred schreckensbleich.

Conny Cöll nickte bestätigend und fuhr an des Obersten Stelle fort: „Der alte Mansfield schrieb, wie traurig ihn der Weggang der Tochter gemacht; er bat sie, zurückzukommen. Der Mann in ihrer Begleitung war Al Rowood, den sie in Reno heiraten wollte. Hm... es wurde eine Hochzeit mit dem Tode..."

„Woher weißt du..."

„Ein alter Einsiedler, der von den Indsmen in ihrem Bereich geduldet wird, hatte ihnen seine Hütte zur Verfügung gestellt. Nachts als er draußen war, hörte er plötzlich den Schuß..."

Fred Lockh stand unverändert und entsetzt. Miß Joan tot? Von Al Rowood ermordet? Als ob er den schrecklichen Ausgang dieser verirrten Liebe geahnt hätte... Schmerz wühlte in seiner Brust, quälend stieg es ihm auf, daß er sie noch hatte treffen wollen und nicht mehr gefunden.

„Wie sah das Mädchen aus?" fragte er, um die letzten Zweifel zu lösen.

„Wie hübsche Mädchen auszusehen pflegen. Sie trug langes, dunkles Haar, das von einem roten Band gehalten wurde. An ihrer linken Hand fehlte der kleine Finger..."

„Sie ist es!" preßte er erschütternd hervor, „da ist kein Zweifel möglich. Ein giftiges Insekt hat sie als Kind gestochen und der Finger mußte abgenommen werden. Arme Joan..." Dann ballte er die Fäuste. „Al Rowood heißt der Mörder, meine erste Aufgabe als G-Mann ist gestellt —!"

Neff Cilimm erschrak, als er die zornigen Augen Fred Lockhs auf sich gerichtet sah; in dieser Verfassung hatte er den Kameraden, den er schon seit zwei Jahren kannte, noch nicht gesehen.

„Geht ihr nur allein in Spencer Keyes' Nachtlokal, und räumt die Kneipe auf", zischte Lockh grimmig zwischen den Zähnen hervor.

„Verdammt ja", echote Kamerad Brash, „Al Rowood muß sich in der Nähe von Reno aufhalten. Wir werden notfalls zu den Indsmen reiten, die Spur zu finden..."

„Die Spur führt nach Reno", antwortete Conny Cöll, „ich hatte sie bis zu den ersten Hütten des Dorfes verfolgen können..."

Fred Lockh und Sam Brash, die unzertrennlichen Kameraden, rannten, kurz mit der erhobenen Hand winkend, die Stufen der Wendeltreppe hinab, um ihre Pferde zu erklimmen, die sie vor dem Gasthaus angehalftert hatten. Sie waren die ersten, die ihrer Aufgabe folgten. Und so endete im Haus „Zum Messinggeländer" die historische Gründungsfeier der Geheimmannschaft der Gruppe Sinclar, deren erfolgreiche Tätigkeit in den kommenden Wochen und Monaten bereits der gesamte Mittelwesten zu spüren bekommen sollte — eine Institution, über der sichtbar der Segen des guten Gelingens lag, ein Werkzeug des Schicksals, das wie von höherer Gewalt der Gerechtigkeit diente, zum Wohle der schwergeprüften Zeit...

*

3.

König der Spieler

Soeben hatte sich auch Hal Steve von Oberst Sinclar verabschiedet, nur Conny Cöll war als einziger zurückgeblieben. Er hatte keine Lust, den langen Wüstenweg nach Reno zu reiten; er war wirklich müde und trug sich ernstlich mit dem Gedanken, den Rest der angebrochenen Nacht und, wenn möglich, auch noch den ganzen Vormittag des kommenden Tages zu verschlafen.

Zu seinem Leidwesen blieb es jedoch nur bei den Gedanken —

Auch Neff Cilimm und Samuel Brady hatten bald nach dem Aufbruch von Fred Lockh und seinem unzertrennlichen Freund den kleinen Saal des Gasthofs „Zum Messinggeländer" verlassen. John Sinclar hatte es sich bequem gemacht; sein Soldatenrock, von dem er sich nicht trennte, war geöffnet. Auf dem blankgescheuerten Tisch lag seine Grenzreitermütze mit den Kordeln des Oberstenranges um den etwas gruselig anzusehenden Totenkopf, dem Wahrzeichen der Texas-Ranger, Gruppe Sinclar.

„Conny", sagte er nach einer Weile, „die Burschen haben keine Würde, sie stecken voll Übermut und wilder Scherze. Aber vielleicht sehe ich das Leben zu heroisch; vielleicht überschätze ich sogar die Bedeutung der heutigen Stunde — sie war die größte meines Lebens und brachte mir die Erfüllung. Aber ich tröste mich — ich habe ihre innere Anteilnahme gefühlt —"

„Sie können sich auf uns verlassen, Oberst!"

„Ich weiß", hob sich der Tonfall seiner Stimme, „und

es sollte auch kein Tadel gewesen sein. Die Hauptsache ist schließlich, daß mich die Mission meines Lebens bis ins letzte erfüllt. Eine wilde Schar, in der Tat..."

„Was würden Ihnen morsche Kerle nützen, Oberst?"

„Sie werden mir wohl manchen Kummer bereiten, die Boys...". Sinclar zeigte ein wissendes Lächeln.

„Das ist zu erwarten —"

Daß sie mir bloß nicht mit den Vollmachten Mißbrauch treiben!"

„Man müßte den Mißbrauch anders beurteilen, wenn es um eine gute Sache geht. Unsere Freunde können über das Ziel hinausschießen, das ist klar, aber der fanatische Wille zum Guten bleibt ihre Rechtfertigung —"

„Ich sehe schon", seufzte der alte Soldat starkmütig, „mir steht allerlei bevor. Die erste Schlacht ist zwar gewonnen, doch die zweite, größere beginnt. Ich glaube, sie beginnt schon in Reno. Sicher wird der Übermut der Boys ihre Herzen schwellen lassen — bei Gott, sie werden doch nicht etwa ihre Worte wahrmachen, die Lasterhöhle in Reno auszuräuchern?"

„Das steht zu befürchten —", lächelte Conny Cöll.

„Und freut dich das?"

„Wenn ich nicht so schrecklich müde wäre, es würde mir ein Vergnügen bereiten, zuzusehen..."

„Wie Sammy brandschatzt? Er wird doch nicht etwa siedendes Öl in den Pfuhl der Verdammnis träufeln?"

„Der? Seine Kügelchen werden wie ein Eisregen auf die Missetäter tropfen..."

„Eins so schlimm, wie's andere", brummte Sinclar, „aber sollen sie — wenn der erste Sturm verrauscht ist, wird der zähe Ernst des Lebens an sie herantreten. Ich habe in meiner Brusttasche bereits eine Menge Aufgaben, die der Lösung harren."

„Auch für mich?"

Der Oberst nickte.

„Da lebt zum Beispiel nicht weit von hier eine Stakemen-Bande, Conny. Von allen Lumpen der Erde sind diese Aasgeier der Wüste, die sich den Llano Estacado zu ihrem Wirkungsbereich erkoren haben, die schlimmsten, sie müssen mit Stumpf und Stiel hinweggetilgt werden. Deine Aufgabe, Conny! Sie ist mit besonderer Vorsicht zu genießen, denn einer der Hauptsrädelsführer dieser verdammten Bande ist ein Bruder Samuel Bradys..."

„Nicht möglich!"

Und noch ein Bruder von ihm ist Mitglied der berüchtigten Bande der Brüder Rollins — deine übernächste Aufgabe, Conny. Ich habe mit Samuel Brady darüber gesprochen —"

„Und?"

„Er meinte, das wäre der richtige Job für dich. Er hatte immer schon gewußt, daß seine beiden Brüder Dirk und Jim einmal am Galgen enden würden..."*)

„Dann werde ich mich an die Arbeit machen, Oberst. Gibt es hier in Virginia-City nichts mehr zu tun?"

„Die Silberstadt gleicht heute bereits einem Schiff, das die Ratten verlassen, für Banditen von Namen und Rang ist hier kein Revier mehr. Eine düstere Angelegenheit ist zwar noch zu klären, aber das ist Sache des Sheriffs — ein paar Überfälle auf Boten eines reichen Silberaufkäufers, die bisher unblutig verlaufen sind, das ist alles..."

---

*) Conny Cöll: Die 13. Kerbe

„Wie heißt der Silbermakler?"

„Joe Fresnodge. Aber er ist nicht der Geschädigte. Er hat bereits in zwei Fällen die Anlieferer von Warenladungen ordnungsgemäß entlohnt — und auf der Rückreise der Transportleiter ist's dann passiert..."

„Ich verstehe, Oberst, verstehe vollkommen. Ein prächtiger Job..."

„Wie meinst du das?"

„Wie Sie es auch meinen, Oberst —"

„Man darf nichts als Tatsache ausgeben, was man nicht beweisen kann —"

„Sind Sie überzeugt, das Fresnodge der Auftraggeber ist?"

„Fast —"

„Das dürfte genügen".

„Wofür?"

„Mit dem Boy Fraktur zu reden und ihm einen soliden Colt unter die Nase zu halten..."

„Die Beweise, Conny, die Beweise...!"

„Mir ist die Überzeugung Beweis genug. Wozu haben wir unsere Vollmachten!"

„Großer Gott!" Oberst Sinclar fuhr erschrocken auf und griff sich an die gefurchte Stirn. „Ach", stöhnte er, „es nützt doch nichts, zu glauben, einen Lumpen vor sich zu haben, man muß ihn überführen können..."

„Er wird binnen kurzem ein freiwilliges Geständnis ablegen, Oberst..." Das braungebrannte Gesicht des blondhaarigen Jungen war die personifizierte Sanftmut, „er wird glücklich sein, ein Schuldbekenntnis niederlegen zu dürfen..."

„Oh", John Sinclar fühlte schon etwas wie Schmerz in der linken oberen Körperhälfte und griff sich unter die Jacke, „was habe ich nicht gesagt! Ich werde noch völlig graue Haare bekommen... vor Kummer mit diesen rabiaten Boys! Auch du, Conny, machst mir Kummer; ich weiß es — ich fühle es! Bedenke, auch ein Verbrecher ist ein Mensch..."

„Möglich", nickte Conny Cöll, keineswegs betroffen „aber er hat durch seine Untaten verwirkt, als solcher behandelt zu werden. Es gibt nur einen Fall, Oberst einem Banditen wieder die Eigenschaft Mensch zuzuerkennen: wenn er still und stumm bei den Maulwürfen liegt; und es gibt nur einen guten Banditen — einen toten..."

„Die Gerichte werden in allen Fällen ein gerechte Urteil fällen, sie werden bestrafen, wenn sich eine ge setzliche Handhabe bietet..."

„Wozu haben Sie Ihre Geheimgruppe gegründet Oberst?"

„Um der Gerechtigkeit einen Dienst zu erweisen. Un dem Recht größere Geltung zu verschaffen —"

„Einen Dienst? Größere Geltung? Ein Glück, Oberst daß die Banditenkönige der Unionstaaten dieses Be kenntnis nicht gehört haben, sie hätten sich zu Tode ge lacht. Diese charakterlosen Individuen haben nur ein Handwerk: die üble Tat, die anständigen Menschen da Leben zur Hölle macht. Wozu haben Sie sich die woh besten Schützen des Landes zusammengeholt?"

„Sie müssen sich verteidigen können, wenn es einma hart auf hart geht..."

„Nein, Oberst — sie müsen vernichten können, w immer Sie auf die vergifteten Kreaturen des Verbrecher tums stoßen. Ein Coltmann, ein Killer auf Bestellung wird immer nur eine Sprache verstehen, nämlich di seine, die gleiche, die er selber spricht — die rasche Hand, die ihm das Verderben in den Schädel spuckt. Wer eines anderen Menschen Leben zerstört, hat mit dem eigenen zu büßen. Der Staat, der sich nicht entschließen kann, mit der gleichen Münze der Vernichtung zurückzuzahlen, trägt bereits den Keim zum Zerfall der menschlichen Gesellschaft in sich. Wo ich und meine Kameraden nur die leiseste Spur der Totengräber entdecken, werden wir sie aufspüren und liquidieren zum warnenden Beispiel für Komplicen und Gleichgesinnte. Mitleid und Nachsicht das bedeutet Selbstmord, das ist Verbrechen am braven, ehrlich schaffenden Mann..."

„Schon gut, Conny, aber —"

„Da gibt es kein Schon und kein Aber, Oberst, nur die brutale Vergeltung! Auf jeden Banditenschädel die zertrümmernde Hand, in jede Galgenvisage die zerschmetternde Faust, hinter jede Weste eines Schurken die vernichtende Kugel. In diesem Punkt sind wir Boys uns einig, Oberst, und wir wollen wirklich die Hand des Schicksals sein, die mit gnadenlosem Griff das wuchernde Unkraut aus dem Garten reißt. Wir brauchen weder Sheriff noch Henker, in unserer mitleidlosen Hand sind ihre Ämter vereinigt —"

„Hm... es sticht mich..."

„Ist Ihnen nicht wohl, Oberst?"

„Mich stichts's hier auf der Brust... ich weiß nicht... s ist sonderbar —"

„Warten Sie, ich lauf' zum Doktor um ein Mittel — das wird Ihnen helfen!"

Und während sich Conny Cöll eilig entfernte, lehnte ich John Sinclar erschöpft in seinen Stuhl zurück.

„Bei Gott", murmelte er sinnend in den gestutzten Bart, „ob ich da nicht doch etwas angerichtet habe —?"

*

Es war, als habe der gelbe Staub der Wüste eine feine Hülle über Hausdächer, Kuppeln und Straßen gelegt, als spiegelte sich die ewige Helligkeit der Wüstennacht an den marmorweißen Wänden. Gespenstische Schatten huschten um das Mauerwerk und verschwanden irgendwo im Nichts. Menschen hasteten durch die Gassen, strebten ihren Behausungen zu; ihr müder Schritt war kaum zu hören. Viele Häuser standen leer, die große Zeit der Silberstadt war längst vorbei, der Zauber, den die Brüder Grosh entfacht, verklungen. Geblieben waren die Unentwegten und Unbelehrbaren, die nicht glauben wollten, daß die Glücksfee aus den Mauern Virginia-Citys für immer geflohen.

Conny Cöll schritt die nächtliche Straße entlang. In dem kleinen düsteren Haus hinter der Oper sollte Doktor Wellis wohnen, wie man ihm erklärt hatte.

Der arme Oberst —!

Er hatte wohl geglaubt, so etwas wie einen Kaninchenverein gegründet zu haben. Conny Cöll kannte den ursprünglichen Plan Sinclars. Acht Führer im Kampf gegen das Banditenunwesen sollten herangebildet werden, die dann jeder eine starke Polizeitruppe ohne Uniform erhalten würden. Über den Mittelwesten verteilt, unter einem einheitlichen Kommando, wären sie geeignet, beachtliche Erfolge zu erringen. Ein vortrefflicher Plan — mit einem Fehler in der Kombination allerdings.

Keiner der bisherigen G-Männer*) eignete sich als Führer einer solchen getarnten Truppe. Samuel Brady etwa, als Feldherr von einer wackeren Schar umgeben!? Conny Cöll mußte schallend lachen, dieser Gedanke erfüllte ihn mit unwiderstehlicher Heiterkeit. Oder Neff Cilimm, der „Gentleman", der mit Spielkarten und Colts gleich vortrefflich umzugehen verstand? Nein, hier hatte sich der gute, alte Oberst in eine falsche Vorstellung verstiegen. Die Zeit würde ihn schon eines besseren belehren, und die kommenden Ereignisse, die bestimmt noch öfters den Weg zum helfenden Doktor notwendig machten —

Conny Cöll beschloß, um vorzubeugen, ein möglichst großes Glas des belebenden Herzsaftes zu holen.

Virginia-City machte den Eindruck einer gehobenen Bürgerlichkeit. In den verschlafenen Häusern brannte hier und dort noch Licht. Die „Furunkel-Kneipe" hatte schon vor Jahren ihre Pforten geschlossen, die schmutzigen Wände lagen eingefallen, und nur die Theke ragte noch aus den Trümmern; zahlreiche Kugeleinschüsse bedeckten sie, auf der damals die rasch bereicherten Pioniere des Silbers fuseligen Whisky schlürften, das Glas für hundert Dollar... Und in derselben Zeit waren Paläste aus Stein und Marmor mit gewaltigen Säulen und kunstvollen Portalen entstanden, in denen jene Männer lebten, die dem Wahn verfallen waren, der Segen aus der Erde sei ohne Ende. Jetzt standen die Prachtbauten leer, vielleicht von ein paar verzweifelt hoffenden Silberschürfern noch in einer kleinen Ecke bewohnt, wo

---

*) Eigentlich „S-Männer". Nicht zu verwechseln mit den heutigen Gouvernements-Detektiven unter Hoover = G-Mannschaft. Wir haben Secret-Service-Mann mit „Geheim" = G-Mann übersetzt.

sie ihre Decken ausbreiten konnten. Die „Sägespan-Kneipe" war noch in Betrieb; Conny Cöll warf einen Blick hinein. Er dachte an Rhett Steve, an Frisko-Jack, an Old Tom und Patsy Townsend, die ihm manch schaurige Story über diese gastliche Stätte erzählt hatten. Ein paar ausgedörrte Gestalten lungerten um den klobigen Schanktisch, hinter dem ein schläfriger Keeper auf durstige Kehlen wartete. Ein Pferd stand davor — ein Pferd vor der Theke! Aber der Gründer dieser Kneipe hatte einmal den gewiß nicht alltäglichen Einfall gehabt, den Boden mit Sägespänen auszulegen und zu gestatten, daß die Gäste auch ihre Reittiere mit ins Innere brachten; daher der Name „Sägespäne-Bar". Sie war auch ein Überbleibsel der großen Zeit.*)

Conny Cöll passierte die Kirche, einen Prachtbau, der noch vollkommen erhalten war, offensichtlich deshalb, weil er sich keines allzu regen Zuspruchs erfreute. Endlich war die Oper erreicht, ein mächtiges Gebäude, dessen Eingänge mit langen Stangen versperrt waren. Wer sollte auch hier noch auftreten? Die Zeiten der reichen Silberkönige, der Barrats, der Bridgeports, der Clements, waren vorbei, die es sich leisten konten, große Sänger und Mimen zu engagieren. Für ein paar übriggebliebene Optimisten, deren Tagesausbeute oft nicht einmal zum primitivsten Leben reichte, war selbst kein heruntergekommener italienischer Straßensänger bereit, eine dürftige Arie zu schmettern. Und Joe Fresnodge? Dieser zwielichtige Makler schien für kulissenschwere Musik- und Operndramen, deren Resultat an künstlich Sterbenden, Erschossenen, Vergifteten und Erdolchten mitunter

---

*) Conny Cöll: Die große Zeit.

nur noch mit den Ergebnissen einer wüsten Gangsterschlacht zu vergleichen war, nichts übrig zu haben. Vermutlich zog er die Wirklichkeit, wo sich kein Toter mehr aus dem Straßenstaub erhob, dem klassisch verbrämten Spiele vor.

Nun war er an dem kleinen düsteren Haus hinter der Oper. Ein Blumengarten lag davor, eine wahre Rarität in dieser Stadt, wo jedes Fleckchen grünender Erde das kostbare Wasser nutzlos verschlang. Plötzlich sah Conny Cöll, wie ein Mann sich dem Haus des Arztes näherte, dessen Benehmen höchst eigenartig war. Immer wieder blieb er stehen und blickte zurück, als sei er ängstlich darauf bedacht, sich vor Verfolgern zu sichern. Längere Zeit verharrte die dürre, stangenhafte Gestalt des nächtlichen Wanderers vor dem Gartengeingang des Doktorhauses, ohne sich weiterzubewegen. Conny Cöll verharrte regungslos, in den Schatten der Oper gehüllt, und wartete —

Endlich wagte der seltsame Nachtvogel den Eintritt in das gesuchte Nest.

Ein Einbrecher vielleicht oder ein Hilfesuchender? Aber vor wem sollte ein Kranker schon Angst haben, der im Begriff stand, einen Arzt aufzusuchen?

Der G-Mann überquerte die Straße und wenige Minuten später hatte ihn die Flora des Vorgartens aufgenommen. Ein richtiges Schild hing am Eingang: Doktor Wellis — draußen läuten — komme sofort, wenn zuhause.

Doktor Wellis war zu Hause. Conny Cöll konnte deutlich Licht im ersten Stockwerk des Gebäudes sehen; ein dunkler Schatten bewegte sich hinter den zugezogenen Gardinen. Jetzt war seine Neugierde geweckt, und er machte sich, seiner Gewohnheit entsprechend, daran, hinter das Geheimnis dieser scheuen menschlichen Blindschleiche zu kommen. Das Anschleichen war seine Passion, Marjou, sein indianischer Lehrmeister, hatte ihn in dieser Kunst meisterlich ausgebildet.*)

Wenige Klimmzüge brachten ihn an die gewünschte Fensteröffnung, aber ein feines Gitter und die zugezogenen Gardinen nahmen ihm die Sicht. Gitter? Wahrscheinlich eine Sicherheitsmaßnahme, um bei offenem Fenster ungestört schlafen zu können; das Zerreißen des Drahtnetzes würde Lärm genug verursachen, einen Schlafenden nach der bereitliegenden Waffe greifen zu lassen. Unterdrückte Stimmen klangen an das Ohr des Lauschers.

„Doktor..."

„Du bist es, Hartly? Noch so spät in der Nacht?"

„Es ist wichtig!"

„Bist du krank, Hartly?"

„Noch nicht — aber ich fürchte das schlimmste. Ich will fort von hier..."

„Aber Anthony, sei kein Dummkopf! Was treibt dich aus der Silberstadt?"

„Nein, Doktor — ich habe schon viel zu lange gewartet. Ich weiß, alle Bewohner der City beneiden mich um meine Stellung, die mir fünftausend Dollar monatlich einbringt. Man wird mich einen Narren heißen, wenn ich sie aufgebe, und an meinem Verstand zweifeln. Aber es gibt unveräußerliche Privilegien, auf die ein anständiger Mensch nicht verzichten kann, ohne sich selbst in die Gosse zu werfen. Es ist kein ehrliches Geld, das ich verdiene..."

---
*) Conny Cöll: Marjou.

„Es ist ehrlich, Hartly — grundehrlich. Mister Fresnodge bezahlt dich nicht einmal übermäßig für deine Tüchtigkeit. Er kann sich auf dich verlassen — du bist sein lebendes Termin- und Kassenbuch —"

„Ich muß mich deutlicher ausdrücken, Doktor! Sicherlich ist es Ihnen nicht entgangen, daß nun schon zweimal ein Überfall auf Kassenboten unserer Geschäftsfreunde verübt worden ist..."

„Dreimal, Hartly..."

„Dann wissen Sie mehr als ich —"

„Ich bin soeben nach Hause gekommen, von Reno. Sheriff Jordan hat mich gerufen, nach einem Mann zu sehen, der den Lauf eines schweren Coltrevolvers über den Schädel bekam. Er hieß Jack Growler. Man hatte ihn und weitere vier Banditen unschädlich gemacht, als sie ein Railwayabteil ausrauben wollten, in dem auch ein gewisser Chester Davis saß..."

„Nein —" schrie Hartly.

„Ich war Augenzeuge. Growler hat gestanden, daß er es auf die Summe abgesehen hatte, die Davis für die abgelieferte Boraxladung von Mister Fresnodge erhielt. Er wollte zufällig davon gehört haben..."

„Wo wurde Growler hingebracht?"

„Ins Gefängnis nach Silver-City — morgen früh soll er Oberst Sinclar übergeben werden, der für seinen Weitertransport sorgen will..."

„Also darum hat Mister Fresnodge die ‚Garde' mobilisiert..."

„Wer ist die Garde?"

„Eine Gruppe übler Schießer, die im Dienste Fresnodges stehen. Sie wurden unverzüglich nach Silver-City befohlen — jetzt ist es mir klar, warum. Growler darf nicht in die Hände der Grenzreiter fallen. Sie könnten herausquetschen, was Sheriff Jordan nie erfahren würde..."

„Ich verstehe nicht, Hartly —"

„Ich will's Ihnen sagen, Doc — schon lange wollte ich's Ihnen sagen, hatte bloß nicht den Mut. Ich habe Beweise für meine Behauptung: Joe Fresnodge ist das Haupt einer verzweigten Banditenbande; er hat die Überfälle auf die Geldboten befohlen..."

„Das ist toll — das ist...!"

Das Entsetzen mußte dem Arzt den Mund verschlossen haben, denn plötzliche Stille trat ein. Conny Cöll lauschte angestrengt; kein Wort dieses interessanten Gesprächs durfte ihm entgehen, keine Silbe.

„Ein scheußliches Geschäft, Doktor. Der Zufall brachte mich hinter das Geheimnis des rätselhaften Todes Jesse Gustines. Er war der schärfste Konkurrent Fresnodges; er war gleichfalls Silberaufkäufer. Er war im Wege, und da er nicht freiwillig weichen wollte, hat Fresnodge seine ‚Garde' vorgeschickt. Ich wurde geheimer Zeuge einer Unterhaltung, die diese entsetzlichen Dinge offenbarte. Deswegen will ich fort von hier, Doc, und jetzt habe ich Ihnen Aufschluß über diese Vorgänge gegeben..."

„Aber warum mir, Hartly — ich bin doch kein Sheriff..."

„Wäre ich zu Ted Jordan gegangen, er hätte mir mißtraut und mich als Kronzeugen festgenommen. Die Macht Fresnodges reicht weit, niemand weiß das besser als ich. Gehen Sie jetzt zu Sheriff Jordan, aber verschweigen Sie meinen Namen; Fresnodges Arm würde mich weit über die Grenzen Nevadas hinaus verfolgen. Sie sind ein angesehener Mann, und Ihren Worten wird man glauben. Ich gehe nach New York zurück. Hier, Doktor, habe ich meine ganzen Warnehmungen schriftlich niedergelegt; gewiß wird das Dokument dem Treiben dieses Verbrechers ein Ende setzen..."

„Was hast du vor, Hartly?"

„Ich verlasse sofort Virginia-City. Warten Sie eine Woche mit der Veröffentlichung, bis ich in Sicherheit bin."

„Das werde ich tun. Du bist ein braver Kerl, der seiner Umwelt einen großen Dienst erwiesen hat. Ich verspreche dir, das Dokument nicht zu deinem Schaden zu gebrauchen. Machs gut, Hartly..."

Wenige Klimmzüge und ein sanfter Schwung brachten Conny Cöll wieder auf die Füße; er hatte noch genügend Zeit, sich hinter grünendem Buschwerk zu verstecken.

Hartly der Sekretär Joe Fresnodges, verließ das Haus. Das scheue Spiel begann von neuem. Wie eine ängstliche Katze, die vorsichtig die Umgebung prüft, ehe sie die schützende Wand eines Hauses verläßt, blieb er am Garteneingang stehen, nach allen Seiten äugend. Und zögernd, als gelte es, den letzten Gang seines Lebens anzutreten, huschte er auf die Straße —

Wenige Minuten später verließ auch Conny Cöll die freundliche Oase inmitten einer Wüste aus Sand und Stein. Vergessen war die stärkende Mixtur, vergessen der kleine Herzanfall John Sinclars...

Er hatte Wichtigeres zu tun — —

*

Die Nachricht vom Tode Miß Joans hatte Fred Lockh blind vor Wut gemacht, eine Wut, die aus dem Schmerz kam, denn das zarte, intelligente Mädchen war dem etwas schwerfälligen Farmerjungen sehr ans Herz gewachsen. Er hing an ihr und wußte, daß Joan ein besseres Los verdient gehabt hätte.

Al Rowood, ihr Mörder, würde für diese hundsföttische Tat zu büßen haben. Dumpf vor sich hinbrütend hatte er Flocke die Zügel überlassen, und die Übermütige griff wacker aus. Trotzdem vermochte sie fast nicht, dem mächtigen Schimmelhengst Wolke zu folgen, denn ihre Beine waren nicht so kräftig und ausdauernd wie die des Hengstes. Als sie schließlich wieder Seite an Seite mit dem rücksichtslosen Gesellen lief, der in egoistischer Manier immer nur an sich selbst dachte, ohne sich um die schwächere Verfassung seiner Gefährtin zu kümmern, biß sie wütend nach seinem Hals. Wolke machte einen erschrockenen Satz zur Seite, so daß Sam beinahe die Steigbügel verloren hätte.

„Das Weibsstück wird immer bissiger", knurrte er, „sie wollen sich einfach nicht vertragen..."

„Flocke ist ein zartes Mädchen, Kamerad", brummte Fred zurück, sie verdient mehr Nachsicht, sie ist kein Renngaul. Im übrigen wollte sie dir nur zu verstehen geben, daß wir in die entgegengesetzte Richtung reiten. Die Siedlung, die nun vor uns liegt, heißt nicht Reno, sondern Silver-City..." Dabei zügelte er die Stute.

„Reiten wir in die Ortschaft, Kamerad", meinte Sam, „beginnen wir eben in Silver-City mit unseren Nachforschungen. Vielleicht finden wir eine Spur —"

Die beiden Freunde erreichten das Dorf. In einiger Entfernung konnte man schon den Flußlauf des Carson

River sehen, der um diese Jahreszeit aber fast kein Wasser führte. Das mochte daher kommen, weil die Wüstenschürfer künstliche Quellen abgeleitet hatten, um die dringend notwendige Flüssigkeit in die Nähe ihrer Silbergruben zu bekommen. In Silver-City sah es nicht so trostlos aus, wie in den übrigen Wüstenstädten, in denen ein Grashalm zu den wenigen Kostbarkeiten des Lebens gehörte. Das umgeleitete Wasser hatte die Gegend mit wohltuendem Grün belebt, hatte sogar Bäume und üppiges Gestrüpp wachsen lassen, eine Wohltat für die Augen und noch mehr für die Lungen.

Fred und Sam durchritten die Ortschaft, die ausschließlich aus Baracken und Zeltstraßen bestand. Nur ein Haus aus mächtigen Steinquadern ragte aus der Siedlung, ein wuchtiges Gebäude, dessen Fenster mit starken Eisengittern versehen waren. Silver-City besaß eine Sehenswürdigkeit ersten Ranges, so bekannt wie gemieden von allen Bewohnern des großen Wüstentales von Reno bis zum Carson River, von den Ausläufern des Mt. Rose bis zum Carson See, dem trüben Sammelbecken des sandig-trüben Wüstenbaches: das Gefängnis.

„Fragen wir nach Al Rowood —"

Sam nickte, ritt zur Pforte, sprang aus dem Sattel und pochte an das schwere Eichentor. Aber erstaunlicherweise war das Tor offen.

Fürwahr, ein lustiges Verlies!

„Kamerad", rief er zurück, „steig ab, der Gefängnisaufseher hat Ausgang — oder das Schloß ist kaputt!" Er stieß das wuchtige Tor auf, steckte den Kopf ins Innere, fuhr entsetzt zurück und riß augenblicklich die Colts aus dem Halfter, um in den Vorraum zu dringen. Fred Lockh folgte dichtauf, seine Waffen gleichfalls in

Händen. Ein wildes Durcheinander herrschte in dem Raum, in den sie traten, eine Wachstube offensichtlich. Der lange Tisch war umgestürzt, auf dem Boden lagen zwei leblose Gestalten — zwei Wärter offenbar, ihrer Kleidung nach, tot, ermordet. Eine Tür, die ins Innere des Gebäudes führte, stand offen. Fred Lockh ging hindurch, und ein kreisrunder Raum nahm ihn auf, ringsum mit vergitterten Zellen versehen. Totenblasse Gesichter starrten zwischen den starken Eisenstäben auf die beiden Eintretenden: Sechs... sieben... acht Gefangene, nicht mehr. Angesichts der gezückten Waffen in den Händen der Männer begannen sie um Hilfe zu brüllen, vermutlich hielten sie Fred und Sam für Komplicen der Meute, die vielleicht vor wenigen Minuten erst dem Gefängnis einen blutigen Besuch abgestattet hatte. Am Boden des Zellensaals lagen wieder zwei tote Gefängniswärter, deren Finger noch die unförmigen Schlüsselbunde hielten.

Fred Lockh rannte an eins der Gitter; ein altes, zitterndes Männchen stand dahinter, ein Landstreicher vielleicht.

„Was ging hier vor, Hobo?"

„Jack Growler wurde befreit..."

Verdammt!"

„Wir hörten plötzlich draußen Schüsse, Schmerzensschreie. Die Tür wurde aufgestoßen, drei maskierte Kerle drangen herein — die beiden Wärter wollten nach dem Rechten sehen, da hatte es sie bereits erwischt. Jack Growler wurde befreit, in unglaublich kurzer Zeit. Gleich darauf war nur noch Hufgetrappel zu hören. Das ist alles..."

„Wann war das?"

„Ich weiß nicht... ich weiß wirklich nicht. Vielleicht vor einer Stunde..."

„Es sind erst wenige Minuten vergangen!" brüllte ein anderer Gefangener aus der Nachbarzelle.

Fred und Sam machten kehrt, stürmten hinaus und schlugen Lärm. Aber nichts rührte sich weit und breit, das Nest schien völlig ausgestorben. Sie rannten zu den nächsten Häusern, klopften an die ebenerdigen Fenster und an die Türen. Keine Antwort.

„Komisch", sagte Fred.

„Dort drüben ist Licht —"

Sie rannten über die Straße, hämmerten mit den Fäusten gegen die Tür des Hauses, aus dem die Helligkeit drang. Fred Lockh ließ seinen Stiefel dagegen krachen, daß die Wände schier in ihren Grundfesten erbeben mußten; das Schloß riß sich aus den Angeln, die Tür klaffte auf. Da kam ihnen eine schläfrige Gestalt entgegen, nur mit Hemd und Hose bekleidet.

„Was ist los, Boys?" fragte der Mann einigermaßen verstört. „Überfall im Gefängnis", schrie Fred Lockh, „die Wärter sind tot — ein Gefangener befreit..."

„Hm..." kam es grunzend aus dem Mund des aus dem Schlaf Gescheuchten; keine Regung sonst, kein Erschrecken.

„Habt ihr denn das Schießen nicht gehört?"

„Hier wird oft geschossen, das ist nichts besonderes —"

„Oder die Schreie?"

„Hier wird immer geschrien. Kein Mensch hört darauf..."

„Und das Getrappel der Pferde...!"

„Hier ist Tag und Nacht keine Ruhe..."

„Zum Teufel, Mann", verlor Fred Lockh die Geduld, „es sind Menschen gestorben!"

„Jesus, hier sterben ständig Menschen, draußen in den Minen, drunten in den Gruben, an den Erdgasen und an der Hitze... Deswegen braucht ihr mich nicht aus dem Schlaf stören..."

„Wir sahen Licht —"

„Ich war zu müde, es zu löschen. Trollt euch, Boys..."

„Das ist zum In-die-Luft gehen!"

„Da seid ihr sowieso schon, Boys — macht euch fort..."

Das verschlafene Gesicht gähnte, und der dürftig bekleidete Mann drehte sich um und verschwand schlurfend im dunklen Flur.

Fred und Sam standen wie begossene Pudel, sie verließen das Haus und klopften am nächsten, aber an den geschlossenen Fensterläden erschien plötzlich ein Gewehrlauf zwischen den Luftlöchern.

„Fort mit euch!" brüllte eine zornige Stimme, „sonst kracht es..."

„Im Gefängnis —"

„Schert euch zum Teufel! Mich interessiert kein Gefängnis!"

„Aber so hör doch, Mann —"

„Ich will nichts hören, verschwindet... ich zähle bis drei... eins —"

Die beiden G-Männer gaben es auf, in diesem verfluchten Nest war offensichtlich kein normaler Mensch anzutreffen. Plötzlich hörten sie jemand über der Straße.

„Kamerad —", lief ihm Brash entgegen.

„Ich bin... kein Kamerad... ich bin... besoffen..."

„Wo ist das Sheriffoffice?"

„Das ... was?" Es war in der Tat ein Betrunkener, wie Sam und Fred ingrimmig feststellen mußten.

„Das Sheriffoffice —"

„Hier gibt es kein ... kein Sheriff ... hupp ... Office — hier gibt es nur ein Gefängnis ... ein liebes ... herzensgutes ... kreisrundes ... Gefängnis ..."

„Es ist überfallen worden ... die Wärter sind tot ..."

„Was? Tot?" Der Betrunkene grölte auf. „Wirklich tot? Das ist ... das ist ... ein Freudentag — hupp, Freunde, laßt euch umarmen ... die Kerle haben es ehrlich verdient —"

Entsetzt wichen Sam und Fred aus der stinkenden Alkoholwolke zurück, die ihnen aus dem Rachen des Säufers entgegenschlug. Sie rannten weiter, niemand war zu sehen, niemand rührte sich. Endlich hatten sie Glück. Sie gerieten in ein Zeltlager, das von mehreren Männern besetzt war und die fast augenblicklich wach wurden, als sie von dem Überfall hörten. Während sie hastig in ihre Kleider schlüpften und sich bewaffneten, ließen sie sich alles Wissenswerte berichten. Sie gehörten zum vereidigten Aufgebot Sheriff Ted Jordans und waren für die Sicherheit der Barackensiedlung verantwortlich, wenn der Sheriff abwesend war. Sie erschraken förmlich, als sie hörten, mit wem sie es zu tun hatten: mit Sinclar Männern. Vom „Schwarzen Fred" hatten sie schon einiges gehört. Sie versprachen, sofort nach dem Rechten zu sehen.

„Ein tolles Dorf, muß ich sagen", schüttelte Fred Lockh den Kopf.

„Hier laßt uns drei Hütten bauen ... hier läßt sich's gut sein, Kamerad ..."

„Wir sind doch nur zwei Mann —"

„Ist ja auch nicht von mir, das Zitat — hab' ich in einem Wildwest-Schmöker gelesen. Da hab' ich auch gelernt, wie man es macht, auf die Spuren zu achten..."

„Wetten?"

„Worauf, Kamerad?"

„Daß die Spuren nach Reno führen... in die Odelgrube von Nevada..."

*

In Spencer Keyes' Nachtlokal —

Auf dem kleinen, erhöhten Podium hatte die Negerkapelle zu spielen begonnen. Südliche Weisen, brasilianische Lieder, wilde Rhythmen, die sich im Takt überschlugen und im Wirbel der Pauken und Trommeln dahinschossen wie stürzende Wasserfälle. Dazwischen heulte ein Sänger mit öliger Stimme einen Song, der in heiseren Baßtiefen begann und im höchsten Diskant endete. Die Töne hämmerten in hektischen Stößen auf die Schar der Gäste ein, die sich rauchend, schwatzend und spielend die Zeit vertrieben.

Spencer Keyes' Nachtlokal hatte heute einen Ehrentag; Lucky Flanagan, Nevadas berühmtester — oder berüchtigster? Pokerspieler beglückte diese zweifelhafte Stätte mit seinem Besuch. Der Barbesitzer hatte es besonders wichtig, seine Tränensäcke falteten sich schwer und runzlig in seinem Schwammgesicht. Lucky Flanagan saß am grünen Tisch, an dem schon große Spiele ausgetragen worden waren — einmal hatte dieses wertvolle Utensil in Reno bare hunderttausend Dollar auf einem Stapel gesehen. Flanagan war damals dem Silberkönig von Virginia-City, Harry Burney, gegenübergesessen. Das war ein Spiel gewesen! Der Minenbesitzer hatte erst nach Mitternacht kapituliert, und wenn er noch weitergespielt hätte, wäre er ein bettelarmer Mann geworden. Ähnlich war es Charles Hampon, Griffith Jones und Macky Rowles ergangen: Lucky Flanagan war nicht zu schlagen. Kein Wunder, daß sich niemand mehr finden wollte, mit ihm ein Spielchen zu wagen, außer Fremden vielleicht, die nichts von seinem Ruhm wußten. Aber schon nach wenigen verlorenen Partien gaben sie alle schnell wieder auf.

Etwas abseits saß eine kleine Gruppe Spieler. Heute war Sonnabend und dieser Tag gönnte den „Damen" Ruhe; er gehörte den Männern, die ihn eifrig mit Spiel und Whisky zu Ende brachten. Trotzdem gab die schwarze Kapelle ihr rhythmisches Getöse von sich, in diesem Punkt war Spencer Keyes unerbittlich. Musik lockt die Gäste an, war seine Losung.

„Blödes Gedudel, Boys..."

„Ich gebe..."

„Schönes Kärtchen... gutes Kärtchen..."

„Wie nennt man dich?"

„Sag ‚Dan' zu mir... schönes Kärtchen... gutes Kärtchen..."

„Ich mag nicht gegen ihn spielen —"

„He?"

„Mit dir schon — aber mit ihm nicht..."

„Flanagan? Schönes Kärtchen... gutes Kärtchen..."

„Kannst du mithalten?"

„Ohne Geld... bis ans Ende —"

„Wer verliert, zahlt den Whisky..."

„Schönes Kärtchen... gutes Kärtchen..."

„Du gehst mir auf die Nerven, Dan..."

„Dan Haller heiß' ich —"

„Sag den blöden Spruch nicht immer ... verdammt — die Affenmusik höhlt mich aus —"

„Stell den Kasten ab ..."

„Ich werde die Boys erschießen ..."

„Schönes Kärtchen ... gutes Kärtchen ..."

„Verdammt —"

„Oh — Verzeihung. Gibt es in Reno keinen passenden Job für einen tüchtigen Boy?"

„Tüchtig im Sprüche-reißen, he?"

„Ich kann noch mehr —"

„Na sowas!"

„Hier ... Flush ... ein sauberes Blatt ..."

„Nicht so sauber, um damit Dollars zu machen —"

„Bist ein guter Schütze, Freund ..."

„Ich heiße auch Dan — Dan Talmadge — was hast du gelernt?"

„Schießen — aus allen Körperlagen ..."

„Auch aus den Büschen ...?"

„Auch. Ich gebe ... schönes Kärtchen ... gutes Kärtchen ..."

„Ich werd' dich erwürgen! Die Musik bringt mich um — und dein Gequassel ..."

„Ich freu' mich ..."

Dan Haller stockte mitten im Satz. Sein Blick war auf einen Gast gefallen, der soeben das Lokal betreten hatte. Auf einen pikfeinen Gast, in dessen Begleitung sich ein vom Kopf bis Fuß schwarzgekleideter Mann befand. Ein Mormone? Diese ehrwürdigen Jünger des Lichts liefen eigentlich nicht so traurig herum. Trotzdem handelte es sich bestimmt um einen Sektenheiligen, die Staaten wimmelten ja nur so von diesen Schwachköpfen. Die ernste

Gestalt des Mannes in Schwarz interessierte Dan Haller und auch Dan Talmadge nicht im geringsten; vielmehr hingen ihre Augen an dem vornehmen Gentleman, dessen äußere Erscheinung auf Wohlhabenheit schließen ließ. Dan Haller grinste genießerisch vor sich hin — ein Opfer! Vielleicht gab es heute Nacht noch ein paar Dollar zu verdienen; seine Kasse war durch die Umstände der letzten Wochen — seine Reise von Tombstone nach Nevada hatte beträchtliche Summen verschlungen — ausgesprochen erholungsbedürftig. An Lucky Flanagan konnte er sich nicht wagen, dazu hatte er keine Lust, auch noch seinen letzten Hundert-Dollar-Schein zu verlieren. Das war sein eiserner Bestand. Er hatte einmal einem Farmer gehört, der ihn einfach nicht opfern wollte, bis ihn Dan ihm mit gezücktem Coltlauf abnahm. Oh, Dan Haller war vielseitig begabt, und er konnte nicht nur mit blödsinnigen Redensarten seinen Mitspielern auf die Nerven gehen.

Sollte man's glauben!, der elegante Fremde steuerte tatsächlich auf seinen Tisch zu und nahm ohne Aufforderung Platz. Und neben ihm der schwarzgewandete Sektierer, der seine traurigen Augen auf die Kapelle gerichtet hielt, als müsse er sich überlegen, wie diesem heidnischen Lärm überhaupt noch beizukommen sei.

Dan Haller hatte zu spielen aufgehört; auch Talmadge schien keine Lust mehr zu haben, die Partie zu Ende zu spielen. Mit quasi uninteressierten Blicken beobachteten sie die beiden Ankömmlinge. Ob sie wirklich spielen wollten? Tatsächlich raffte der Mann mit dem traurigen Gesicht die Karten auf und begann sie zu mischen, als säße er vor einer Portion angemachten Käses, den man ihm gebracht hatte.

„Ich heiße Sammy", sagte er traurig.

„Erfreut", grinste Dan Haller, sehr froh darüber, daß der schnelle Anschluß keine Schwierigkeiten machte, „ich höre auf den Namen Dan..."

„Und dein Freund?"

„Spielt nicht..."

„Woher willst du das wissen?" Talmadge war erstaunt.

„Hat mit mir einen lustlosen Flappen gespielt..."

„Wegen einem Glas Whisky braucht man sich nicht anzustrengen..." sekundierte der „Traurige".

„Oh — die Gents spielen nur mit Einsatz?"

„Nicht unter zehn Dollar —"

„Poker?"

„Am liebsten Ekarté — wir sind aber drei Spieler..."

„Ich bin mit von der Partie, Dan", brummte Talmadge.

„Dich habe ich schon mitgerechnet, Freund — entweder zwei oder vier Mitspieler..."

„Der vierte bin ich", mischte sich Neff Cilimm ins Gespräch, halb geistesabwesend und arrogant, als habe das Milieu seinen guten Geschmack beleidigt.

„Geht nicht", schüttelte Samuel Brady den Kopf, „ich bin schon am Mischen und habe ein Doppelspiel zwischen den Fingern. Spielen wir Poker..."

„Warum nicht Bakkarat —?"

„Geht nicht", schüttelte Brady Samuel sein melancholisches Haupt, „wir sind doch vier Spieler... und im übrigen kann ich Pokern und sonst nichts..."

„Wir werden ja gleich sehen..." Das Gesicht Dan Hallers war eitel Freude. „Wie heißt dein vornehmer Freund, Sammy?"

„Neff —"

„Ein eleganter Boy, muß ich sagen!" Die Züge des alten

Ganoven zerflossen zu satter Zufriedenheit: „Ein feiner Gentleman — lauter blitzsaubere Litzchen... schöne Litzchen... Kinkerlitzchen —"

„Ich gebe —" näselte Samuel, der inzwischen das Spiel gründlich gemischt hatte, „als erster... aber dann muß nach alter Texasweise immer der jeweilige Gewinner geben..."

„Akzeptiert, obwohl ich kein Texaner bin", brummte Talmadge.

„Das ist ein Nachteil, Boy. In Texas gibt es die tollsten Spieler..."

„Die tollsten Maulaufreißer — allerdings Flanagan ist ein Texaner und trotzdem der Pokerkönig des Mittelwestens..."

„Flanagan ist weit —"

„Stimmt — drei Tische von uns entfernt..."

Samuel Brady schien den Einwand überhört zu haben, es sei denn, der Name dieses berüchtigten Meisterspielers war ihm völlig unbekannt. Neff Cilimm dagegen konnte sich nicht beherrschen und fuhr leicht zusammen.

„Witzbolde —" entfuhr es ihm.

„Nun ist er aufgewacht, der Gentleman, die Pille hat gewirkt. Feines Männchen... feines Litzchen... Kinkerlitzchen..."

„Wo bleibt der fünfte Mann?"

„Ist schon hier..."

Spencer Keyes, der Keeper, war es in höchsteigener Person, der sich am Spieltisch niederließ; er witterte Dollars und war der sicheren Meinung, es mit Greenhörnern und ausgemachten Dummköpfen zu tun zu haben.

„Das ist Spencer", sagte Talmadge, „los, fangen wir an..."

Jeder Spieler erhielt fünf Karten, der Rest des Spieles kam in die Mitte des Tisches.

„Zehn Dollar —" meldete Dan Haller.

„Passe —" brummte Talmadge. Er hatte eine aussichtslose Sequenz und die Partie war für ihn uninteressant; er legte die Karten nieder.

„Pokere —" näselte Samuel Brady, seinen Dollarschein auf den Pott legend.

„Pokere —" nickte Neff Cilimm. Mit der Grandezza eines spanischen Hidalgo ließ er seine Einsatznote auf die Tischmitte fallen, und dabei sahen seine Mitspieler, wie dick das Dollarbündel war, das er bei sich trug.

Dan Haller nahm zwei Karten auf und legte zwei andere verdeckt auf die Tischplatte zurück. Er hatte zwei Sechs, zwei Drei und eine Vier, ein Two-pairs —

„Ich pokere —" grunzte er vergnügt wie ein junges Ferkel am Futtertrog und legte zwei weitere Zehn-Dollarnoten auf den Pott.

„Ich erhöhe..." Abermals ließ Neff Cilimm ein Fähnchen flattern; abermals einen Zehn-Dollar-Schein.

„Feines Scheinchen... schönes Litzchen... Kinkerlitzchen..."

„Ich erhöhe —" Spencer Keyes hatte eine prima Karte, ein Triplet: drei Könige, eine Vier und eine Fünf... wert, eine weitere Note in den Pott zu legen.

„Ich halte —" Samuel Brady war die Ruhe selbst.

„Ich ebenfalls —" gähnte Neff Cilimm. Bis jetzt schien das Spiel ehrlich. Noch hatte er keine Kunstgriffe feststellen können, die ihm sämtliche geläufig waren.

„Ende —"

Drei Kartenspiele wurden offen auf den Tisch gelegt, Dan Haller war von Keyes überspielt worden. Ein Triplet zählte mehr als ein Two-pairs; Samuel und Neff hatten geblufft, ihre Karten waren wertlos.

„Mit diesem Plunder würd' ich passen", ärgerte sich Talmadge.

„Die nächste — der Gewinner gibt..."

Auch die nächste Partie gewann der Keeper. Dann konnte Dan Haller — buchstäblich mit seinem letzten Geld, er hatte dem Glück etwas nachgeholfen und eine gemischte Sequenz auf den Tisch gelegt — ein Straight mit den Ziffern zwei mit sechs aufweisen. Zweihundert Dollar brachte ihm dieser Wurf ein — und ein nachsichtiges Lächeln Neff Cilimms, der nun mit Sicherheit wußte, daß er es mit einem Falschspieler zu tun habe.

Haller raffte die Karten auf — seine Äuglein funkelten wie Talmi-Steine.

„Feine Litzchen... Kinkerlitzchen..."

„Laß den Blödsinn, Dan —"

„Aber mitnichten, altes Luder... Herzensbruder —"

„Gib den Einsatz, verdammt —"

„Hundert Dollar —"

„Ich halte..."

„Ich erhöhe — hundert Dollar..."

„Zweihundert —"

„Dreihundert —"

„Stop —"

„Stop —"

„Schönes Zwergchen... Dollarbergchen!" Haller legte seine Karten auf. Er hatte wieder Straight — ein verdammt glücklicher Zufall. Die anderen hatten verloren, ihre Karten reichten an die Qualität seines Blattes nicht heran.

„Feines Spielchen... Notenmühlchen..." quietschte er in den höchsten Tönen, mit langsamen Bewegungen seinen Gewinn einstreichend, um mehr Genuß dabei zu haben.

„Und wieder muß ich spenden... schöne Damen, Ekkenbuben... in den Zimmern — in den Stuben —" Er gab. „Einen King mit goldenen Ecken — große Sonne — welche Wonne — und dazwischen eine Zehn — einmal rund und einmal schön..."

Flink flogen die Finger Dan Hallers hin und her und noch flinker flogen seine Sprüche:

„Für den traurigen Boy 'ne As... klitschenaß — bleich und blaß — für den Keeper eine Acht... so 'ne Pracht... in dieser Nacht — und für den Gent, so fein und rasch... ein Royal Flush..."

„Zum Teufel", knurrte Dan Talmadge bissig wie ein hungriger Kettenhund, „spielen wir Poker oder Ringelreihen?"

„Ringelreihn... mit Mägdelein..." kicherte das betrügerische Unikum mit verdrehten Augen. Dan hatte sich offensichtlich die richtigen Karten auf seinen Haufen gespielt.

„Fünfhundert Dollar —" Jetzt war er in seinem Element. Die Göttin des Spieles, und natürlich auch die des Falschspiels, hatte heute abend Gefallen an ihrem nichtsnutzigen Sohn gefunden.

„Stop —"
„Stop —"
„Stop —"

Samuel Brady, Dan Talmadge und Keyes legten ihr

Karten auf den Tisch, sie konnten nicht mithalten. Der „Traurige" blickte auf Neff Cilimm, um dessen feines Bärtchen es belustigt zuckte. Er hatte vorhin zwischengemischt und eine meisterhafte Volte geschlagen, die ihm unbemerkt ein paar interessante Karten in die Finger zauberte. Karten, die er nach Aufnahme der ihm zugeteilten und zusätzlichem Kauf mit dem abzulegenden Blatt wieder geschickt auf den Haufen legte. Mittlerweilen hatten sich mehrere Gäste als Kiebitze zu den Spielenden gesellt.

Samuel Brady war die blitzschnelle Fingervariante des Freundes entgangen; nur aus seinem Gesicht konnte er lesen, was er schon längst erwartete. Das Blatt schien sich zu wenden.

„Sechshundert —" sagte der „Gentleman".

„Siebenhundert —"

„Achthundert —"

„Neunhundert —"

„Tausend —"

„Stop —" Dan Haller mußte passen, denn tausend Dollar war sein ganzer Besitz, der glückliche Gewinn der letzten Viertelstunde. Hatte er gewonnen, war er um tausend Dollar reicher, in seiner Lage ein kleines Vermögen.

Vorsichtig, jede einzelne Karte neben die andere legend, deckte er sein Blatt auf.

„Full hand", sagte er, „Pik-Zehn — Karo-Zehn — Kreuz-Zehn — Herz-Acht — Kreuz-Acht —"

„Pech gehabt, Boy", lächelte Neff, sein Spiel geschlossen auf den Tisch werfend, „Four of a king: viermal die Buben und einen King..."

„Oh", ächzte Dan Haller und schluckte hörbar. Pleite.

Nichts war mehr in seinen Taschen, nicht einmal ein Cent, ein kleiner, windiger Cent. „Bin aus dem Feld geschlagen..." resignierte er und vergaß ganz, nach einem zusätzlichen Reim zu suchen.

Das war Samuel Bradys Stunde.

„Aus dem Feld geschlagen... großes Klagen... und Verzagen —" näselte er, während sich das Gesicht Dan Hallers jäh verdunkelte. Er liebte nicht, kopiert zu werden. Nun war der „Traurige" warm geworden, obwohl es einiger Zeit bedurfte, bis er Anlauf genommen hatte.

„Danny heißt der Gute... alte Pokerstute... mit der Wünschelrute..."

„Damned", grollte Spencer Keyes, „spielen wir weiter — oder gehen wir in den Zirkus?"

„Zirkusleute... große Beute... wilde Meute... Riesenpleite —"

„Damned", grollte Talmadge noch wütender.

„Gottverdammich... so was ramm ich..." näselte Brady.

Dan Haller ärgerte sich maßlos, Keyes war rot angelaufen und Dan Talmadge blickte mit finsterer Entschlossenheit auf den kummervollen Sektenbruder. Die grinsenden Gesichter der kiebitzenden Gäste brachen in brüllendes Gelächter aus. Auch Lucky Flanagan war nähergetreten. Das Spiel interessierte ihn zwar weniger, denn er fand es unter seiner Würde, Stümpern das Geld aus der Tasche zu ziehen. Dan Haller mochte noch angehen, er kannte ihn als stets abgebrühten Gelegenheitsfalschspieler; Spencer Keyes jedoch war für ihn kein Gegner. Er wagte nichts und er war nicht einmal ein Bluffer, was war ein Pokerspiel schon ohne diese höchste Kunst der Täuschung! Der Schwarzgekleidete mit dem traurigen Gesicht schien ein komischer Sonderling zu sein und außerdem natürlich ein Greenhorn. Mit Dan Talmadge wollte er nichts zu tun haben, dieser Boy war gefährlich. Lucky Flanagans Job war das Spiel — das meisterliche Falschspiel. Er war zehn Jahre lang als Verwandlungskünstler, als verblüffender Illusionist und Kartenhexer an großen Bühnen aufgetreten, bis er dann auf den Gedanken kam, seine grandiose Begabung am Spieltisch brillieren zu lassen. Eine luxuriöse Villa mit Schwimmbassin, Pferdebahn und Polospielplatz zeugte von seinen Erfolgen, und das Ende war, daß er seine Kunstfertigkeiten auch bei der Gewinnung von Frauenseelen anzuwenden versuchte. Aber das war ihm schlecht bekommen, mit Frauen hatte er kein Glück, und er verlor schneller und mehr, als er ergaunern konnte; so war dem Goldenen Mittelwesten wieder einmal das erlesene Glück beschieden, eine zwielichtige Existenz mehr auf der Weide zu haben. Nirgends auf der Welt treibt der Spielteufel ein größeres Unwesen als an Orten, an denen mit leichter Hand die Kostbarkeiten der Erde geschöpft werden. Wie gewonnen — so zerronnen. Mancher glückliche Schürfer, der am Morgen ein Riesenvermögen dem geheimnisvollen Boden abgetrotzt hatte, war am Abend ärmer denn je zuvor. Zwischen dem Reichtum des Morgens und der Armut des Abends stand nur ein kleiner, schmutziger Spieltisch, und meistens saß an dessen einem Ende ein schmalhüftiger Mann mit bleichem Gesicht und feinnervigen Händen, der auf den Namen Lucky Flanagan hörte. Wunderdinge kursierten um diesen König der Spieler, der nur ein einziges Mal eine entscheidende Partie verloren hatte, bei der er seinen letzten Dollar gewagt. Das war vor langen Jahren und sein Gegner war damals ein vielleicht dreizehnjähriger Junge gewesen, ein Naturtalent, vor dem er kapitulieren mußte. Es war eine bittere Erkenntnis für ihn, die ihm damals einen gewaltigen Schock versetzte und seine Sicherheit schwer erschüttert hatte. In New York war's, in einer kleinen Kneipe am Rande der großen Stadt, wo nur Arbeiter einer Eisengießerei verkehrten. Der Wunderknabe war der Sohn eines Gießereiarbeiters gewesen *). Wie hatte er noch geheißen? An den Namen konnte er sich nur noch schwach erinnern — merkwürdig unamerikanisch klang er ... Ci ... Ci — er fiel ihm nicht mehr ein. Was mochte wohl aus diesem jugendlichen Genie geworden sein? Bestimmt ein braver, ehrbarer Gießereiarbeiter, dessen Fingerfertigkeit mittlerweile unter den dicken Schwielen längst verkümmert war. Lucky Flanagan kannte bedeutende Falschspieler der Staaten. Auch der dreizehnjährige New Yorker Junge hatte falsch gespielt, nachdem er gemerkt hatte, daß sich auch er, Lucky Flanagan, dieser zweifelhaften Kunst bediente. Warum erinnerte er sich nur in diesem Augenblick so lebhaft an den Jungen? Der elegante Mann am Spieltisch war schuld daran. Eine kleine Ähnlichkeit, weiter nichts. Der Gentleman neben dem schwarzgekleideten Original hatte mit dem New Yorker Knaben etwas gemeinsam — das stille Kichern, ein lautloses Lachen, das wieder zurück ins eigene Innere zu kriechen schien.

„Ist's erlaubt?" verbeugte sich Lucky Flanagan. Die Zornesfalte auf der Stirn Dan Talmadges glättete sich; Spencer Keyes brummte Zustimmung, während Neff Cilimm Gleichgültigkeit heuchelte.

---

*) Conny Cöll: Der Gentleman

„Und wie steht es mit Ihm?" Lucky Flanagan beliebte in der dritten Person zu sprechen.

„Mit wem?" fragte Samuel Brady, obwohl er genau wußte, wer gemeint war.

„Mit Ihm!"

„Er freut sich... Donner, Blitz und Knall — in Spencer Keyes' Nachtlokal —"

„Es reicht..." knurrte Talmadge mit roten Augen.

„Genug der Worte... ihm geweiht... gebenedeit bis an die Pforte..."

„Shut up —!" fauchte Dan Haller wie eine vom Hund bedrohte Katze. Er hatte sich von seinem Namensvetter ein Dollarstück geliehen.

„Wer gibt?"

„Immer der Sieger —"

„Es beginnt von vorn — die Karten offen auswerfen — wer den ersten Buben erhält, hat Vorhand..."

Und damit nahm eine Pokerpartie ihren Anfang, von der Reno und weit darüber hinaus ganz Nevada noch wochenlang sprechen sollte; eine Partie, die allergrößtes Aufsehen erregte und den nachhaltigsten Eindruck hinterließ. Ein Spiel, wie es selbst Kenner in den wildbewegten Silberstädten noch nie gesehen, noch nie erlebt...

Der Bube fiel auf Spencer Keyes. Ihm war es also beschieden, die Karten zu mischen und zu verteilen. Der Keeper holte ein neues Spiel. Geschickt rauschten die Blätter unter seinen Händen — minutenlang. Gerade wollte er die ersten fünf Karten verteilen, als Neff Cilimm das Spiel zu sehen wünschte. Er zählte die Karten durch — legte das erste Blatt vor sich hin, das zweite darauf... dann folgte das dritte, vierte, bis sämtliche zweiundfünfzig Blatt Revue passiert hatten. Er drehte das Spiel um, und abermals zählte er mit lauter Stimme durch. Zweiundfünfzig Blatt. Dann ließ er das Ganze für jedes Auge sichtbar durch seine Finger gleiten, von einer Hand zur anderen und wieder zurück.

„Okay", nickte er dann, „alles okay..."

„Soll das ein Mißtrauen sein?" schnurrte der Keeper gekränkt.

„Wir leben in Reno... auf schlüpfrigem Boden. Eine Sicherheitsmaßnahme, weiter nichts..."

Dann lachte Neff Cilimm wieder sein charakteristisches, lautloses Kichern in sich hinein. Lucky Flanagan wechselte einen kurzen Blick mit Spencer Keyes. Hatte der Stutzer vielleicht etwas gemerkt? War ihm bekannt, daß der Spielerkönig von Nevada gern mit den Keepern der Spielerlokale zusammenarbeitete, und daß auch der Besitzer des Nachtlokals von Reno von seinen Gewinnen Prozente bezog, weil...? Unmöglich, davon konnte er keine Ahnung haben. Mitunter aber hatten ausgesprochene Greenhörner einen besonderen Schutzengel, das war immerhin nicht zu leugnen.

Das erste Spiel — Neff Cilimm paßte schon von Anfang an — gewann Dan Talmadge, das zweite Samuel Brady. Die Einsätze waren gering. Mit halbgesenkten Lidern beobachtete der „Gentleman". Er hatte den berühmten Flanagan zum Gegner, mit dem er schon einmal die Klinge kreuzte — seinerzeit, in New York, in der Vorstadtkneipe. Er hatte den schmalhüftigen, bleichen Mann sofort wiedererkannt, obwohl er es umgekehrt wohl kaum zu befürchten brauchte, denn aus dem kleinen Neff war inzwischen ein ausgewachsener Mann geworden, der sich entsprechend verändert hatte. Bis jetzt hatte Flanagan noch keinen Trick gezeigt, die Einsätze lohnten die Mühe nicht. Der König mußte gereizt werden. Neff mußte einen Tausend-Dollar-Schein riskieren und haargenau aufpassen, welche Kinkerlitzen Flanagan jetzt im Ärmel hatte. Kinkerlitzen... Neff kicherte abermals in sich hinein.

„Ich erhöhe... tausend Dollar..." flüsterte er dann. Das war stark. Von hundert Dollar auf den zehnfachen Betrag erhöhen, war ungewöhnlich.

„Stop —" resignierte Talmadge.

„Stop —" tropfte es von den Lippen Dan Hallers.

Auch Spencer Keyes mußte passen; mit einem unwilligen Seufzer warf er sein Blatt auf den Tisch. Aufgegeben.

„Ich erhöhe —" näselte Samuel Brady. „Hundert Flöhe... kriechen fröhlich... um die Zehe..."

„Zwölfhundert —" setzte Flanagan. Neff Cilimm war auf der Hut. Er wußte, das war ein simpler Trick. Flanagan arbeitete mit doppelten Spielen und hielt das gewünschte Team in Vorbereitung. In seinen Taschen mußten sich mehrere Teams befinden, für jede Gelegenheit das richtige. Neff Cilimm hatte es vermutet, und natürlich ging dies nur, wenn der Kartenbesitzer, also der Keeper, mit von der Partie war. Na wartet, Burschen — auch er hatte vorgesorgt, vorhin, als er das Spiel untersuchte, hatte er seine Vorbereitungen getroffen.

„Dreizehnhundert —" bot Cilimm.

„Stop —" Nun gab auch Brady auf; er legte seine Karten offen auf den Tisch. Es war ein bedeutungsloses Blatt.

„Vierzehnhundert —"

„Zweitausend —"

„Moment, ich kaufe —" Neff Cilimm holte vorsichtig eine Karte, nahm sie dicht an die Brust — niemand von den zahlreich gaffenden Kiebitzen sollte es sehen —, schüttelte enttäuscht den Kopf und legte sie wieder auf den Pott. Es war geschehen. Das Spiel war wieder vollzählig — und die Hauptsache: seine Taschen waren leer. Von versteckten Teams keine Spur.

„Fünftausend —" war sein Gebot.

Im Saale wurde es ruhig. Auch die restlichen Gäste erhoben sich noch von den Sitzen. Fünftausend Dollar, so hoch war der Einsatz schon lange nicht mehr gewesen.

„Zehntausend —" flüsterte Flanagan; ohne eine Miene zu verziehen, legte er die Noten auf die Einsatzbank.

„Elf..."

„Zwölf..."

„Fünfzehn..."

„Zwanzig...!"

Atemlose Stille. Es war unglaublich: Zwanzigtausend Dollar lagen auf jeder Seite, zusammen... vierzigtausend! Ein Vermögen stapelte sich in zwei Haufen auf dem Tisch.

„Zwischenwette..." zischte Spencer Keyes. Er hatte das Spiel Flanagans gesehen. Es war offensichtlich so hervorragend, daß man solche Summen darauf riskieren konnte.

„Ich halte —" näselte der „Traurige".

„Wie hoch?"

„Was kostet die Kneipe?"

„Bare zehntausend Dollar — Holz ist teuer in der Wüste..."

„Ich halte dagegen —"

„Wogegen?" Der Keeper glaubte nicht recht gehört zu haben.

„Zehntausend Dollar gegen deine Kneipe..."

„Gemacht —" Ein breites Grinsen flog über die feisten Züge Spencer Keyes' und die Tränensäcke zuckten beängstigend. „Ein leicht verdientes Money... ein verdammt leicht verdientes..."

„Wer wettet mit?"

Stille — keine Antwort — kein Gebot.

„Dann eben nicht..." Samuel Brady zuckte die Achseln. „Kneipenduft... gute Luft... der Whisky ruft..."

„Einundzwanzig —"

„Zweiundzwanzig —"

„Stop —" Über mehr Bargeld verfügte Lucky Flanagan nicht. Die Geschäfte hatten in letzter Zeit sehr zu wünschen übrig gelassen. Was wollte er auch mehr? Die Verdopplung seines Vermögens war das beste Geschäft in den letzten Monaten.

Neff Cilimm bedauerte; er hätte die Einsätze gerne noch höher getrieben.

Zweimal zweiundzwanzigtausend Dollar lagen auf dem Tisch. So viel auf einem Haufen hatten die meisten Anwesenden noch nie gesehen. Wer war der Sieger? Natürlich Lucky Flanagan! Wie konnte es anders sein! Und dann noch die Nebenwette: Spencer Keyes Nachtlokal — gegen zehntausend Dollar. Und dies alles als Faustpfand eines einzigen Spielers.

Über fünfzig in höchster Erwartung erstarrte Gesichter umgaben den schicksalhaften Tisch. Die Menschen wagten nicht zu atmen. Wer war der Sieger, der Glückspilz, der dieses Vermögen gewann? Mit zuckenden Krötenaugen hockte Spencer Keyes und starrte auf Neff

Cilimm, über dessen Züge — bei Gott, der Keeper täuschte sich nicht — so etwas wie gähnende Langeweile ging. War der elegante Boy nicht recht bei Trost? Auch der Schwarzgekleidete war seltsam anzusehen. Maßlose Traurigkeit lag in seinen Augen. Melancholisch blickte er über die Köpfe der Umstehenden, deren Augen wie irr auf die noch verdeckten Karten gerichtet waren. Unruhe entstand; unwillige Rufe. Man wollte den Sieger sehen. Dann begann Lucky Flanagan sein Blatt aufzulegen — Pik-Acht... Pik-Neun... Pik-Zehn... Pik-Bube... Eine Karte behielt er noch in der Hand, eine unschlagbare Karte... ein Royal Flush... eine Seltenheit... eine Sensation —

Er hatte sie — und mit wahrhaft sadistischer Langsamkeit legte er sie zu den andern. Bewunderung wurde laut. Lucky Flanagan war ein Meisterwurf gelungen. Und sein Gegner, dieser Stutzer? Warum zögerte er so lange, sein Spiel aufzulegen? Endlich tat er es —

Herz-Zehn... Herz-Bube... Herz-Dame...

Ein plötzliches Entsetzen hatte die soeben noch schreienden Kehlen abgewürgt, eine lähmende Leichenstille kroch zwischen den Barackenwänden. Aller Augen glotzten gebannt auf die Hand des eleganten Mannes. Die vorletzte Karte wurde aufgelegt...

...Herz-König...

Jetzt hatte der Gentleman noch eine Karte in der Hand. Wenn das das Herz-As wäre — ungeheuerlich! Keyes saß blaß wie der Tod, seine Nasenflügel bebten. Für ihn stand — schrecklicher Gedanke — seine Kneipe auf dem Spiel, die ihm täglich einige Hundert-Dollarscheine abwarf. Die Mädchen... und die Kapelle... die Zuträger... sie waren im Begriff, einen neuen Boss zu bekommen. Spencer Keyes hielt den Atem an, Lucky Flanagan nagte nervös an seinen Lippen. Seine Hände zitterten leicht. Die letzte Karte. Verdammt... die letzte —

Herz-As —!

Das höchste Team, das es im Texas-Pokern aufzulegen gab, lag auf dem Tisch. Spencer Keyes, Lucky Flanagan, Dan Talmadge sprangen auf und starrten verblüfft auf die Karten, sie konnten es nicht fassen. Aber es lag sichtbar ausgebreitet vor ihren Augen, es war keine Täuschung.

Unter dem Tumult der nun entstand, raffte der Gewinner mit der gleichgültigsten Bewegung der Welt die Dollarbündel zusammen und verstaute sie in seiner bunten Lederweste.

Lucky Flanagan sah seinen Reichtum entschwinden. Seine Lippen waren kräftig aufeinander gepreßt und seine Augen blitzten aus schmalen Schlitzen. Er wußte, was er von dieser Partie zu halten hatte. Auf einmal war das Kichern wieder da; da wußte er, wer sein Gegner gewesen war.

„Der Sohn des Gießerei-Arbeiters!" entfuhr es ihm entsetzt.

„Erraten, Flanagan —" Ein spöttisches Lächeln flog von den Zügen Neff Cilimms. „Pech gehabt? Ja, ja, das ist vorbeigelungen. Du mußt dir etwas Neues ausdenken, etwas gänzlich Neues, das ich noch nicht kenne... Du bist verhaftet, Flanagan..."

„Verhaftet?" schrie der Keeper wutentbrannt, „wohl wegen Falschspiels, he!"

„Erraten, Spencer Keyes — und du ebenfalls, wegen Beihilfe."

„Verhaftet... lächerlich..." rümpfte Flanagan bleich und höhnisch die Nase, „von wem denn?"

„Von zwei Sinclarleuten, die verdammt wenig Spaß verstehen, wenn einer von euch beiden zu den Waffen greifen will!"

„Wegen Falschspiels? Beweise, ihr klugen Grenzreiter..."

Neff Cilimm griff über den Tisch, bekam Flanagan an den Jackenaufschlägen zu fassen; niemand hätte dem vornehm gekleideten Mann diese Gewandtheit und Kraft zugetraut. Er zog den Verdutzten über die Tischplatte, griff mit flinken Fingern in die Taschen des Verhafteten und förderte mehrere vorbereitete Kartenteams zutage: ein weiteres Royal Flush mit dem Buben als höchstem Blatt, ein Full House und Flush mit lauter Karos, also für jede Gelegenheit die passende Garnitur.

„Danny", wandte sich Samuel Brady an Dan Haller, der mit entsetzten Blick den gefährlichen Ereignissen folgte, „die Zeche... ich bin ja der Wirt und muß kassieren..."

„Ich... ich bin zahlungsunfähig..."

„Hier hast du einen Zehndollarschein. Hör zu, was ich dir aufzutragen habe. Vor dieser Lasterhöhle steht ein großes Faß..."

Dan Haller nickte. Er wußte, es enthielt Petroleum.

„Schaffe es herein in die Kneipe — zehn Dollar sind der Arbeitslohn —"

Dan Haller nahm das Geld, äugte nach der Tür und zwängte sich durch die immer noch starr vor Staunen stehende Gästeschar. Gleich darauf stand das gewünschte Faß auf jener Fläche, die sonst lethargischen Tanzbeinen für träge Schritte diente. Dan Haller kam zurück. Da nahm ihm der „Traurige" den Geldschein aus der Hand.

„Für die Zeche", näselte er traurig, „und nun paß auf —" Kurze Schüsse bellten auf, und die Detonationen brachen sich mit hartem Echo an den verzierten Wänden. Samuel Brady hatte seinen Colt gezogen und auf das Petroleumfaß ein munteres Feuerwerk eröffnet. Es war ein Feuerwerk in des Wortes wahrster Bedeutung. Zischend schlugen die Geschosse in die gefährliche Flüssigkeit — heller Lichtschein durchflutete plötzlich das ganze Lokal. Das auslaufende Erdöl raste brennend über den Boden, und von Panik erfaßt, rannten die Gäste schreiend ins Freie. Die beiden G-Männer hatten sich der Verhafteten versichert und stießen sie vor sich her; das Spiel war zu Ende. Gierig sprühten die Flammen über Tische und Bänke, krochen an den Stützbalken und Holzwänden empor und hüllten alsbald den ganzen Raum in ein Meer von Rauch und Feuer.

Spencer Keyes' Nachtlokal, der Sündenpfuhl von Reno, hatte aufgehört zu existieren, nach einer kurzen Stunde waren nur noch schwelende Trümmer übrig. Kein handtellergroßes Stück Holz, ja nicht einmal eine Whiskyflasche, waren dem Wüten der Flammen entgangen.

Melancholisch starrte Samuel Brady in die rauchende Glut; ein grüner Funke glimmte in seinen Augen.

Jetzt war es nicht mehr die unerklärliche Trauer, sondern die eisige Lust gerechter Vernichtung, die wie ein dünner gläserner Panzer ihn umhüllte. Er wandte sich ab und stakte mit langen Schritten seinem eleganten Freunde nach.

*

Jack Growler war der erste, der die Verfolger bemerkte. Es konnte sich nur um Verfolger handeln, denn die beiden schwarzen Punkte am Horizont in ihrem Rücken, ganz am Rande des endlosen Sandmeers, bewegten sich genau in ihrer Fährte. Pines, Mason und Walker, seine Befreier aus dem Gefängnis von Silver-City, waren dafür, ihre Pferde schneller ausgreifen zu lassen. Virginia-City war nicht mehr weit. Sie wollten es auf keinen Zusammenstoß mit Vertretern des Gesetzes, vielleicht gar mit Sheriff Ted Jordan und seinen Helfern, ankommen lassen. Die Silberstadt würde die Fährte verwischen. Walker hatte in der Nähe des Kristall-Palastes einen vortrefflichen Unterschlupf. Growler aber war für klare Verhältnisse. Vielleicht waren es gar keine Verfolger, sondern nur zwei Verirrte und der Gegend Unkundige. Er wollte Gewißheit haben und schlug vor, mit Pines, einem berüchtigten Coltmann, zurückzubleiben, um sich Klarheit zu verschaffen. Sein Vorschlag fand die Zustimmung seiner drei Begleiter. Während Mason und Walker weiterritten, um in Virginia-City das Versteck für eine längere Zeitdauer vorzubereiten und einzurichten, verhielten Growler und Pines ihre Pferde.

„Warten wir dort am Brunnen —"

„Okay, ein Schluck wird uns gut tun —"

Die Bürgerversammlung der Silberstadt hatte beschlossen, etwa in der Mitte des Reitweges durch die Wüste nach Silver-City einen Brunnen anzulegen. Der Pastor der Kirche Christi in Virginia-City, Mister Preisegott Seligsohn — wahrlich, der hart um den Bestand seiner Gemeinde ringende Streiter Gottes trug diesen Namen wie ein Fanal — hatte dem Brunnen den Namen „Wasser des Lebens" gegeben. So mancher Halbverdurstete war durch das kühle Naß wieder zu den lebensspendenden Kräften gekommen. Eine massive, mannshohe Mauer schützte die primitive Zisterne mit der abgenützten Wasserkurbel vor Sandverwehungen. In ihrem Schlagschatten erwarteten Jack Growler und sein Begleiter die mutmaßlichen Verfolger.

Wüstennacht —

Alles lag grau in grau. Das Gelb des Sandes hatte sich verloren. Der gestirnte Himmel warf verblichenen Glanz über Hügel und Dünen, über ausgedörrte Kaktusflächen, verdorrte und verkümmerte Ginsterbüsche.

Die schwarzen Punkte am Horizont — dort, wo sich Erde und Himmel zu berühren schienen — wurden größer. Aus den Punkten wurden scharf umrissene Konturen, Pferde... Reiter. Reiter, deren Oberkörper über die Widerriste ihrer Gäule gebeugt waren, als ob sie die Tiere zu rasendem Galopp anspornten.

„Es sind Verfolger", stellte Jack Growler sachlich fest.

„Sie suchen den Sandboden ab — sie wollen die Spur nicht verlieren..." meinte Pines.

„Laß sie herankommen —"

„Willst du mit ihnen reden?"

„Ich will mich vergewissern. Wenn es sich wirklich..." Jack Growler stockte mitten in der Rede. „Das sind... das sind..." Er beugte sich aus der Deckung, verließ die Dunkelheit der Brunnenwand und starrte mit angestrengten Augen in das Düster der mondbeschienenen Landschaft.

„Erkennst du sie?"

„Der ‚Schwarze Fred' — verdammt, und sein Begleiter, der..."

„Täuscht du dich nicht? Laß sie näherkommen —"

„Nein, nein, das ist zu gefährlich. Wenn sie mich erkennen, werden sie sofort zu den Waffen greifen. Fred Lockh ist gefährlich — und der andere..."

„Laß sie näherkommen, verdammt!"

„Nur so nahe, als ich einen sicheren Schuß anbringen kann. Noch ist ihr Augenmerk auf den sandigen Boden gerichtet — die Gelegenheit ist günstig..."

„Die Entfernung ist zu groß —"

„Was mag diese Teufel hierhergeführt haben?"

„Vielleicht waren sie in Silver-City, als dich der Sheriff ins Gefängnis eingeliefert hat — die Schüsse müssen sie alarmiert haben..."

„Jetzt... verdammt... jetzt —"

Die Reiter waren auf Schußnähe herangekommen. Es handelte sich in der Tat um den „Schwarzen Fred", den Jack Growler zeit seines Lebens nicht mehr vergessen konnte. Jetzt mußte gehandelt werden. Blitzschnell fuhr die Hand des Banditen nach dem Gürtel, den Bruchteil einer Sekunde später hielt er seine beiden schweren Fünfundvierziger im Anschlag... Ein bellender Schuß zerriß die Stille der nächtlichen Wüstenlandschaft —

Ein zweiter... ein dritter... Aber sie kamen nicht aus den Läufen Jack Growlers.

Fred Lockh und Sam Brash hatten bei der Verfolgung der vier Banditen auf der Fährte durch die Wüste wohl bemerkt, daß sich der Zug auseinandergerissen hatte — zwei waren zurückgeblieben. Das Mondlicht hatte ihre langsam sich bewegenden Konturen scharf genug gezeichnet, um zu beobachten, wie sie den Schutz des Zisternenwalles ausnützten. Als die Verfolger jetzt auf dem Rist ihrer Pferde lagen, um sie zur vermeintlichen Eile anzutreiben, hatten sie bereits ihre Waffen im Anschlag. In dem Moment, als Growler sich, ein stark vergrößerter, dräuender Schatten, langsam aus der Deckung schob, peitschten ihre Schüsse schon vernichtend in dieses drohende Dunkel hinein. Eine donnernde Kanonade von mehr als einem Dutzend Schüssen.

Als alles still blieb, ritten sie heran.

„Growler... das ist Jack Growler..." rief Sam Brash, als er die Leichen unter der Zisternenmauer untersuchte.

Fred Lockh betrachtete die Erschossenen.

„Gratuliere, Sam", sagte er, „hätte darauf geschworen, daß die Kerle nach dem Überfall in südliche Richtung geflohen waren..."

„Was macht das, Kamerad! Hauptsache, wir haben sie gemeinsam gefunden."

„Wir müssen uns beeilen, Sam, Virginia-City ist nicht mehr weit, und unsere Aufgabe ist erst zur Hälfte gelöst — die beiden Flüchtigen dürfen die Stadt nicht erreichen —"

*

Wildes Pochen an der Tür des Sheriff-Office der Silberstadt riß Ted Jordan aus tiefem Schlaf. Er brauchte Minuten, um seine im träumerischen All spazierende Seele wieder energisch in ihre irdische Körperhülle zurückzurufen. War schon der Leib des schwergeprüften Sheriffs höchst ungern in der Wüstenstadt, die Seele schien Virginia-City vollends zu hassen und zu verabscheuen. Der Schädel Ted Jordans war so leer wie eine hohle Nuß, und obwohl er bereits auf seinem Lager hockte, wollten die Schalmeien einer besseren Welt nicht verklingen. Abermals schlugen rücksichtslose Fäuste gegen die massive Tür. Ein saftiger Fluch war die erste Reaktion seiner wiedergewonnenen irdischen Bereitschaft.

„Clark", rief er, „wofür bezahle ich überhaupt den Boy — es ist ein Jammer. Jede Nacht das gleiche Lied!"

Ächzend erhob er sich, schlüpfte in seine Hose und wand sich den Waffengürtel um. Barfuß stapfte er zur Tür, vorbei am Lager des Hilfssheriffs, der noch selig in Morpheus' Armen ruhte.

„Bist du taub, verschlafenes Luder!"

Clark rührte sich nicht, sein Schnarchen übertönte den Lärm vor der Tür. Der Sheriff machte Licht und gähnte herzhaft, während der Störer seiner nächtlichen Ruhe ein neuerliches Stakkato wilder Schläge gegen die Eingangstür fallen ließ.

Jordan öffnete endlich.

„Sheriff", schrie ein erregter Mann, über die Schwelle stolpernd, „Überfall auf das Gefängnis von Silver-City... Jack Growler befreit... vier Wärter ermordet..."

Sheriff Jordan war wie vom Donner gerührt — in diesem Moment schlürfte auch Clark, der Gehilfe, herbei.

„Ich bin wie der Teufel geritten, als uns der Überfall gemeldet wurde..."

„Gemeldet wurde? Von wem?"

„Von zwei Unbekannten, die einander wie Brüder ähnlich sahen. Sie entdeckten als erste die Bluttat. Silver-City gleiche einem Ameisenhaufen. Die Erregung hat hohe Wellen geschlagen — mitten in der Nacht, Sheriff, bedenkt, als wir alle schliefen..."

„Idiot!" schrie Clark aus dem Hintergrund.

Der Mann starrte Jordan entgeistert über die Schulter.

„Mein Gehilfe hat recht, Mann", tadelte der Sheriff. „Derartige Überfälle werden wohl meistens in der Nacht gemacht.

„Es muß etwas geschehen, Sheriff!"

„Wurde sonst noch jemand befreit?"

„Nur Jack Growler, den Ihr gestern eingeliefert habt."

„Sind Spuren vorhanden?"

„Deswegen wollen wir Euch ja holen, Sheriff —"

„Idiot!" gähnte der Gehilfe.

„Ist das der Dank!" brauste der Unglücksbote auf, „daß ich mein armes Pferd fast zu Schanden gehetzt habe, um hierher zu kommen?"

„Mein Gehilfe hat recht", knurrte Jordan, „ihr habt wie Dummköpfe gehandelt. Vor allem wäre es eure Pflicht gewesen, die beiden Männer, die wie Brüder aussahen, festzunehmen. Als nächstes wäre strengstes Stillschweigen notwendig gewesen. Wie soll man die Spur eines einzelnen Hammels finden, wenn sie von einer ganzen Herde Schafe zertrampelt wird?"

„Prima Vergleich —" grunzte es aus dem Hintergrund.

Der Bote, ein kleiner, schmächtiger Mann, ballte die Fäuste, wandte sich dann aber gekränkt ab, um nicht länger den ehrenrührigen Angriffen dieses unverschämten Gehilfen ausgesetzt zu sein. Dabei wäre er beinahe von einem weiteren Ankömmling über den Haufen gerannt worden, der offensichtlich noch um einiges aufgeregter war.

„Sheriff", keuchte der, mühsam die Worte aus den gehetzten Lungen quälend — und nun erst sah Ted Jordan, daß es sich um Jim Clovis handelte, dem Postmann und schnellsten Wüstenreiter des Silberdistrikts. Er mußte einen rasenden Galopp hinter sich gebracht haben, denn sein Pferd war schweißüberströmt; dem Reiter selbst hingen die Haare wirr und mit Sand verklebt über Stirn und Wangen. Er mußte sich zuerst den Wüstenstaub aus den Augen wischen, um überhaupt etwas sehen zu können.

„Sheriff", würgte er erschöpft hervor, „in Reno... ist der Teufel los..."

„Unglück kommt nicht allein", murmelte der Sheriff jetzt schon resigniert.

„Spencer Keyes' Nachtlokal..." Jim Clovis mußte eine Pause machen, um seine rasselnde Lunge zu beruhigen, „Spencer Keyes' Nachtlokal..."

„Gab es wieder Schießereien?"

„Schlimmer..."

„Noch schlimmer?" schnaubte der Sheriff, „kommt's denn in dieser verdammten Lasterhöhle überhaupt nicht zur Ruhe? Der Teufel soll sie ausräuchern, diese Stinkbude!"

„Schon geschehen, Sheriff!"

„Was sagst du?"

„Die Kneipe ist bis auf den Grund niedergebrannt — mit allem Drum und Dran..."

„Hoffentlich samt dem Gesindel —"

„Schlimmer, Sheriff! Ich muß mich setzen —" Jim Clovis wankte ins Office, ließ sich auf Clarks Lager fallen, wo er sich langsam beruhigte. „Ihr habt doch Lucky Flanagan gekannt?"

„Natürlich, wer kennt diesen Halunken nicht!"

„Er hat das Spiel seines Lebens verloren —"

„Nicht möglich?" staunte Jordan, „gibt es noch einen größeren Falschspieler?"

„Ein eleganter Mann, ein Gentleman vom Scheitel bis zur Sohle, in dessen Begleitung ein schwermütig dreinblickender, schwarzgekleideter Boy..."

„Aha..." unterbrach der Sheriff grinsend. Er wußte Bescheid.

„Ihr kennt die beiden?"

„Ein guter Sheriff muß alles wissen. Was war weiter? Oder laß mich erzählen, Jim!"

Jordan schien plötzlich bester Laune zu sein. „Der elegante Gent hat den wackeren Lucky Flanagan in Grund und Boden gespielt, nicht wahr? Wieviel hat er ihm abgenommen?"

„Zweiundzwanzigtausend Dollar —" berichtete der Postreiter, „aber das war es nicht. Spencer Keyes hat bei dieser grandiosen Partie — ich war Augenzeuge, Sheriff, ich habe ein solches Spiel noch nie gesehen — seine ganze Kneipe gegen zehntausend Dollar des Schwarzgekleideten gesetzt. Er hat sie verloren..."

„Und da hat der Gewinner das beste Stück in Reno in Brand gesetzt, nicht wahr?"

„So war es".

„Das ist sein gutes Recht", grinste Jordan, „jeder kann mit seinem Eigentum machen, was er will. Und was ist mit Flanagan und dem Keeper geschehen?"

„Die beiden Gewinner hatten sich plötzlich als Sinclarleute ausgewiesen und die beiden verhaftet..."

„Prachtboys!" Jordan drehte sich zu seinem Gehilfen um, „was sagst du dazu, Clark?"

„Schade —" tönte es einsilbig.

„Meine Meinung, Clark. Die Burschen hätten den Strick verdient. Man wird ihnen nichts nachweisen können, und dann..."

„Vielleicht laßt Ihr mich meinen Bericht zu Ende bringen, Sheriff!" rief Jim Clovis beinahe entrüstet, „das war erst der Anfang. Wie ein Lauffeuer sprach sich das Ereignis in Reno herum. Man hatte immer schon vermutet, Flanagan sei ein raffinierter Falschspieler, denn so viel Glück konnte keinem normalen Sterblichen beschieden sein. Den Sinclarleuten ist es gelurgen, die Gauner zu überführen. Flanagan hatte vorbereitete Teams in der Tasche, die er durch geschickte Manipulationen jeweils auszuwechseln verstand. Der Keeper war sein Bundesgenosse. Mit Windeseile verbreitete sich dieser gemeine Betrug in ganz Reno. Man ist seit langem bemüht, Sheriff, eine saubere Atmosphäre in der Stadt zu schaffen. Falschspieler sind Schädlinge der Ehre und des Ansehens einer Siedlung, deren Bevölkerung zum größten Teil aus anständigen Menschen besteht. Die Empörung brachte die Gemüter zum Sieden. Die beiden Verhafteten wurden den Sinclarleuten entrissen... Schwerbewaffnete Scharen griffen sich bekannte Ganoven aus der niedergebrannten Kneipe — Dollar-Jim, Hyänen-Jack, Pik-Bube — Schläger-Bill... Man wollte reinen Tisch machen, die Zustände in Keyes' Nachtlokal stanken schon längst zum Himmel —" Clovis stockte in seinem Bericht. „Bei einem Kerl namens Dan Haller wurden ebenfalls doppelte Karten im Ärmel gefunden — er wurde zu den auf einem Haufen zusammengestoßenen Halunken getrieben — und dann, Sheriff, und dann..."

„Lynchjustiz?" Jordan erschrak. Lynchjustiz? Ein schreckliches, gefährliches Wort. Die Barbarei aus der ungebärdigen Seele des empörten Volkes.

„Aufgehängt?" rief Clark.

„Gehängt? Zuviel Ehre für Stinktiere! — Gelyncht —

ja, doch — gelyncht von der aufgebrachten Menge! Erschossen, mit Gewehrkolben erschlagen — es war furchtbar, Sheriff..."

„Und die Sinclarleute?"

Sie standen der Masse machtlos gegenüber. Sie konnten auch nicht verhindern, daß die Frauen der Stadt die Dämchen der niedergebrannten Kneipe übel zugerichtet in die Wüste trieben. Auf einem alten Ochsenkarren ergriffen sie mit zerrissenen Kleidern und ohne jedes Gepäck die Flucht — ein lächerlich erhebender Anblick, Sheriff! Das ist alles..."

Nun hatte auch Ted Jordan das Bedürfnis sich zu setzen. Das war viel für eine Nacht, die noch gar nicht zu Ende war. Er griff an die Stirn; kalter Schweiß lag darauf. Die Kneipe Spencer Keyes' niedergebrannt — der Keeper selbst mit seinen Kreaturen von der Volkswut gerichtet, die käuflichen Weiber verjagt. Das gab Ärger und viel Arbeit, denn seine vorgesetzte Dienststelle verlangte über jede Einzelheit genaues Protokoll.

„Silver-City —" ermahnte Clark.

Das war das Stichwort. Wortlos erhob sich Jordan und traf Anstalten, unverzüglich aufzubrechen —

*

Hartly! Verflixt — jetzt rufe ich schon eine ganze Weile..." Joe Fresnodge hob die Lautstärke seiner Stimme: „Anthony Hartly!

Nur das eigene Echo antwortete. Der dicke Mann warf Federhalter und Vergrößerungslupe auf den Schreibtisch. Er arbeitete fast schon die ganze Nacht, durchblätterte Journale, um einen Fehler in der Addierung langer Zahlenreihen zu finden. Wo nur Hartly so lange blieb? Unter dem Vorwand, etwas an die Luft gehen zu wollen, hatte er sich vor einer Stunde bereits entfernt und schien immer noch nicht zurück zu sein. Joe Fresnodge trat ans Fenster. Die Straßen von Virginia-City lagen wie ausgestorben. Der diesige Schein des Mondlichts tat seinen Augen wohl; es hatte keinen Sinn, weiterzurechnen. Anthony Hartly würde den Fehler in kürzester Zeit entdecken, morgen. Wozu sollte er den vielgeplagten Mann noch mitten in der Nacht beanspruchen? Das hatte Zeit. Ein Reiter preschte die Straße herunter, hielt vor dem „Kristall-Palast", sprang aus dem Sattel und rannte ins Haus. Joe Fresnodge glaubte ihn zu kennen. Das war doch Dan Talmadge, sein zuverlässiger Mittelsmann. Talmadge war in größter Aufregung. Er überließ dem ledigen Pferd die Zügel, ohne es anzuhalftern. Das tat Dan Talmadge doch nie, zumal es sein Hobby war, jeden dritten Tag ein neues Pferd zwischen den Schenkeln zu haben. Was war geschehen?

„Dan", empfing Fresnodge den mit allen Anzeichen des Entsetzens ins Haus stürzenden Talmadge, der mehrere Stufen gleichzeitig nahm. „Bringst du Nachrichten?"

„Schlechte, Boß — verdammt schlechte — Ich war erst gestern hier, um das Fehlschlagen des Überfalls auf die Railway zu melden..."

„Und den Tod der Boys, den der blonde Bursche auf dem Gewissen hatte..."

„Trixi —"

„Ich weiß. Trotzdem mußte gewagt werden, Jack Growler zu befreien.

„Wen hast du damit beauftragt?"

„Die ‚Garde' — auf sie ist Verlaß. Growler dürfte sich zur Zeit wieder in Freiheit befinden —"

„Das sind doch gute Nachrichten —"

Und nun erfuhr Joe Fresnodge, was sich zu Beginn dieser schicksalhaften Nacht in Reno ereignet hatte. Der Bericht machte auf den fettleibigen Zuhörer nicht den geringsten Eindruck. Was interessierte ihn Reno! Was interessierte ihn der Falschspielerkönig von Nevada, dem er die Niederlage und sein anschließendes, jähes Ende wohl gönnte. Auch gegen die Austreibung der verkommenen Weiberschar Spencer Keyes' hatte er nichts einzuwenden. Leichte Frauen waren nur von Schaden; sie hemmten verhängnisvoll die Unternehmungslust der Männer und schleppten Seuchen ein, die aus Muskeln Furunkelknoten machten.

„Das also hat dich zu mir getrieben?" knurrte Fresnodge, „ich hätte es morgen früh noch rechtzeitig erfahren —"

„Sie haben noch nicht gefragt, wer die beiden Männer waren — der elegante und der traurige —"

„Das ist Nebensache, Dan —"

„Eine gefährliche Nebensache, Boß. Es handelte sich um Sinclarleute, um Angehörige der Grenzreitertruppe des alten Oberst, die ihre Uniform zu Hause ließen, um besser im Trüben fischen zu können. Es ist ihnen großartig gelungen..."

„Ihre Namen?"

„Neff Cilimm... Samuel Brady... Ich habe zu spät erfahren..."

Sinnend blickte Joe Fresnodge vor sich hin.

„Neff Cilimm... Samuel Brady...? Irgendwo habe ich diese Namen schon gehört. Du hattest recht, Dan, sofort zu mir zu kommen. Hier liegt Gefahr in der Luft, eine unsichtbare Gefahr. Oberst Sinclar ist in der Stadt. Er hat drüben in der ‚Sägespänebar' seinen Wigwam aufgeschlagen. Trixi, der texanische Coltmann, der im Begriff steht, ein berühmter Banditenkiller zu werden; der ‚Schwarze Fred'; Sam Brash, dessen Name drüben in Utah oft genannt wurde — ich kenne seinen Vater, einen gefürchteten Sheriff dieses Staates —, und nun auch Neff Cilimm... der ‚Gentleman', und Samuel Brady. Hier ist etwas im Gange, Dan. Ihre Anwesenheit ist nicht von ungefähr. Sollte es wahr sein, was man schon so lange im ganzen Mittelwesten munkelt, Oberst Sinclar trage sich mit dem Gedanken, eine Geheimgruppe ins Leben zu rufen, die aus den verwegensten Boys der Staaten besteht..."

„Ich habe davon gehört —"

„Dann würden wir uns mitten im Schlangennest befinden..."

„Ich glaube eher das Gegenteil, Boß. Virginia-City hat Tradition, jeder Winkel dieser Silberstadt atmet noch den Hauch der großen, wilden Zeit. Vielleicht hat sie der Oberst ausgewählt, hier seine Gruppe zu gründen. Soldaten sind konservativ, sie glauben an die Geschichte und an Symbole..."

„Das ist möglich. Befehl an alle Boys..."

„Es sind nicht mehr viele —"

„Trotzdem: sämtliche Handlungen einstellen, sich ruhig verhalten, bis die Gefahr vorüber ist — bis die Sinclargruppe die Stadt verlassen hat..."

Dan Talmadge nickte. Das war das klügste, was in dieser Situation zu tun war. In diesem Moment begann auf der Straße ein heftiges Schießen, ganz in der Nähe.

Die beiden Männer eilten zum Fenster, rissen die Vorhänge beiseite, einen Blick auf den Vorplatz zu werfen. Ledige Pferde rannten über das glatte Straßenpflaster, entsetzt aufwiehernd. Auf der Straße, hinter dürftiger Deckung, lagen zwei Gestalten, Schuß um Schuß aus ihren Coltrevolvern feuernd... pausenlos, bis die Kammern leer waren...

Mason und Walker..." Bebend vor Grimm hatte Dan Talmadge die Freunde erkannt.

Aus bester Deckung heraus schossen die Angreifer. Dreck spritzte dicht neben den liegenden Körpern Masons und Walkers auf. Da — aus dem Schlagschatten der gegenüberliegenden Hauswand sprang eine Gestalt, ein langgewachsener Bursche mit pechschwarzem Haar: Mason warf sich zur Seite, visierte das lebende Ziel an... aber er hatte nicht mehr die Zeit, den Abzugshahn seiner Waffe zu betätigen. Klatschend schlugen die gegnerischen Schüsse in seinen Körper. Er schnellte in die Höhe, zuckte zusammen und krümmte sich, schwer auf das Pflaster schlagend. Walker wollte die Chance ausnützen, die ihm der scheinbar ungedeckte Angreifer bot. Schon fauchte sein erster Schuß aus dem Rohr, der tödliche Blitz, der zischend einschlug — neben dem Ziel. Der zweite sollte besser sitzen — aber da fühlte er einen heftigen Schmerz durch seinen Schädel rasen, ein glühender Pfeil, der ihm die Waffen aus den Händen fallen ließ. Er stürzte, der zweite Tote auf dem Pflaster...

Aus der gegenüberliegenden Deckung traten zwei Männer, mit leicht geduckten Oberkörpern, die Schießeisen drohend gezückt; als sie erkannten, daß weitere Schüsse überflüssig waren, richteten sie sich auf. Wie zwei Brüder schienen sie. Gleichmäßig schritten sie nach vorn, mit langsamen, zögernden Bewegungen. Gleichmäßig blieben sie stehen, verharrten, und wie Marionetten, an Schnüren geführt, beugten sie sich über die Toten. Zu gleicher Zeit richteten sie sich wieder auf und steckten die Revolver in die Halfter zurück. Wie Zwillinge wirkten sie, unbewußt im gleichen Rhythmus ihrer Bewegungen, Gleichhandelnde, Unzertrennliche —

„Der ‚Schwarze Fred'..." Kaum hörbar kam der Name zwischen den Lippen Dan Talmadges hervor.

„Und Sam Brash —", ergänzte Fresnodge, „sie haben einen Teil unserer Garde auf dem Gewissen..."

„Nur einen Teil?"

Der dicke Mann hielt den Atem an. Der Gedanke, der ihm kam, war fürchterlich. Nur einen Teil? Wo waren Jack Growler und Frank Pines? War der Überfall auf das Gefängnis von Silver-City mißglückt? War...? Er mochte nicht weiterdenken. Talmadge tat es an seiner Stelle.

„Mißlungen — abermals mißlungen..." Er konnte nur noch flüstern, keines lauten Wortes mehr fähig, „alles mißlungen..."

Mit glanzlosen Augen, in denen kein Leben mehr schien, starrte Joe Fresnodge auf die Straße, auf die Toten. Pferdegetrappel wurde laut. Es war Sheriff Ted Jordan mit seinem einsilbigen Gehilfen. Fresnodge lachte bitter. So schnell war der Sheriff noch nie an einem Tatort erschienen. Als habe er nur auf sein Stichwort gewartet, um auf die Bühne zu kommen.

„Sie freuen sich, Boß?" sagte Talmadge mit entsetzter Stimme.

„Jaa — habe ich nicht Grund —?" grunzte Fresnodge tonlos. „Ah... da kommt der Doc. Er wohnt nicht weit. Die Schüsse müssen ihn alarmiert haben..." Plötzlich erhob Talmadge seine Stimme:

„Der Blonde... Boß — verdammt, der Blonde...!"

Mit starren Augen verfolgte Joe Fresnodge den Gang des blondhaarigen Mannes, der an der Seite Doktor Wellis die Straße herabkam. Das also war Trixi, der seine Jungs... nein, jetzt nicht darüber nachdenken. Nicht zurückdenken, es hat keinen Zweck. Was vorbei ist, ist vorbei, und der kluge Mann tut gut daran, nur an die Gegenwart zu denken, die ebenfalls in wenigen Minuten schon traurige Vergangenheit sein konnte.

Da schrak er heftig zusammen. Der Blonde hatte mit dem Sheriff gesprochen. Und nun waren beider Augen genau auf jenes Fenster gerichtet, hinter dem er stand, er und Dan Talmadge.

„Sie kommen...", preßte er plötzlich hervor, „sie kommen zu mir..."

In der Tat. Sheriff Jordan und Conny Cöll hatten sich in Richtung des Eingangs zum Kristallpalast in Bewegung gesetzt.

„Flieh, Dan..."

„Ich denke nicht daran —"

„Flieh, habe ich gesagt!" Die Stimme Fresnodges klang kreischend irr, „geh zu Al. Zu Al Rowood, du kennst seinen Unterschlupf..."

„Bei Carmen Ly..."

„Er soll sich bereithalten. Ich bin in Gefahr. Noch kenne ich die Beweise nicht, die gegen mich vorliegen. Ich schenke euch Geld, wenn ihr mich aus der Patsche holt..."

„Es wird gar nicht so weit kommen — wir leben in einem freien Land —"

„Flieh, Dan — es ist höchste Zeit... verdammt, sie sind schon unten an der Tür. Hier... durch die Hintertür! Geh zu Al Rowood — er ist der einzige, der mit diesen Teufeln fertig wird. Ich schenk' euch, was ihr wollt — aber laßt mich nicht in der Patsche...!"

Joe Fresnodge schob den zögernden Dan Talmadge durch die Tür.

Fahrige Unruhe hatte ihn ergriffen, sein schwammiger Körper bebte, er trottete durch die Wohnung, fieberhaft bestrebt, seine Nerven wieder in die Gewalt zu bekommen. Er durfte sich nicht durch Angst und Schrecken verraten, oder durch ein schlechtes Gewissen, das ihm aus den Augen starrte. Was konnte man ihm schon beweisen? Anschuldigungen, ja. Das war leicht. Aber ein zweischneidiges Schwert. Ein guter Rechtsanwalt aus Virginia-City würde eine Schneide stumpf machen; in dieser Beziehung hatte Joe Fresnodge keine Bange. Wenn es sich nur nicht um diesen gefährlichen Schießer gehandelt hätte, um Trixi, von dem er wußte, daß er mit Verdächtigen kurzen Prozeß zu machen gewohnt war. Aber er war ja in Begleitung von Sheriff Jordan. Jordan würde ihm vermutlich die Anklage vortragen, und so war er dem gefährlichen Sinclarmann nicht auf Gnade und Barmherzigkeit ausgeliefert. Er, Joe Fresnodge, war krank, sein schweres Herzleiden machte ihm zu schaffen, seine Fülle, seine dadurch bedingte Schwerfälligkeit.

Die Tür öffnete sich. Der Blonde war der erste, der das Zimmer betrat. Er musterte ihn kurz, wie einen preisgekrönten Ochsen, der verborgene Mängel haben mochte.

„Fresnodge", sagte er und seine Stimme klang nicht unfreundlich, „Sie sind verhaftet —"

Der Dicke stand wie gelähmt. Nur seine Augen rollten aufgeregt in den Höhlen.

„Unter welcher Anschuldigung?"

„Sie haben gestern zum dritten Mal Geldboten Ihrer Geschäftsfreunde überfallen lassen..."

„Beweise —"

„Sie sind der Boß einer Verbrecherbande, die man die ‚Garde' nennt —"

„Beweise —"

„Sie sind angeschuldigt des vierfachen Mordes..."

„Das ist ungeheuerlich..."

„Bei dem Überfall auf das Gefängnis in Silver-City wurden vier Wärter ermordet — das geschah in Ihrem Auftrag..."

„Beweise —", keuchte Fresnodge.

„Der Überfall wurde von der ‚Garde' ausgeführt, deren Boß Sie sind. Die Namen sind Ihnen bekannt. Sie wollten Jack Growler befreien, dabei haben sie selber den Tod gefunden..."

„Beweise —"

„Weitere Mitglieder Ihrer Bande wurden in einem Feuergefecht in die Hölle geschickt: Phil Woodland, Bud Fairfield, Jim Pollok, Adam Rolbins und Hamilton Dree..."

„Unsinn — Beweise!"

„Es fehlt nur noch einer: Dan Talmadge..."

„Und Al Rowood", fügte nun der Sheriff hinzu, „ich wiederhole, Joe Fresnodge, Sie sind verhaftet. Die Last der Anklage ist erdrückend, sie reicht aus für mehrere solide Stricke..."

„Beweise... Beweise..." heulte der Dicke verzweifelt.

„Die haben wir — sogar die schriftlichen..."

Damit hielt Ted Jordan dem Erbleichenden ein Schriftstück vor die Nase, das ein langes Sündenregister enthielt. Sein Sündenregister. Die Bilanz eines verbrecherischen Lebens während der letzten fünf Jahre —

Joe Fresnodge las, seine Augen irrten über die schimmernden Zeilen hin. Er zitterte und vermochte nicht mehr, das Beben seiner Lippen zu unterdrücken. Dann schloß er die Augen. Es war alles vorbei, die Beweise waren lückenlos, erdrückend.

Das Schriftstück trug den ihm wohlbekannten Namenszug Anthony Hartlys...

*

Fast ohne Morgengrauen begann der Tag. Eine ereignisreiche Nacht war zu Ende. Das Grau des Wüstensandes bekam Farbe, und ein heftiger Wind wehte über die Reste sterbenden Gesteins, das wie brüchiger Schiefer in den ewigen Staub des toten Landes zerbröckelte, neuen Staub, neuen Sand, neue Wüste erzeugend. Merkwürdig geformte Blumen kamen hier und da zum Vorschein, Blumen aus Stein, Blumen der Wüste. Der Wind fegte sie hervor, die einmal glatter, klobiger Fels gewesen.

Tonnenweise wirbelte der Wind den Staub in die Atmosphäre, über Silver-City, über die verstreuten Siedlungen, die von Menschen bewohnt waren, an Sand und Wüste gewöhnt. Einer diesigen Wolke gleich senkte sich der rieselnde Staub über die halb verlassene Stadt —

Neff Cilimm und Samuel Brady waren den Rest der Nacht geritten, um im Morgengrauen wieder in Virginia-City zu sein. Ihr kleiner Ausflug nach Reno war beendet. Sie hatten ja versprochen, sich zum Frühstück wieder bei Oberst Sinclar einzufinden, um Bericht zu erstatten, was sie in Reno beobachtet. Jawohl, beobachtet. Sie sollten einen Lagebericht machen, auf Grund dessen der Oberst dann seine Anordnungen treffen wollte. Neff Cilimm lachte kichernd in sich hinein. Der gute, naive Oberst. Er dürfte nichts mehr zum Anordnen finden, die Augen würden ihm übergehen. Vielleicht hatten auch Fred Lockh und Sam Brash Glück gehabt; vielleicht war es ihnen gelungen, Al Rowood aufzuspüren.

„Sammy —", sagte Neff Cilimm, sich im Sattel etwas zur Seite neigend, um nicht so laut sprechen zu müssen, „hast du Fred gestern abend beobachtet?"

Samuel Brady nickte.

„Er war betrübt", stellte er dann fest.

„Das ist sonst nicht seine Art — dieser Zug ist mir völlig neu an ihm —"

„Sicher hatte er Kummer —"

Neff Cilimm grübelte vor sich hin. Schon wurden in der Ferne, am Ende des fast unübersehbaren gelben Meeres, die Konturen der Wüstenstadt sichtbar. Die fünfzehn Meilen Rückweg von Reno hatten sie in verhältnismäßig kurzer Zeit zurückgelegt. Auch Samuel Brady schien Probleme zu wälzen.

„Neff —", sagte er nach einer Weile des Nachdenkens. Cilimm blickte zur Seite. Aber mit weltentrückten Augen starrte der „Traurige" in nebelhafte Fernen, ohne fortzufahren. Der „Gentleman" kannte den Kameraden, seine Eigenheiten und Anwandlungen. Er hatte es schon längst aufgegeben, ihn zu studieren, in seine höchst zwielichtige Seele einzudringen. Samuel Brady war für ihn eine Art Phänomen, aus dem kein Mensch klug wurde, auch der Oberst nicht. So vieles, was aus seinem Munde kam, konnte zwei Meinungen ausdrükken, ja selbst verschiedene Deutungen zulassen. Er verstand, in bestürzenden Gleichnissen zu sprechen und wenn man nach Stunden, ja oft nach tagelanger Grübelei seiner wirklichen Meinung auf der Spur zu sein glaubte, mußte man feststellen, daß er gerade das Gegenteil anstrebte, die konträrste Meinung vertrat. Er sah aus wie ein frommer Mormonenbischof, aber im gegebenen Augenblick konnte er eine so grausame Vernichtung üben, daß alles um ihn herum erschrak.

„Neff", sagte er nach einer Weile noch einmal, „du bist ein großartiger Spieler..."

„Ein Falschspieler —", lachte der elegante Mann.

Ein erstaunter Blick traf Cilimm.

„Ich habe nichts gemerkt —", meinte er dann, „und ich kann dir versichern, daß ich gute Augen habe..."

„Wenn man etwas merkt, beherrscht man diese Künste nicht..."

„Du bist ein perfekter Falschspieler —"

„Hat es dir Spaß gemacht, Sammy, alte Trauerweide?"

„Mächtig, Neff, du wandelnder Kleiderständer! Du solltest diese Talente besser ausnützen..."

„Wie meinst du das?"

„Du solltest mehr spielen. Dein Royal Flush ist überzeugend —"

„Ein kleiner Trick, Sammy, weiter nichts..."

„Den mußt du mir beibringen!" Der „Traurige" machte eine Pause und abermals irrten seine Blicke wie traumverloren in die Wüstenferne.

„Ich habe eine Idee, Neff, alter Stadtfrack —"

„Laß sie dir patentieren, Sammy, alte Flenneule..."

„Ich habe mal in der Zeitung gelesen, daß es im Mittelwesten über tausend berufsmäßige Falschspieler gibt..."

„In den Großstädten sind es noch mehr —"

„Falschspieler sind schwer zu überführen. Und dann gehen sie meistens nur mit einer kleinen Strafe aus. Neff, also laß dir meine Idee mitteilen —"

„Tue es, Sammy, ich bin Ohr..."

„Du solltest Feldherr werden —"

„Kein Talent —"

„Ein Feldherr ohne Soldaten. Ein Boy, der ganz allein einen Feldzug startet. Gegen die Stillen im Lande, gegen die Kartenhaie, die mit ihren faulen Künsten den anständigen Boys ihre sauer verdienten Groschen aus den Taschen fingern, ohne daß sie zur Rechenschaft gezogen werden können. Sie sind nur mit den eigenen Waffen zu schlagen — hörst du meine Flöhe hüpfen, Neff, alte Pfauenfeder?"

„Keine schlechte Idee..."

„Lucky Flanagan hat mich auf diesen Gedanken gebracht. Zweiundzwanzigtausend Dollar Rückbeute für eine gute Sache. Es gibt so viel Elend in der Welt, das wissen wir doch, und man könnte die Dollars besser anlegen. Und es gibt so viele Flanagans in unserem freien Land..."

„Ich werde mir die Sache überlegen —"*)

Sie hatten Virginia-City erreicht, wo es zwischen den Häusern schon lebendig zu werden begann. Schweigend ritten die beiden Freunde die große Straße entlang, an deren rechter Seite das Hotel „Zum Messinggeländer"

---

*) Demnächst: Conny Cöll: König der Spieler.

lag, das Oberst Sinclar als Quartier erkoren hatte. Der Weg führte an der stattlichen Kirche vorbei.

„Hm... Rückbeute —", sagte Neff Cilimm plötzlich und verhielt sein Pferd, „das ist auch mir eine gute Idee gekommen — das Geld soll im Lande bleiben, zum Nutzen der Gemeinde dieses schönen Tempels —"

„Laß mich, Neff, alter Auerhahn — gib mir die Dollars! Du bist nicht dafür bestimmt, mit den Dienern der Demut zu verhandeln. Du bist voll Stolz und Eitelkeit, allein der Ausdruck deiner Augen erstrahlt im Hochmut dieser sündigen Welt, die einen wahrhaft Gläubigen in seinem tiefsten Innern verletzen muß. Der Staub der Hinfälligkeit dieser verdorbenen Erde bedeckt nur die silberglänzenden Knöpfe deines Anzugs, nicht aber eine wirklich fromme Seele..."

„Scheinheiliges Luder..."

„Mitnichten, Neff, mitnichten. Gib mir die Dollars. Ich danke dir. Wohltaten spenden kann nicht jeder. Diese hohe Kunst, fürwahr, ist nur wenigen gegeben. Freilich würde der fromme Bruder in Christo, der hier gleich neben seiner Kirche eine stille Klause bewohnt, auch über deine Gabe fröhlich sein. Das ist aber zu wenig, Neff, alter Goldfasan. Du würdest mit der einen Hand der Mildtätigkeit Freude bereiten, mit der anderen aber, mit der Hand der Selbstgefälligkeit, Mißbehagen hervorrufen. Eine Gabe von meiner Hand aber wird nicht nur Freude bringen, sondern Glück — hörst du, Neff, hochzuverehrender Kartenkönig, Glück! Und Glück ist die Vervielfachung des Begriffes Freude. Sieh, ein Schild. Ein Name steht darauf. Preisegott Seligsohn! Wie das klingt: Preisegott Seligsohn! Ich bin an der richtigen Adresse, ich läute..."

Neff Cilimm stand mit offenem Mund. Nein, dieser... dieser... oh, er wollte gar nicht zum Ausdruck bringen, was er sich dachte. Er wurde auch daran gehindert, denn auf das Läuten wurde eine kleine Klappe an der Tür heruntergelassen. Ein Patriarchenkopf mit langwallendem Bart und gütigem Gesicht erschien in der Öffnung.

„Bruder", sagte Samuel Brady mit zum Himmel erhobenem Demutsblick, „verzeih, wenn ich deine Siesta störe..."

„Hast du Hunger?"

„Mein Leib ist gesättigt, meine Seele aber gelüstet, Gutes zu tun —"

„Du bist ein edler Mensch. Willst du beichten?"

„Ich will nicht Gutes für mich selber tun, sondern meinen armen, hilfsbedürftigen Mitmenschen, den Kranken, den Verstoßenen, Enterbten..."

„Sprich, Bruder — willst du eine Messe lesen lassen?"

„Eine?" Samuel Brady war entrüstet, „hundert..."

„Hundert?"

„Schwere Schuld liegt auf meiner Seele, die nur ein heiliges Öl von mir nehmen kann. Was kostet eine Messe?"

„Einen Dollar —"

„Oh —"

„Zuviel?"

„Nein, nein, Bruder! Zweiundzwanzigtausend Messen — das ist zuviel...!"

Der Patriarchenkopf am Klappfenster neigte sich beinahe heftig zur Seite, man wollte ihn wohl gar zum Narren halten.

„Hast du Kranke zu versorgen, Bruder?" fragte Samuel Brady.

„Jeden Tag. Der Herr schickt schlimme Heimsuchungen über unsere Ärmsten..."

„Und verlassene Kinder?"

„Auch, Bruder. Man verlangt viel von den Dienern Gottes, deren Aufgabe es ist, sich der Hilflosen anzunehmen —"

„Dann sind hundert Dollar viel zu wenig. Hier, Bruder, nimm die Spende aus der Hand eines Unwürdigen, eines armen Sünders, der gutmachen will. Frag nicht nach den Einzelheiten — es ist alles, was ich habe! Verwende es gut — hilf den Armen, pflege die Kranken, speise die Hungrigen — und vergiß, wer sie dir gegeben..."

„Dank, fremder Wohltäter, tausend Dank — der Herr verläßt die Seinen nie... nie...!"

Das bärtige Gesicht zog sich aus der Öffnung zurück; die Klappe fiel nach unten.

Samuel Brady stand noch immer mit demutsvollem Blick und gefalteten Händen.

„Zweiundzwanzigtausend Messen... das wäre zuviel gewesen... eine unmögliche Arbeit, selbst für schnelle Priester...", murmelte er. Dann schritt er zurück zum Pferd und stieg vor dem sprachlos verwirrten Neff Cilimm in den Sattel, als habe er sich eben nur ein Paket Tabak gekauft. Neff hatte sogar sein inwendiges Kichern vergessen, so hatte ihn Sam Bradys christlich-karitative Aktion in Erstaunen versetzt. —

*

Gut ausgeruht und frisch an allen Gliedern erwachte John Sinclar an diesem Morgen. Die ungewohnte Wüstenluft hatte ihn in Schlummer sinken lassen. Er hatte im Dämmer seines Schlafes wohl das Schießen gehört, war aber nicht erwacht. In Prescott, dem Hauptquartier der Grenzreiter, dem nunmehrigen Sitz auch der neugegründeten G-Mannschaft, wurde pausenlos geschossen. Auch während der Nachtstunden hörten die Übungen nicht auf, um die Schützen auf ihre Fertigkeit bei Mond- und Zwielicht zu exerziren. Schüsse in der Nacht vermochten nicht, ihn aus dem Schlaf zu reißen —

Er öffnete die Läden der Fenster. Strahlende Helligkeit strömte in die Stube, wischte den letzten schläfrigen Hauch aus seinen Augen. Schnell war er angekleidet. Die Jungs erwarteten ihn ja zum Frühstück, bis auf Hal Steve, der sich gestern bereits verabschiedet hatte. Seine Aufgabe war unaufschiebbar. Aber die andern? Fred Lockh und Sam Brash würden sicherlich von ihrem Erkundungsritt schon zurück sein; vielleicht hatten sie in den Kneipen von Virginia-City Näheres über Al Rowood erfahren. Und sicherlich warteten auch Neff Cilimm und Samuel Brady schon unten im Breakfastraum auf ihn, die sich ja in Reno hatten umtun wollen, wegen der empörenden Zustände dort. Und Conny? Der Treulose hatte lediglich eine Flasche herzstärkender Tinktur holen wollen und — war nicht mehr zurückgekommen. Ja, ja — schnell ist die Jugend mit dem Wort! Wahrscheinlich hatte er draußen einen lustigen Kreis, eine kleine Schar Minenarbeiter getroffen, unter denen immer einer war, der die unmöglichsten Stories zu erzählen wußte. Und darüber hatte man natürlich den alten Oberst vergessen.

Nun, sei's drum. Er ging hinunter.

Und da saßen sie alle, still und gedämpft schwatzend wie artige Kinder. Auch Sheriff Jordan und sein Gehilfe hatten in ihrer Runde Platz genommen. Auf weißgedeckten Tischen standen sauber gespülte Tassen, Teller mit frischen Broten, und Konfitüre. Man wartete also nur noch auf die Hauptperson, auf ihn.

„Morgen, Boys —"

„Morgen, Oberst —", schallte es zurück.

Dampfender Kaffee wurde gebracht, eine Kostbarkeit in Virginia-City. Herrlicher Duft verbreitete sich; Grund genug, die Nase genießerisch zu winden. Die Gerüche versprachen etwas anderes, als die bräunlich-undefinierbare Brühe, die sonst gereicht wurde. Schweigend verlief das Frühstück. Dann ließ Sinclar eine kleine Kiste öffnen: Zigarren — die zweite Kostbarkeit der Silberstadt.

„Gut geruht die erste Nacht in Virginia-City, Boys?" fragte er gönnerhaft.

„Ausgezeichnet —", anwortete Clark als einziger. Er hatte nicht gelogen.

„Auch geträumt?"

„Feenhaft —". Der einsilbige Sheriff-Gehilfe erfuhr die Vielfalt der Phantasie erst im Schlaf, unter Märchengestalten.

„Was man in der ersten Nacht träumt, soll in Erfüllung gehen, heißt es. Die Hauptsache, Boys, ihr habt euch gründlich ausgeruht. Nun geht es nämlich an die Arbeit."

Oberst Sinclar nahm einen tiefen Zug von seiner Zigarre und lehnte sich zurück, denn nun galt es, seinen Plan zu entwickeln. Er war ein Mann der Planung, der straffen Organisation.

„Hört zu, Boys. Verschiedene trübe Ereignisse in dieser Gegend haben mich bewogen, nach dem Rechten zu sehen; Sheriff Jordan wird meine Worte bestätigen. Thema eins: Joe Fresnodge. Ich habe diesen dunklen Biedermann in Verdacht, der Kopf einer gutorganisierten Verbrecherbande zu sein. Wie gesagt — in Verdacht. Bestärkt wurde ich durch drei Überfälle auf die Geldboten seiner Geschäftsfreunde. Mit wenigen Ausnahmen wußte nur er selber vom Vorhandensein dieser großen Summen, und er hatte sich standhaft geweigert, mit Schecks zu bezahlen oder Überweisungen vorzunehmen. Der letzte Überfall auf Mister Chester Davis ist mißglückt, dank dem Dazwischentreten unserer Kameraden Fred und Sam. Jack Growler wurde verhaftet und nach Silver-City eingeliefert. Ich fürchte, Fresnodge wird alles tun, den Komplicen freizubekommen. Das Gefängnis ist mit doppelten Wachen auszustatten..."

„Schon geschehen —", näselte Clark.

„Habe es von Sheriff Jordan auch nicht anders erwartet —"

„Nichts genützt —". Lediglich der Umstand, mit Oberst Sinclar zu sprechen, bewog den Gehilfen, seine traditionelle Ein-Wort-Sprache mit dem Luxus eines weiteren Worts zu garnieren.

„Das Gefängnis", begann Sheriff Jordan zu berichten, „wurde in den vergangenen Nachtstunden überfallen. Vier Wärter ermordet, Jack Growler befreit..."

„Entsetzlich — die Täter?"

„Die ‚Garde'... die Bande Joe Fresnodges..."

„Sie muß sofort unschädlich gemacht werden..."

„Schon geschehen —", war die Stimme Clarks wieder dran.

„Fred Lockh und Sam Brash waren die ersten am Tatort", erstattete Jordan weiter Bericht, „es gelang ihnen, Jack Growler und einen stadtbekannten Banditen namens Frank Pines zu stellen..."

„Großartig — die Burschen werde ich dann vernehmen..."

„Nicht möglich —", kommentierte Clark.

John Sinclair blickte verdutzt auf den wortkargen Burschen.

„Sie wurden in Gegenwehr erschossen — von Ihren beiden Grenzreitern, die dann auf dem freien Platz vor dem ‚Kristall-Palast' auch die restlichen Beteiligten an dem Mordüberfall in Silver-City stellen konnten —"

„Dann werde ich mir diese Burschen vorknöpfen..."

„Unnötig —"

„Es kam zu einem Feuergefecht, Oberst", und nun wunderte sich Ted Jordan, „Sie müssen es doch gehört haben — in unmittelbarer Nähe Ihres Fensters!"

„Ah — die Schüsse! Natürlich habe ich sie gehört —"

„Fred Lockh und Sam Brash haben ganze Arbeit geleistet, sie haben dem Henker eine Menge Arbeit und mir einen Haufen Schreibereien abgenommen. Der Überfall ist gerächt. Sämtliche Beteiligten haben ihre gerechte Strafe erhalten —"

„Bravo Boys —", nickte Sinclair. Es wäre ihm jedoch lieber gewesen, die Verbrecher im Gefängnis von Silver-City zu wissen, wo der Richter das letzte Wort zu sagen gehabt hätte.

„Es handelte sich bei den Erschossenen nur um einen Teil der ‚Garde'."

„Sind Namen bekannt, Sheriff?"

„Alle — Phil Woodland, Bud Fairfield, Jim Pollok, Adam Rolbins, Hamilton Dree."

„Dann wird kurzer Prozeß gemacht! Darüber aber nachher mehr." Die Blicke Sinclars wanderten zu Neff Cilimm und Samuel Brady. „Wie war der Ausflug nach Reno? Geld verloren?"

„Gewonnen, Oberst —" näselte der „Traurige".

„Nicht möglich, lächelte Sinclar, „Samuel Brady hat gespielt?"

„Auch", nickte der Gefragte, „und dann habe ich gewettet — und eine Kneipe gewonnen —"

„Was du nicht sagst?!"

„Spencer Keyes' Nachtlokal — das Sündenbabel mit den vielen Frauen..."

Das Lächeln in dem Gesicht des alten Soldaten gefror. Samuel Brady wird sich doch keinen Spaß mit ihm erlauben, keinen üblen Scherz.

„Neff hatte eine zu gute Karte", fuhr der „Traurige" fort, „ich kenne sein Gesicht, wenn er ein großes Spielchen spielt — bedenken Sie, Oberst, zweiundzwanzigtausend Dollar, ein Vermögen! Er hat es gewonnen, natürlich nur, weil er dem Glück etwas nachgeholfen hat..."

„Entsetzlich... mein Herz..."

„Aber nein — Oberst! Wozu die Aufregung! Er hat nur gleiches mit gleichem vergolten. Sein Gegner war Lucky Flanagan —"

„Flanagan?" Oberst Sinclar fuhr überrascht hoch, „Flanagan in Reno? Sheriff, der Boy wird sofort verhaftet und vor meine Jury gebracht. Ich habe genug Beweise, die für die Aburteilung ausreichen!"

„Zu spät —", schnarrte Clark aus dem Hintergrund.

„Auch Flanagan mußte heute beerdigt werden", versuchte Ted Jordan zu erklären, „oder das", verbesserte er sich, „was von seinem Leichnam übrig blieb..."

Eine leichte Blässe flog über die Züge Sinclars, er verstand den versteckten Sinn der Worte nicht. Atemringend saß er da.

„Du sagtest vorhin... Keyes'..."

„Auch er wurde wie ein räudiger Hund erschlagen..."

„...Nachtlokal...", preßte Sinclar mit schwerer Zunge heraus.

„Ist bis auf den letzten Holzbalken niedergebrannt — existiert nicht mehr..."

„Lynchjustiz", fügte Neff Cilimm hinzu, „vor unseren Augen. Wir waren machtlos."

„Das ist ungeheuerlich!" John Sinclar sprang auf die Füße. Lynchjustiz, das verwerflichste Verbrechen für seinen demokratischen Geist, und das fünfzehn Meilen von seinem Standort entfernt, während er in tiefem Schlummer lag. Noch dazu vor den Augen seiner Boys, denen wenige Stunden vorher besondere Rechte in der Bekämpfung des Banditentums eingeräumt worden waren!

„Das hätte verhindert werden müssen, unter allen Umständen! Und wer hat das Feuer an die Kneipe gelegt?"

„Ich —"

„Der Oberst mußte sich wieder setzen, seine Beine schienen den Dienst zu verweigern. Großer Gott — Samuel Bradys erste Tat als frischgebackener G-Mann war eine Brandstiftung! Freilich, es war seine eigene Kneipe, durch eine zweifelhafte Wette gewonnen. Sinclars Hand fuhr über die Stirn. Kalte Feuchte lag auf ihr in dicken Perlen.

„Verdammt", rief er, seine Selbstbeherrschung verlierend, „was hat sich in dieser letzten Nacht noch alles ereignet? Worauf muß ich mich noch gefaßt machen —?"

„Nur Fresnodge... Joe Fresnodge..." stotterte der Sheriff, verwirrt über den plötzlichen Temperamentausbruch des gefürchteten Grenzreiterführers. Erschrocken stockte er mitten in der Rede, denn John Sinclar war erneut vom Sitz hochgefahren.

„Fresnodge", brüllte er, „muß er vielleicht heute auch beerdigt werden?"

„Nein, Oberst", versuchte Ted Jordan zu beruhigen — ein schlecht geratener Versuch — „ich habe ihn verhaftet und hinter Schloß und Riegel gebracht — nur eingesperrt..."

„Nur eingesperrt?" schrie der maßlos Erzürnte weiter, „nur eingesperrt! Als ob man in diesem verdammten Land nur einfach verhaften und einsperren könnte... ohne Beweise seiner Schuld!"

„Haben wir, Oberst —" Der Sheriff klopfte auf seine Brusttasche, die ein wichtiges Dokument enthielt. „Wir haben ein lückenloses Beweismaterial... mit der Unterschrift Anthony Hartlys, seines Sekretärs, der Hals über Kopf aus Virginia-City geflohen ist — Doktor Wellis hat es uns verschafft —"

„Das allerdings... ja — das ist eine Freudenbotschaft... die erste an diesem Morgen..." Oberst Sinclar begann mit kurzen Schritten auf und ab zu gehen. Seine Erregung legte sich langsam, die Falten seiner Stirn verloren ihre Unmutstiefe, die Wangen bekamen Farbe.

„Joe Fresnodge verhaftet und überführt..." murmelte er, „das ist gut ... das ist eine Erfolgsbotschaft ... das beruhigt." Er war beim Selbstgespräch, die Ereignisse der letzten Nacht rekapitulierend. „Lucky Flanagan ... Spencer Keyes tot ... Überfall auf das Gefängnis ... die Täter verfolgt — das Urteil an Ort und Stelle vollzogen, schlimm ... schlimm ... eine Kneipe in Brand gesteckt, in der zuvor Unsummen gewonnen wurden ... Lynchjustiz ... noch schlimmer ... Aber eine gute Nachricht: Fresnodge überführt. Das ist Triumph. Ich werde ihn vor meine Jury stellen ... ich werde der Richter sein, der gerechte Richter. Und dies alles in einer Nacht, während ich ... Diese verdammten Bengels, sie haben wieder einmal vollendete Tatsachen geschaffen — sie haben ihren alten Oberst überspielt. Bleibt nur noch eins: den Rest dieser Bande, die sich ‚Garde' nennt, unschädlich zu machen — wie waren doch gleich die Namen? Woodland — Fairfield — Pollok — Rolbins und Hamilton Dree ..."

„Ist schon geschehen, Oberst —" Diesmal war es Conny Cöll, der zum erstenmal seit dem Erscheinen Sinclars den Mund auftat, um zu den seltsamen Berichten seinen Anteil beizusteuern. Jäh unterbrach der alte Soldat seine Zimmerwanderung, ruckartig verhielt er seine Schritte, wandte sich zur Seite. Seine Augen suchten den blondhaarigen Jungen, für den er eine besondere Schwäche hatte, und der ihm wie keiner ans Herz gewachsen war. Und nun konnten Neff Cilimm, Samuel Brady, Fred Lockh und Sam Brash wieder einmal erleben, wie sich die erzürnten Augen des Obersten in Zuneigung wandelten, als sie auf seinen Lieblingsjünger gerichtet waren.

„Conny", sagte er mit veränderter Stimme, „wie soll

ich deine Worte verstehen? Du hast diese Angelegenheit erledigt?"

„Ich habe mir erlaubt, Oberst", klang es sanft und freundlich-zurückhaltend.

„Du hast also deine Meinung von gestern abend geändert? Das freut mich, das freut mich in tiefster Seele. Das tröstet mich über alles hinweg. Wo sind diese fünf Halunken untergebracht..."

„Ich weiß nicht, Oberst — ich denke, sie wurden im Wüstensand des Stadtrandes verscharrt..."

„Verscharrt?"

Die Stimme raschelte förmlich, als sei noch das Knirschen der Schaufeln im Sand darin. Besorgt sahen die Anwesenden, wie sich die Wangen des alten John erneut verfärbten, wie jeder Blutstropfen aus seinem Gesicht wich, und die Augenlider, die Lippen erregt zu zucken begannen.

„Verscharrt!" kam es noch einmal mit Entsetzen aus seinem Munde. Seine bebende Rechte griff an die Brust, während die Linke nach der Lehne des Stuhles angelte. Hilfsbereit sprang Clark herbei, dem Oberst eine Sitzgelegenheit unter den Hosenboden zu schieben.

„Die Stiche..." ächzte Sinclar, „das ist zuviel..."

„Oh..." sprang Conny auf, stützte den gebrochenen Mann mit starken Armen, bis er wieder festen Platz gefunden hatte. Dann griff er in seine Tasche und brachte eine Flasche zum Vorschein. Ich habe ganz darauf vergessen — die Tropfen... hier Oberst..." Und damit hielt er dem Leidgeprüften die starkriechende Essenz unter die Nase. Dies Elixier kam wirklich zur rechten Zeit — Obert John Sinclair hatte es noch nie so dringend notwendig als eben jetzt —

4.

Die „Unzertrennlichen"

Und Al Rowood? Was war aus ihm geworden?

Nach Klärung der Verhältnisse im großen Wüstenbecken von Reno und Virginia-City — Joe Fresnodge war von einer ordentlichen Jury verurteilt und hingerichtet worden — war der Abschied für die frischgebackenen G-Männer gekommen. Große Aufgaben winkten. Neff Cilimm verließ die Wüstenstadt in Richtung St. Louis; Prärie, Steppe und gar die Wüste waren ihm kein zusagendes Arbeitsfeld, sein Wirkungskreis lag mehr in den Großstädten des Ostens. Dort fühlte er sich zu Hause, dort suchte er, im Sumpf der Slums und in den gefährlichen Gefilden der Unterwelt, nach seinen Opfern. Samuel Brady zog nach Texas. Oberst Sinclair hatte ihn mit einer ganzen Reihe von Aufgaben, die schon seit langem der Lösung harrten, versehen. Conny Cöll begleitete ihn. Er wußte bereits seine Stichworte: Die Brüder Rollins, Duc Shester, Ken Lister...*)

Die letzten, die sich von Oberst Sinclair verabschiedeten, waren Fred Lockh und Sam Brash. Eigentlich war es der alte John, der sich von ihnen verabschieden mußte, denn die beiden Freunde waren fieberhaft tätig, eine Spur von Al Rowood zu finden. Tagelang verbrachten sie damit, sämtliche Häuser, Hütten und Wüstenoasen zu durchstöbern und hunderte von Menschen zu befragen, um wenigstens einen kleinen Fingerzeig über den Aufenthalt des fieberhaft Gesuchten zu bekommen.

---

*) Conny Cöll: Die 13. Kerbe, Die Unbezwingbaren, Das Greenhorn

Vergebens. Al Rowood mußte schon während der turbulenten Stunden der schicksalhaften Nacht, die das Gesicht der Wüstenstadt schlagartig veränderte, die Gegend verlassen haben. Alle Nachforschungen verliefen im Sande. Wohl fanden sich mehrere, die Al Rowood genau beschreiben konnten und die ihn auch in Spencer Keyes' Nachtlokal gesehen haben wollten; dennoch war es, als habe ihn der Erdboden verschlungen.

Schweren Herzens beschlossen die beiden Freunde schließlich, die zermürbende Suche aufzugeben. Vielleicht gelang es Oberst Sinclar, den Aufenthalt des Verbrechers ausfindig zu machen. Ihm stand ein gut eingespielter Nachrichtenapparat zur Verfügung und irgendwo mußte dieser berüchtigte Schießer ja wieder auftauchen. Solche Halunken blieben nie lange im Dunkel der Anonymität, sie drängten wie junge Schößlinge unwillkürlich ans Licht der Allgemeinheit. Dies konnte morgen sein oder übermorgen. Fred Lockh und Sam Brash aber ahnten im Augenblick nicht, wie lange der Weg werden sollte, bis zur Erfüllung ihres Wunsches, den Tod des ermordeten Mädchens zu rächen.

Sie rechneten nur mit Wochen.

Das Schicksal aber meinte Jahre —

Andere Probleme, andere Aufgaben, andere Abenteuer stürmten auf sie ein. Noch war ihre Bekanntschaft kurz, aber sie fühlten sich schon völlig zueinander gehörig, und wußten insgeheim, daß sie nur gemeinsam die harten Kämpfe gegen das überhandnehmende Banditentum führen würden. Sie hatten spontan Freundschaft, ja Brüderschaft geschlossen, hatten sich Treue gelobt, Treue, die nur der Tod beenden konnte. Keiner der beiden kannte des anderen Vergangenheit und Herkunft, aber keiner machte auch die Anstalten, von sich zu berichten. Sie studierten sich nur gegenseitig, suchten Schwächen und Lücken, aber auch die Vorteile und Talente. Die gemeinsame Gefahr tollkühn bestandener Abenteuer band sie immer mehr zusammen, und dieses ständige Zueinanderhalten wirkte wie ein Schleifstein, an dem sich ihre Ecken und Kanten abschmirgelten, so daß ihre gleichen Flächen gewissermaßen ineinander verwuchsen und sie sich ohne Worte, nur mit Blick und Geste beinahe verstanden. Ihre Taten machten die Runde. Bald war an allen Lagerfeuern der Cowboys, der Waldläufer, der rauhen Goldgräber von ihnen die Rede. Ein gemeinsamer Name tauchte auf, ein Westname, der die Beliebtheit und Popularität der beiden Sinclarmänner nicht besser hätte zum Ausdruck bringen können: Die „Unzertrennlichen".

Nie sah man sie einzeln, wo der eine war, war auch der andere. Man vergaß ihre Namen. Man sprach nicht mehr von Fred Lockh und Sam Brash, sondern nur noch von den „Unzertrennlichen", und jedes Kind vom südlichen Texas bis tief in die Mittelweststaaten wußte, wer gemeint war.

Und wie merkwürdig — je länger sie Seite an Seite ihren gemeinsamen Weg gingen, deste ähnlicher wurden sie einander, nicht nur äußerlich. Für Zwillingsbrüder hätte man sie ja schon immer halten können. Sie hatten die gleiche Körpergröße, die gleiche athletische Gestalt, die gleichen breiten, ausladenden Schultern und muskulösen Arme, und auch die Farbe ihres Haares war dieselbe, pechschwarz und leicht gekräuselt fiel es ihnen in die Stirn. Unter dunklen, buschigen Brauen strahlte wiederum das gleiche, unternehmungslustige Augenpaar in die mitunter so trübselige Welt. Auch ihre Kleidung war dieselbe, ihre Ausrüstung, ihre Waffen, und beide ritten sie Schimmel, die sich im Gegensatz zu ihren Reitern aber keineswegs vertrugen, sondern im ständigen Streit einander in den Mähnen lagen.

Im Laufe der Jahre wurden sie sich tatsächlich immer noch ähnlicher, und da jeder die Absicht des anderen wortlos erkannte, bildeten sie eine ideale Kameradschaft, die Personifizierung geradezu des alten Worts: „Ein Herz und eine Seele" sein. Sinclar betraute sie nie mit getrennten Aufgaben; das hätte auch keinen Sinn gehabt. Der alte John hatte seine Freude an den beiden, denn sie waren nicht sonderlich darauf erpicht, eine übertragene Aufgabe unbedingt mit dem Colt zu erledigen, und sie wußten, wie sehr sie damit den Wünschen des Obersten entgegenkamen. Sie waren todesmutige Kämpfer und ausgezeichnete Schützen, wenn ihnen auch die letzte Härte, die letzte Eleganz durchschlagenden Draufgängertums fehlte, die besonders Samuel Brady und vor allem Conny Cöll zu eigen war. Mit diesen beiden Assen der G-Mannschaft waren sie freilich nicht zu vergleichen. Und doch hatten sie mit ihnen einiges gemeinsam, so die oft naiv erscheinende Einfalt des „Traurigen", obwohl bei Brady raffiniert gespielt, und auch die Bescheidenheit Conny Cölls, diese zurückgezogene, sanftmütige Art.

Und sie waren schweigsame Männer. Nichts auf der Welt war ihnen mehr verhaßt als Schwätzer, die sie besonders dann in Harnisch bringen konnten, wenn sie der Aufschneiderei frönten. Kerle, die sich aufblähten wie die Kröten und nur von sich und ihren Taten redeten, erlebten in ihrer Gegenwart meist einen jähen Absturz, samt dem Spott, der dem Träger des Schadens gewiß ist. Diese lobenswerte Eigenschaft war auch der Grund, warum sie sich gerade zur „Nummer Eins" der Mannschaft so hingezogen fühlten. In seiner Gesellschaft hörten sie kein Wort über erfolgreiche Taten, da war keine Selbstbeweihräucherung, keine Schilderung erlebter Ereignisse, und nicht zuletzt aus diesem Grunde hatten sie ihr großes, unerreichbares Vorbild, ihr geheimes Idol, so sehr in ihr Herz geschlossen.

Und dann war auch der Augenblick gekommen, der sie an der Seite Conny Cölls ein tollkühnes Abenteuer erleben ließ, das beinahe einen schlechten Ausgang genommen hätte; ein Erlebnis, das sie nach Panama geführt hatte, mitten in den Trubel des Kanalbaues hinein *). Sie gingen gemeinsam durch Freude und Glück, durch Trauer und Leid, durch Tragik und Mißgeschick, aber Treue und Kameradschaft überdauerten alles.

Einmal hatte Fred Lockh das Pech gehabt, bei einem Feuerüberfall von Banditen angeschossen zu werden. Von mehreren Kugeln getroffen wurde er auf ein hartes, ernstes Krankenlager geworfen. Nur der aufopfernden Pflege, der tage- und nächtelangen, selbstlosen Fürsorge des Kameraden war es zu danken, daß der schon Todgeweihte die Krise überstand. Treue — echte Männertreue, vollbrachte ein wirkliches Werk der Liebe. Als der Höhepunkt der Krankheit überschritten war — mein Gott, wie hatte da Fred Lockh ausgesehen! Zum Skelett abgemagert, mit einem Schädel wie ein Totenkopf, und kein Lot Fleisch mehr am sterbensmatten Körper. Nur aus seinen Augen war die ganze schwere

---

*) Conny Cöll: Der Teufel selber

Zeit über das fanatische Feuer des unbändigen Lebenswillens nicht geschwunden, und als die Krise überwunden war, hatte es sich in den leuchtenden Glanz der Dankbarkeit gewandelt. Sam Brash selbst hatte am Ende nicht viel besser ausgesehen. Damals waren Stimmen laut geworden, die behaupteten, daß Fred Lockh nicht allein gestorben wäre, wenn die bleiche Todesgöttin es gewollt hätte, ihn zu sich zu rufen.

Wohl war es den Banditen gelungen, zu entfliehen, aber sie waren nicht weit gekommen. Hal Steve hatte sich an ihre Fersen geheftet. Es war in Bromsville, in der Nähe des Llano Estacado, als die „Nummer Zwei" auf die fliehende Bande stieß, deren Anführer Dan Talmadge hieß, ein langgesuchter Schwerverbrecher. In einem gnadenlosen Kampf, der ohne Mitleid geführt wurde, hatte Hal Steve ganze Arbeit geleistet, wacker unterstützt von Jim Rogers, dem „Schnitzenden Sheriff", der sich dem Vergeltungszug gegen die heimtückischen Mordbuben angeschlossen hatte. Das Blut der Banditen hatte den heißen Wüstensand der Llanos gefärbt, noch ehe Fred Lockh nach langem Genesungsschlaf wieder die ersten Worte sprechen konnte.

„Sam, alter Waschbär — wie siehst du denn aus?" Unendlich matt waren diese kurzen Worte über seine Lippen gekrochen, über blutleere, fiebersprödé Fleischwülste, die zu lächeln versuchten. „Diesmal... wär' es beinahe schiefgegangen —"

„Still, Kamerad... still", hatte Sam Brash erwidert, „du hast es noch nicht geschafft..."

„Unkraut verdirbt nicht... schau in den Spiegel, Sam — wer soll dich denn noch erkennen... bin ich krank — oder du?"

Da waren die leicht zitternden Hände Sam Brashs mit einem aus tiefster Brust kommendem Seufzer der Befreiung über seinen Stoppelbart gefahren, und über sein zerfurchtes, sorgenvolles Antlitz war ein glückliches Lächeln geglitten.

„Kamerad —" hatte er flüsternd geantwortet, „nun ist es so weit... nun werde ich mein altes Rasiermesser aus der Satteltasche nehmen — nun lohnt es sich wieder..."

Die Blicke des Kranken waren auf die Hände des Freundes gefallen, die eine altmodische Pistole von anno 1858 hielten, eine Waffe, die er schon wiederholt in seiner Satteltasche gesehen hatte, ohne aber nach ihrer Bedeutung zu fragen. Sam Brash sah die neugierigen Augen Freds, sah die stumme Frage auf den blutleeren Lippen des Verwundeten.

„Nichts besonderes..." hatte Sam gestammelt, „ein kleiner Talisman... ein Strohhalm..., an den sich der Ertrinkende klammert, wenn die Not am größten ist..."

Es waren aber nicht nur traurige Ereignisse, die von sich reden machten. Da gab es eine Menge Stories, die wesentlich dazu beitrugen, die Popularität der „Unzertrennlichen" noch zu erhöhen.

Einmal hatten Fred Lockh und Sam Brash den Auftrag erhalten, einen hohen Beamten der Vereinigten Staaten nach Washington zu begleiten. Er war auf einer Instruktionsreise durch Oklahoma, des 46. Staates, der gerade dem nordamerikanischen Staatenbund beigetreten war. Man sagt, es habe sich um Staatssekretär Bacon gehandelt. Der brave Beamte, der sich des Schutzes der G-Mannschaft der Gruppe Sinclair bediente, versuchte vergeblich, während der langen Reise aus seinen beiden Begleitern auch nur ein einziges Wort herauszubringen, und je mehr der gute Bacon auf sie einsprach, desto verkniffener und verschlossener waren die Gesichter der beiden Boys geworden. Schließlich war Sam Brash die Geduld gerissen.

„Ich habe da einmal einen Kerl gekannt, der redete fast soviel wie Sie. Und was glauben Sie, was aus dem geworden ist?"

Der Staatssekretär, ein hoher Beamter im Ministerrang, hatte sich gefreut, wenigstens einen der Burschen aus seiner Reserviertheit herausgelockt zu haben.

„Und was ist aus ihm geworden?" fragte er ahnungslos.

„Staatssekretär..." hatte Sam Brash gebrummt. Und dann war auch der gute Bacon in eine nach seinen Begriffen ungesunde Schweigsamkeit verfallen, die ihn nicht mehr verließ, bis sein Expreß-Railway-Wagen in die Zentralstation der Hauptstadt eingelaufen war.

Ein anderes Mal hatte sich Fred Lockh ein Stückchen geleistet, das in ganz Arizona einen orkanartigen Lachsturm entfachte. Ein Richter im Staate Kentucky, der für seine Milde bekannt war, führte den Jury-Vorsitz einer lang erwarteten Verhandlung, in der ein von Fred Lockh gestellter Verbrecher, der sich durch sein außerordentlich brutales Verhalten bei der Ausführung seiner Schandtaten einen besonders anrüchigen Namen gemacht hatte, abgeurteilt werden sollte. Der Richter erblickte in fünf Jahren Gefängnis eine angemessene Strafe für den Banditen. Damit aber war Fred Lockh nicht einverstanden gewesen. Der alte, weißhaarige Herr wollte gerade das Strafmaß verkünden, als sich eine

Hand nicht eben sanft an seinem Rockkragen zu schaffen machte, und alle, die sich in dem großen, bis auf den letzten Platz gefüllten Saal befanden, konnten die Worte des G-Mannes vernehmen:

„Alter", hatte Fred Lockh gesagt, indem er auf den leeren Platz neben dem Angeklagten deutete, „setz dich einmal ganz schnell dort neben den braven Boy — du hast es verdient!"

Und ehe der Richter entrüstet auffahren konnte, hatten ihn die überaus kräftigen Fäuste Sam Brashs schon neben den wie entgeistert glotzenden Verbrecher gesetzt.

„Kamerad", hatte er gesagt, „wenn mein Freund Fred eine Anordnung trifft, dann ist es sehr gefährlich, sich dieser zu widersetzen..."

Und dann hatte Fred Lockh den Banditen zum Tode durch den Strang verurteilt, und seinen Spruch mit einer kleinen Silbermarke bekräftigt, die ihm Macht über jede Sheriffsperson in allen Staaten verlieh — im Namen Oberst Sinclars.

Diesen kuriosen Vorfall krönte indessen der kompromittierte Richter, indem er in allen juristischen Tonarten zu schreien und aus Leibeskräften gegen die ihm zuteil gewordene Behandlung zu protestieren anfing. Jetzt nämlich verurteilte ihn Fred Lockh zu acht Tagen Gefängnis wegen ungebührlichen Verhaltens vor Gericht... Und es trat ein, was niemand glauben wollte: Der Verbrecher ward eine Stunde später schon gehängt, während der zornbebende Richter in sein Gefängnis abgeführt wurde. —

Natürlich bekam Oberst Sinclar wieder seine traditionelle dicke Zigarre verpaßt, und zwar von allerhöchster Stelle. Er hatte sie aber in aller Gemütlichkeit, ja sogar mit einem gewissen Wohlbehagen geraucht; denn obgleich er das Vorgehen seiner beiden Getreuen zwar nicht völlig billigte, wußte er trotzdem, daß sie im Recht waren. Was verschlug's, Kummer mit seinen Boys war er gewohnt...

Zwei Beispiele, die so recht die seltsamen Charaktere der „Unzertrennlichen" beleuchteten, zwei Beispiele unter vielen.

Das Blatt der Geschichte der Sinclar-Gruppe wäre nicht vollständig, würde man das Leben und Kämpfen dieser beiden Stillen der Mannschaft übergehen. Freilich, sie bekamen nicht die fettesten Brocken vorgesetzt und mußten sich mit undankbareren, aber dafür auch weniger gefährlichen Aufgaben begnügen. Aber was sie machten, geschah ganz; sie waren die Gründlichkeit in Person. Und doch gab es auch zwischen ihnen ein Geheimnis. Da war zum Beispiel der Colt von anno dazumal, als die Schießeisen noch keine Automatik kannten, den Sam Brash nun schon seit Jahren in seiner Satteltasche mitschleppte. Er hatte nie darüber gesprochen. Auch nicht zu Fred. Und da war weiterhin das stillbehütete Geheimnis, das über dem Tod eines jungen Mädchens lag, auf den Namen Joan Mansfield hörend. War es nur die Berufspflicht, die Fred Lockh so fieberhaft nach Al Rowood, dem Mörder suchen ließ? Oder hatte Fred die sanfte, fröhliche Joan vielleicht geliebt? Kein Wort darüber war bisher über seine Lippen gekommen.

Eines strahlend schönen Morgens aber sollte der Schleier wenigstens in dieser Angelegenheit gelüftet werden...

*

Tiefblau wölbte sich der wolkenlose Himmel über dem kleinen Texasstädtchen Bisbee, nahe der mexikanischen Grenze. Nur wenige Meilen weiter nördlich lag Tombstone, die lärmende, wildbewegte Stadt, deren Kneipen Tag und Nacht nicht schlossen; ein Glas Whisky kostete dort einen blanken Dollar. Aber es war ja bekannt, daß der Whisky trotzdem in Strömen floß, denn der Reichtum lag wenige Fuß tief in gleißendem Silber in der Erde. Fast zwanzigtausend Menschen waren hier auf engstem Raum zusammengedrängt, und die Brüder Earp hatten alle Hände voll zu tun, Grenzschmuggel, Räuberei und Banditentum zu bekämpfen.

Bisbee jedoch war im Gegensatz zu Tombstone ein langweiliges Nest. Nur ab und zu machten „Ausflügler" aus der Silberstadt Schiefferlins Sheriff Chris Lockh zu schaffen, der auch gleichzeitig Richter der kleinen Siedlung war. Chris Lockh bewohnte am Rande derselben ein schmuckes Farmhaus. Viehwirtschaft konnte er nicht betreiben, da ihn sein gefährlicher Dienst völlig in Anspruch nahm. Wenn er Sehnsucht nach einer frohen Unterhaltung oder nach dem frischen Geruch von Pferden und Rindern hatte, ging er hinüber zu seinem Nachbarn Mansfield, der eine stattliche Ranch betrieb.

„Was macht der Junge?" war die ständige Redensart des wohlhabenden Ranchers, wenn er Chris Lockh zu Gesicht bekam. Es gab immer etwas von dem Jungen zu erzählen, seitdem der stolze Vater die Mitteilung erhalten hatte, daß er Mitglied der berühmtesten Mannschaft der Mittelweststaaten geworden war. Fremde aus dem Norden, die der Ruf des Silbers nach Tombstone getrieben, wurden nicht müde, von ihm zu erzählen; von seinem Sohn Fred und dessen Kameraden Sam Brash.

„Nicht Neues, Nachbar..."

„Nun wäre es einmal an der Zeit, nach Hause zu kommen..."

„Er wird schon kommen, Nachbar — bestimmt..."

Wohl hundertmal schon hatten die beiden Männer dieses oder ein ähnliches Gespräch geführt. Aber die Jahre waren vergangen, ohne daß sich der sehnlichst Erwartete im Hause des Vaters eingefunden hätte. Endlich aber kam der Tag des Wiedersehens.

Es war an diesem strahlend blauen Sommermorgen — Chris Lockh und John Mansfield saßen schwatzend beisammen, um den jungen Tag des Herrn zu begehen, den Sonntag. — Der Nachbar hatte ihn zuerst gesehen.

„Du bekommst Besuch", sagte er schlicht.

„Heute? — Heute will ich meine Ruhe haben..."

„Deine Ruhe wird dir gleich vergehen, Nachbar..."

Da kamen zwei junge Reiter über den Ranchhof geritten, sprangen aus den Sätteln; sie hatten große Ähnlichkeit miteinander. Den vordersten, der mit großen Schritten auf den verdutzten Sheriff zueilte, erkannte Chris Lockh sofort. Es war Fred, sein einziger Sohn. Wie prächtig er sich herausgewachsen hatte, wie groß und kräftig er geworden war!

„Junge", sagte der alte Mann mit bewegter Stimme, „willkommen zu Hause. Der Mann an deiner Seite ist Sam Brash, nicht wahr?"

Die Begrüßung war kurz und herzlich. Es war ein Freudentag im Hause Lockh, an dem selbstverständlich auch John Mansfield teilnahm, und beim Erzählen verrannen die Stunden im Flug. Natürlich war Fred Lockh die Hauptperson, aber man beschäftigte sich auch mit Sam Brash.

„Brash... Brash..." dachte der Sheriff angestrengt nach, „wie hieß Ihr Vater, Sam?"

„James Brash —"

„Beruf?"

„Sheriff — wie Sie..."

„Im Staate Utah, nicht wahr? Wie heißt die Stadt?"

„Ogden — sie liegt am Great Salt Lake —"

Fred Lockh war baff erstaunt. So viel Personalien hatte er aus seinem Kameraden die ganzen Jahre über nicht herausgebracht, abgesehen davon, daß er ihn nicht gefragt hatte. Das seltsame Verhör ging weiter.

„Wann waren Sie das letzte Mal zu Hause?"

„Vor sechs Jahren —"

Das war also vor der Bekanntschaft mit Fred Lockh, einige Monate vor Gründung der Sinclarmannschaft.

„Sie sollten sofort zu Ihrem alten Vater reiten, Sam", fügte Sheriff Lockh, ernst geworden, hinzu, „ich habe da eine Mitteilung in meiner Schublade, die ich Ihnen nicht vorenthalten möchte. Da wird vor einem gewissen Allan Spied, einem ganz üblen Burschen, der erst vor wenigen Tagen aus dem Zuchthaus Huntsville entlassen wurde, gewarnt. Besonders an die Sheriffstation in Utah ist diese Warnung als dringend ergangen. Allan Spied wurde vor zehn Jahren von einem tüchtigen Sheriff namens James Brash aus Ogden nach einer strapazenreichen Verfolgung verhaftet und auf Grund lückenloser Beweise vor Gericht gebracht, das aber aus unerfindlichen Gründen nicht die Todesstrafe aussprach, sondern Allan Spied wegen mehrfachen Mordversuches nur zu zehn Jahren Zuchthaus verurteilte. Diese zehn Jahre sind vor wenigen Tagen zu Ende gegangen. Dies wäre nun nichts Weltbewegendes, denn täglich werden Menschen entlassen, die ihre Strafe verbüßt haben. Die meisten von ihnen versuchen ein neues Leben zu beginnen, mit neuen Zielen, neuen Vorsätzen. Spied dagegen hat anderes im Sinn. Die Jahre der Einsamkeit und der harten Fronarbeit, die ihn belehren sollten, daß der Mensch sich nicht frevelhaft am Mitmenschen versündigen kann, haben ihn nicht zur Besinnung gebracht, im Gegenteil. Kein Tag verging, der ihn nicht seine Rachegedanken in die Welt hinausschreien ließ. Wir sind beim Thema, Mister Brash. Der Mensch ist ein wunderliches Wesen. Es ist ihm oft nicht gegeben, die Schuld bei sich zu suchen. Nur zu gern möchte er andere für sein Unglück verantwortlich machen: Allan Spied beweist es. Er hatte sich im Zuchthaus ein seltsames Spielzeug angeschafft, ein Stück unförmiges Eisen, mit einem Holzgriff. Länge, Breite und Gewicht stimmten genau mit einem Colt überein. Jede freie Stunde hat er damit gespielt — ich habe mich vorsichtig ausgedrückt; ein Coltmann würde sagen — geübt. Er hat seine Finger, seine Gelenke geschmeidig erhalten, er hat die verdammte Kunst des Blitzgreifens zu einer bedrohlichen Fertigkeit entwickelt. Er wurde nicht müde immer wieder das Eisenstück aus dem provisorisch angefertigten Halfter zu reißen, bis selbst alte Ganoven, berüchtigte Schießer des Staatszuchthauses, von einer noch nie gesehenen Meisterschaft sprachen. Man ließ ihn gewähren. Man hatte auch kein Recht, einem Gefangenen ein harmloses Hobby zu nehmen. Man war aus Allan Spied nicht klug geworden, die Wärter lachten über die Marotte eines offensichtlich Irren. Sie hatten nicht unrecht. Spied konnte nicht mehr normal gewesen sein, denn er hat in den letzten Monaten seiner Strafentlassung kein Wort mehr gesprochen.

Erst nach seiner Entlassung hatten Mitgefangene von seinem Schwur berichtet, erst wieder den Mund aufzutun, wenn seine Rache gestillt sei. Seine Rache..."

„Ich verstehe, Mister Lockh", unterbrach Sam Brash, „er will sich an dem Urheber seines Unglücks rächen, an dem Mann, der ihn zu Fall gebracht und überführt hat..."

Chris Lockh nickte. „An Ihrem Vater —"

„Hirngespinste eines Einsamen", schüttelte Sam Brash den Kopf, „wenn ihn die Luft der Freiheit umgibt, wird sie eine Sinnesänderung bewirken —"

„Nehmen Sie diese Angelegenheit nicht auf die leichte Schulter, Sam!" Eindringlich, fast beschwörend war die Stimme des Sheriffs: „Als Allan Spied die grauen Mauern verließ, war seine erste Handlung, sich einen funkelnagelneuen, teuren Colt zu kaufen, einen von der letzten Konstruktion, der kürzere Läufe und ein besseres Griffvermögen aufweist. Und dann tat er seine Probeschüsse. Mister Bright, der Waffenhändler, hat schon viele talentierte Boys schießen sehen, noch nie aber, seine Feststellungen stehen wörtlich im Protokoll, glaubte er ein Schießen beobachtet zu haben, so unvorstellbar blitzschnell, so haargenau im Ziel liegend, wie das, an jenem Entlassungstag Allan Spieds. Zehn Jahre hatte der Bursche keine Waffe mehr zwischen den Fingern, zehn Jahre lang. Der Waffenhändler wollte nicht glauben, daß er es mit einem entlassenen Sträfling zu tun habe. Er rannte zum Zuchthausdirektor und berichtete, was er gesehen. Man verhörte Mitgefangene und jetzt erst wurde offenbar, wie ernst es Allan Spied bei seiner tödlichen Drohung war. Erst gestern, Sam, traf eine Depesche aus Prescott ein..."

„Von Oberst Sinclar?"

Der Sheriff nickte. „Wenn irgendwo ein G-Mann auftauchen sollte, ob Conny Cöll, Hal Steve, Neff Cilimm, Silver, Brady, oder..."

„Oder wir..." ergänzte Sam sachlich.

„...dann solle Rückmeldung gemacht werden, daß er unverzüglich nach Ogden in der Nähe des großen Salzsees aufgebrochen sei, den alten Sheriff zu retten. James Brash ist nicht mehr im Amt, er hat sich wieder auf seine Farm zurückgezogen, um den Rest seines Lebens beschaulich und weniger gefährlich zu verbringen —".

„Geben Sie die Depesche durch, Sheriff", sagte Sam. Ein kurzer Blick traf Fred.

„Aber natürlich, Sam, alter Junge", antwortete dieser. Wirklich, er verstand jeden Blick, jede Bewegung des Kameraden, „natürlich brechen wir sofort auf..."

„Aber dein Vater —?"

„Vater ist Kummer gewohnt, was meine Fürsorge für ihn betrifft. Ich verspreche, sofort nach Beendigung dieser Angelegenheit wieder nach Bisbee zu kommen..."

„Ja, Kummer", unterbrach John Mansfield, „Kinder bereiten Kummer; man hat wenig Freude an ihnen..."

„Ah", flüsterte Fred, während er sich mit ernsten Augen erhob, „Miß Joan..."

„Sie hat nichts mehr von sich hören lassen..."

Betreten blickte Sam zur Seite, während Fred heftig die Lippen aufeinander preßte.

„Miß Joan..." Es war nur ein Hauch, der aus seinem Munde kam. Gerechter Gott — Mister Mansfield wußte noch nicht, daß...

Der Farmer stand mit verbissenem Gesicht, aus dem die Verbitterung eines enttäuschten Vaters sprach.

"Wir haben immer gedacht... wir beide... der Sheriff und ich... aus euch beiden könnte einmal ein glückliches Paar werden, das Erbe ihrer Väter..." Mansfield verstummte. Es kam ihm zu albern vor, weiterzusprechen.

"Ja... ja..." stotterte Fred in höchster Verlegenheit. Er war in tiefster Seele aufgewühlt. Er konnte es nicht, nein, er konnte es einfach nicht.

"Ich habe sie geliebt... sehr geliebt..." sagte er ganz gegen seinen Willen.

Nun wußte Sam, der erschüttert danebenstand, auch vom letzten Geheimnis seines Freundes, das er so lange verborgen gehalten.

"Wenn du sie triffst, Fred — grüße sie von... ihrem Vater, der mächtig Sehnsucht nach ihr hat. Väter sind seltsame Wesen, die von ihren Sprößlingen nie richtig begriffen werden — sie lieben nämlich auch ihre Kinder..."

"Ich werde... den Gruß bestellen, Mister Mansfield, wenn ich... Joan treffen sollte —"

Er brachte es nicht fertig, Schmerz zu bereiten. Die hoffende Sehnsucht, die vielleicht einmal gestillt werden konnte, war leichter zu tragen, als zerstörtes Glück. Nein, er brachte es nicht übers Herz, einen braven Mann durch die brutale Mitteilung einer harten, entsetzlichen Wahrheit in seelische Not zu stürzen. Jetzt noch nicht —

Später... vielleicht —

*

Von der North Ogden-Höhe aus hatte man einen prächtigen Blick über den riesigen Salzsee des Mormonenstaates Utah. Die mächtigen Ausläufer des Wasatch-Range reichten bis an die Tore der Stadt, die nur die auserwählten Kinder Gottes — den einzigen auf dieser Welt, wie sie fest überzeugt waren — bewohnten. Malerische Farmen lagen im Tal, blitzsauber gepflegt und wohlbestellt, der Stolz der Jünger des Lichts, die in dem Glauben lebten, außerhalb der Kirche der Heiligen gäbe es kein Heil auf dieser Welt, und einem treuen Diener der wahrhaft echten Kirche könne nichts passieren. Gott würde es nicht zulassen. Und also empfanden sie keine Furcht, denn Furcht war die Quelle allen Mißgeschicks, weil sie den angeborenen Optimismus eines Gläubigen störte.

In der Umgebung von Ogden, in den hohen Gebirgsausläufern, die, rot oxydiert, mit einer ständigen Salzschicht bedeckt sind, gibt es kaum natürliche Wasserquellen. Trotzdem haben die Mormonen auch aus diesem Brachland wertvolle Weideflächen gemacht.

Auch der Vater Sam Brashs war Mormone. Seine kleine Farm lag im nördlichen Teil von North Ogden, von Selleriefeldern, einer Spezialität Utahs, umgeben. Das Reich des ehemaligen Sheriffs von Ogden lag malerisch in ein künstlich bewässertes Talbecken gebettet; ein typisches Mormonengehöft, mit Mauern aus hochragenden Silberpappeln, niedrigen Gebäuden und mehreren Nebenhäusern. Jeder Frau eines echten Mormonen, der glaubensstreu nach den Satzungen seiner Kirche handelte, stand eine eigene Behausung zu. Auch James Brash nannte mehrere Frauen sein eigen, denn Utah war das Land der Vielweiberei. Der Prophet duldete sie nicht nur, er hatte sie sogar befohlen. Dafür aber verbot er Alkohol, Kaffee und schwarzen Tee, und — die Luft Gottes durfte nicht verpestet werden — auch das Rauchen. Die Gläubigen hielten sich daran. Sie liebten ihre Frauen und haßten die anderen Gifte.

*

„Wir sind am Ziel, Kamerad —"

Sam Brash deutete von der Höhe des Berges auf das schmucke Gehöft im grünen Tal. Die Hänge waren dicht bewachsen mit Baumwolle. Kein Quadratmeter durfte verloren gehen. Auch das widersprach den Lehren der Mormonen, die es meisterhaft verstanden, selbst aus der Wüste köstliche Früchte sprießen zu lassen. Wo Wasser war, war Leben, und wo es solches nicht gab, mußte eben dem göttlichen Willen nachgeholfen werden.

„Drüben in den Bergen gibt es Quecksilber, das aber nicht ausgebeutet wird. Die Jünger des Lichts wehren sich mit der Waffe in der Hand dagegen. Die Schätze des Bodens sind Teufelsdreck, sagen sie..."

„Dein Vater ist Mormone?" fragte Fred. Es war das erstemal, daß er eine Frage, die Familie des Kameraden betreffend, stellte.

Sam nickte. „Ja, Mormone —"

„Und du?"

„Ich bin kein Gläubiger, sondern ein Heide, an dem die Offenbarungen des Propheten wirkungslos verhallten. Habe schon zu früh das Elternhaus verlassen..."

Ein stummer Blick traf Sam. Fred wußte nicht, sollte er weiter in den Gefährten dringen? Er hatte es jahrelang vermieden. Sam hatte nie über seine Vergangenheit gesprochen und so hatte auch er, Fred Lockh, nie von seinem Vater und von Bisbee erzählt, obwohl sie während ihres Aufenthalts in Tombstone ganz in der Nähe seines Heimatstädtchens waren. Durch den Besuch hatte sich das nun allerdings geändert. Würde jetzt auch Sam den letzten Schleier von einem Geheimnis nehmen, das er bislang so sorgsam gehütet?

Sam war merklich grüblerisch geworden. War es die Erinnerung an die Jugend, die er hier verbrachte — dort unten in dem prachtvoll gelegenen Tal —, das Wiedersehen nach langen Jahren mit dem Elternhaus, das sein Gesicht so nachdenklich werden ließ? Waren es trübe Erinnerungen? Sam trat in den Pappelwald zurück, setzte sich auf einen gefällten, abgerindeten Baumstamm, und plötzlich hielt er seinen Talisman, die uralte Pistole, aus der man keinen Schuß mehr abfeuern konnte, in den Händen. Fred setzte sich an seine Seite.

„... schon früh das Elternhaus verlassen", wiederholte Sam, während seine Finger zärtlich über das Museumsstück glitten.

„Warum?"

„Siehst du die zahlreichen Häuschen dort unten, Kamerad?"

Fred nickte.

„Vater hatte dreizehn Frauen..."

„Du lieber Himmel —"

„Natürlich brauchte ich nur zu einer Mutter sagen, aber..."

„Ich verstehe, Sam —"

„Das kannst du nicht verstehen, Kamerad, denn du hast noch keine Frau leiden sehen, die ihr Glück mit zwölf weiteren Frauen teilen muß. Mutter war keine aufrechte Mormonin. Sie hat die Anordnungen des Propheten nie verstehen können, die einem Mann das Recht einräumt, Vielweiberei zu treiben..."

„Aber die Regierung bekämpft doch diese Unsitte —"

„Die Regierung", Sam Brash machte eine wegwerfende Handbewegung, „die Regierung ist weit — und sie ist nicht stark genug, altes Glaubensgut und Volksbrauchtum auszurotten..."

„Polygamie ist ungesetzlich —"

„Was nützt dies alles! Die Frauen leugnen eben gegenüber den Behörden, die rechtmäßigen Gattinnen zu sein. Trotzdem sind sie einverstanden, sie sind fast alle treue Kinder ihrer Kirche. Mutter war die Erstgeheiratete und ich der Erstgeborene..."

„Siebenundzwanzig..."

Fred Lockh starrte ihn entgeistert an, er runzelte die Stirn und schüttelte ungläubig den Kopf.

„Ja — so viele waren es bereits vor sechs Jahren. Heute wird sich die Zahl noch wesentlich erhöht haben..."

„Ein verdammtes Heerlager —"

„Nun ja, bei dreizehn Frauen", zuckte Sam die Achseln, „wahrscheinlich wird auch ihre Zahl in der Zwischenzeit gestiegen sein —"

„Wa—as!?"

„Brigham Young, der große Führer der Mormonen, hatte siebzehn Frauen und sechsundfünfzig Kinder. Sein gutes Beispiel hat gezündet..."

„Hm, ich verstehe, Sam, was dich von daheim fortgetrieben hat..."

„Das war es nicht allein, Kamerad", schüttelte Sam lächelnd den Kopf, „ich habe ja nichts anderes gesehen, nichts anderes gewußt. Auch ich sollte doch zum strenggläubigen Mormonen erzogen werden, auch ich sollte ein wahrhaft Gläubiger inmitten einer Welt des Heidentums werden. Aber dann ist eine Geschichte passiert, die mich an den Lehren des Propheten zweifeln ließ und mir den Mut gab, aus der Gemeinschaft auszubrechen und in die Welt hinauszugehen... Ich wurde an einem empfindlichen Körperteil verletzt..."

„Am Herzen, was!"

„Nein, Kamerad", das Gesicht Sam Brashs war jählings ein einziges Grinsen, „an einem Körperteil, in das allerdings das Herz manchmal rutschen will, wenn die Angst in den Eingeweiden rumort —"

„Wie —? Was soll das...?"

„Ich will es dir sagen — wollte eigentlich schon längst davon erzählen. Jetzt ist es so weit. Hör zu, Fred, alter Einfaltspinsel, wie dich der liebe, gute Samuel immer zu nennen pflegt, und vernimm, was dein treuer Kamerad einmal für ein Früchtchen gewesen ist..."

Noch einmal fuhren seine Finger über das abgenutzte Mordinstrument. Dann ging ein neuerliches Schmunzeln über seine Züge. Und nun wußte Fred, daß er eine lustige Geschichte zu hören bekäme und keine traurige, wie er insgeheim befürchtete.

Es sollte in der Tat eine lustige Story werden — besser: eine tragikomische...

„Vater war zuerst Sheriff von Richmond gewesen, ehe ihn die Bürger von Ogden in einer stürmischen Versammlung zu ihrem Gesetzeshüter wählten. Damit bekam er einen Posten, der gut bezahlt wurde, seinen vielen Pflichten als Farmer und Ehegatte aber wenig Beschränkung auferlegte. Die Mormonen sind fromme Leute, die kaum gegen die bestehende Ordnung verstoßen. Nur von den Andersgläubigen, von Durchreisenden, war er eigentlich über Gebühr strapaziert worden. Es waren immer nur die ‚Heiden', die Schwierigkeiten machten; natürlich konnten sie sich in der Mormonenstadt nicht glücklich fühlen und kamen sich vor wie träge Käfer inmitten eines Ameisenhaufens. Es ist nicht jedermanns Sache zuzusehen, wenn Menschen wie Galeerensklaven schuften, um aus ödem Brachland ein gottgefälliges Paradies zu machen. So viel zur Einleitung. Ich war damals ein Boy von vielleicht fünfzehn Jahren, zu strenger Arbeit erzogen, aber in der heißen Glut für die Lehre des Propheten nur halb entfacht. Ich liebte nicht die formlosen Gottesdienste, die nur aus Liedern und Chorälen bestanden. Ich liebte keinen Gesang, schon gar keinen, der aus meinem Munde kam..."

Fred nickte verständnisinnig. Er kannte in etwa die Singstimme des Kameraden, die mehr wie das Krächzen eines heiseren Raben klang.

„Ich liebte die alte Pistole, die über dem Schreibtisch des Vaters hing — die gleiche, die ich hier in Händen halte —, und ich haßte wie kein anderes Wesen auf dieser Welt Clothilde..."

„Eine Frau?" rief Fred dazwischen, „eine Nebenfrau?"

„Nein, Kamerad", schüttelte Sam den Kopf, „damals war Vater nicht reich genug, sich mehrere Frauen zu halten. Clothilde war eine Kuh, die mächtig viel Milch gab. Kein Wunder, sie fraß auch den ganzen Tag. Sie war zu faul, aus dem Stall zu wackeln. Sie ließ sich Futter bringen, und der Fütterjunge war ich. Clothilde hatte ein feines, sanftes Gemüt. Mutter nannte sie nur ‚Lady', ein Name, der absolut nicht zu der äußeren Erscheinung dieses vierbeinigen Geschöpfs paßte, denn sie war kugelrund und fett. Aber sie hatte eine Eigenschaft mit einer vornehmen Lady gemein: sie haßte Lärm. Nichts war ihr mehr zuwider, als lautes Schreien, Schimpfen, Türenschlagen. Wurden die störenden Geräusche nicht unverzüglich eingestellt, weigerte sie sich standhaft, auch nur einen Tropfen Milch herzugeben. Wenn der Hofhund heulte, pflegte sie ihn mit strafenden Augen anzusehen. Mir ist es wenigstens so vorgekommen. Wenn ich sang — Clothilde zuliebe ließ ich mich dazu verleiten —, äugte sie mich an, als überlege sie, welchen Huf sie mir in die Eingeweide rammen sollte. Fred, ich frage dich, gibt es einen wüsteren Lärm, als mit einer alten Pistole, die acht Kugeln faßt, in der Gegend herumzuballern?"

„Du hast ... ?"

Sam Brash nickte.

„Ich habe!" fuhr er fort, während sein Gesicht vor Zufriedenheit glänzte. „Der Schießprügel hat mir mächtig Freude gemacht. Vater hatte ihn als Erinnerungsstück — an eine glorreiche Tat — über seinem Schreibtisch hängen, eine Jagdtrophäe sozusagen. Man mußte, um den Schuß zu lösen, immer den Schnapphahn mit der Hand zurückschlagen. Eine Feder sorgte dann dafür, daß der Bolzen wieder auf die Zündung schlug. Immer, wenn Mutter mit einem großen Kübel bewaffnet die milchspendende Clothilde aufsuchte, habe ich aus Vaters Museumsstück ein munteres Feuerwerk eröffnet. Es knallte aus allen Fugen, an allen Ecken und Enden, worüber die ‚Lady' dermaßen erschrak, daß sie keinen Tropfen süßer Milch geben wollte. Sie stampfte mit allen Vieren, blökte und biß und stieß den Melkschemel um. Es dauerte mitunter Stunden, bis sich die Gute wieder beruhigt hatte. Mutter hatte natürlich mich in Verdacht, denn ich war der Älteste und folglich auch der Boshafteste. Ein Boy, der bei jeder Gelegenheit die Kirche schwänzte, konnte doch nur Unfug im Kopfe haben. Ich vergaß, Kamerad, zu erwähnen, daß ich noch acht Brüder hatte, die sich von jeglichem Verdacht gern gereinigt hätten. Aber die Bande hielt dicht, nicht aus Charakterstärke, sondern weil sie die von mir in Aussicht gestellte Keile fürchteten. Ein echter Mormone fügt seinem Mitmenschen keine körperliche Qual zu. Meine Brüder aber wußten, daß ich eben kein echter Mormone war, und darum schwiegen sie. Leider aber schien mein Vater in diesem Punkt auch recht vage Vorstellungen von den Gesetzen des Propheten gehabt zu haben, wie ich bald darauf erfahren sollte. Er legte sich in den Hinterhalt — und als ich wieder mit fröhlichem Grunzen acht prachtvolle Löcher in die Luft schoß, hatte sich eine Unheil verheißende Hand auf meinen Nacken gelegt. Und was glaubst du, Kamerad, was nun geschah?"

„Er hat dich jämmerlich versohlt —"

Sam Brash verzog sein Gesicht zu einer lustigen Grimasse.

„In der Tat, du Hellseher. Mit einer biegsamen Gerte hat er so lange eben jenen Körperteil, von dem ich vorhin sprach, gegerbt, bis ich in allen Tonarten heulte. Vergessen waren die Lehren seiner Kirche, vergessen seine Weltanschauung. Mit dieser rohen Behandlung aber hatte er mir den letzten Rest meines Mormonenglaubens abgetötet. Kurz entschlossen packte ich mein Bündel, um in die Ferne zu ziehen. Den alten Schießprügel nahm ich mit, zur Erinnerung an jene schmachvolle Stunde. Das ist alles, Kamerad — und nun bin ich wieder zurückgekehrt..."

Fred schmunzelte, hütete sich aber, seiner Schadenfreude lauten Ausdruck zu verleihen.

„Wie ich dich kenne, hat diese schändliche Tat deines Vaters nur den letzten Anstoß gegeben. Sie konnte nicht der eigentliche Grund deines Fortgehens gewesen sein..."

„Du hast recht, Kamerad. Vater hatte nämlich davon gesprochen, daß er nun endlich so weit wäre — die Farm begann, einigen Gewinn abzuwerfen —, sich noch ein paar Frauen dazuzunehmen. Das hat den Ausschlag gegeben. Ich ging ins benachbarte Wyoming, arbeitete als Cowboy, erlernte die hohe Kunst des Fangs der wilden Pferde, trat in einen Zirkus ein, wurde Kunstschütze..."

„Kunstschütze?" staunte Fred.

„Alles Schicksal, Kamerad", lachte Sam, „man hat mich nur mit faulen Tricks arbeiten lassen, bis ich dann eines Tages meine Glanznummer ohne diesen faulen Zauber ausführte. Da war ich den Boys zu gefährlich geworden, zu unheimlich, und man hat mich abgeschoben. Ich war geneigt, wieder nach Ogden zurückzukehren, als ich erfuhr, daß es mein Vater bereits auf dreizehn Frauen gebracht hatte..., die ihm weitere neunzehn Kinder schenkten. Nun waren es insgesamt siebenundzwanzig, und mich packte das Grausen. Ein langer Ritt brachte mich nun wirklich in die weite Ferne, in das Land meiner Sehnsucht — nach Texas. Das war vor sechs Jahren. Und kurze Zeit später, Kamerad, haben wir uns kennengelernt."

Das also war die Geschichte des Gefährten.

Fred Lockh erhob sich.

„Reiten wir ins Tal —" sagte er.

„Später, Kamerad!"

„Willst du nicht guten Tag dort unten sagen?"

„Später, Kamerad. Alles zu seiner Zeit. Allan Spied scheint noch nicht in dieser Gegend eingetroffen zu sein. Der Sheriff von Ogden weiß, wo er uns zu suchen hat. Wir wollen nichts verderben."

In diesem Augenblick wurde frohes Kindergeschrei laut, das hinter dem Rücken der beiden Freunde erscholl. Wohlklingender Gesang hub an, von glücklichen Boys und Girls in die herrliche Morgenluft geschmettert. Ein Schulausflug. Die fröhliche Kinderschar kam näher. Es handelte sich durchwegs nur um Kinder, deren älteste vielleicht sechs Jahre alt sein mochten.

„Guten Morgen, Strangers", jubelte die lustige Schar, „der Herr segne eure Wege!"

Leutselig kramte Sam Brash in seiner Satteltasche. Er hatte immer Süßigkeiten bei sich, für Wolke, seinen Schimmelhengst, der ganz gierig auf derartige Nachspeisen war. Er verteilte den ganzen Segen unter die Kinderschar, den zwölf Jungen und Mädchen.

„Viel gelernt in der Schule?" fragte er gutgelaunt.

„Sehr viel —" plapperte die Kleinste.

„Wie heißt du denn, Darling?"

„Ann — und mein Bruder ist ein berühmter Mann..."

„Und ich heiße Maud", kam es übersprudelnd aus dem Mündchen eines andern Mädchens, „und auch ich habe einen berühmten Bruder..."

Die gute Laune in den Zügen Sams war schon beim ersten Wort zur Maske geworden. Nun stellten sich alle übrigen Teilnehmer des Schulausflugs vor.

„Ich bin Jim..."

„Ich heiße Teddy — und das sind Ralph, Thornton,

Sheila, George, Bob, Theresa, Mary und Lancaster — und wir heißen alle Brash — und wir haben alle einen ganz berühmten Bruder, der alle Banditen totschießt — und alle Feinde unseres Glaubens vernichtet... Auf Wiedersehen, Strangers! Vielen Dank fürs Naschwerk!"

Das Gesicht Sams war köstlich anzusehen. Fred konnte nicht anders, er mußte in lautes Lachen ausbrechen.

„Moment, Kleiner..." rief der Arme.

Einer der größeren Jungen verhielt seine Schritte, ein hübscher, schwarzäugiger Boy.

„Wieviel Geschwister seid ihr... mit dem Namen Brash?"

„Ohne die acht Großen, die in die Fremde gezogen, insgesamt zweiundvierzig..."

„Zweiundvierzig..." stotterte Sam, „... und acht... macht..."

„Fünfzig —" ergänzte der Erwachsene, der in Begleitung der Kinder war. Dann fuhr er schnell fort: „Der Sheriff schickt mich. Es ist so weit. Allan Spied ist in Ogden eingetroffen, unsere Helfer haben ihn entdeckt. Er hat sich auch sogleich danach erkundigt, wann Mister James Brash seine Einkäufe in der Stadt zu machen pflegt. In seiner Begleitung befindet sich ein übler Bursche, ein berüchtigter Coltmann, den nur eine üble Absicht nach Ogden geführt haben kann. Wir haben tüchtige Leute, Gents. Es ist ihnen gelungen, den Namen dieses wüsten Gesellen zu erlauschen. Sie sind Sinclarmänner, und er dürfte Ihnen nicht fremd sein —"

„Wie lautet er?"

„Al Rowood!"

Fred Lockh zuckte zusammen, wie vom Blitzstrahl gerührt. Al Rowood. Tatsächlich Al Rowood?

„Wie sieht er aus?"

Der Gehilfe des Sheriffs von Ogden beschrieb den langgesuchten Verbrecher ganz genau, und er war es. Endlich — endlich. Ein tiefer Atemzug hob die Brust Fred Lockhs. Nach so langen Jahren nun die Erfüllung — endlich die Gewißheit, die schwärende Wunde im Herzen auszubrennen.

„Welche Gründe mag er haben, Allan Spieds Mordplan zu unterstützen?"

„Auch das ist uns bekannt geworden. Mormonenohren sind überall, wenn Gefahr für unsere Glaubensbrüder auftaucht. Allan Spied verfügt über versteckte Reichtümer, wie man sagt, und er hat sie Al Rowood versprochen. Der entlassene Zuchthäusler befürchtet, James Brash könnte nicht allein sein."

„James Brash darf von der drohenden Gefahr nichts erfahren —"

„Ein Mormone ist schweigsam wie das Grab, wenn es die Pflicht erfordert..."

„Dann sagen Sie dem Sheriff, wir seien bereit. Er braucht sich mit seinen Leuten nicht zu bemühen —"

Der Mormone lief schnellen Schrittes der Kinderschar nach; es war keine Minute zu verlieren.

Sam Brash aber starrte hinunter ins Tal, wo der ungefähr vierte, jugendliche Teil seiner gesamten Geschwisterschaft sich hüpfend in der großen Pappelumfriedung des Gehöftes verlor.

„Sie haben alle einen berühmten Bruder —" näselte Fred Lockh, nicht ohne Bosheit.

„Hm —" nickte Sam, während er den Knoten seines knallroten Halstuches locker machte, weil er ihm in den letzten Minuten viel zu sehr auf den Adamsapfel gedrückt hatte.

*

Still lag die Straße —

Nur drüben, an der Ecke der Church- und Young-Street herrschte etwas Leben. Dort stand das Warenhaus Jonathan Burtes. Dieser großgewachsene, breitschultrige Mann mit dem mächtigen Backenbart war Apostel der Gemeinde der Kinder des Herrn. Jeder Bewohner Ogdens wußte es, er würde einmal Präsident werden. Er war ein erfolgreicher Geschäftsmann, und noch erfolgreicher mit seinen zündenden Reden, die von aufrüttelnder Wirkung waren. Auch er besaß sechs Ehefrauen, obwohl der gegenwärtige Präsident Wilford Woodruff in einem Manifest die Heiligen aufgefordert hatte, der Vielweiberei zu entsagen. Sie verstieß gegen die bestehenden Landesgesetze, die auch für die Mormonen Gültigkeit hatten. Wie gesagt — so stand es in dem Manifest. Es hielt sich zwar niemand daran, aber es mußte niedergeschrieben werden, denn der Staat Utah war damit würdig befunden worden, als fünfundvierzigster Stern in der amerikanischen Flagge zu glänzen.

James Brash hatte seine Einkäufe getätigt. Eben wandte er sich zum Gehen, da trat ihm Mister Jonathan Burte entgegen.

„Bruder", sagte er mit gedämpfter Stimme, „wie geht es den lieben Kindern?"

„Sie sind wohlauf —" James Brash verneigte sich. Dann streifte er den feinen Lederschurz, ohne den er nie gesehen wurde, glatt. Er war das äußere Zeichen seines Glaubensbekenntnisses. Ein echter Mormone, der

Wert auf die Achtung seiner Mitmenschen legte, war ohne diesen Schurz, der bis zu den Knien herabwallte, undenkbar.

„Bruder —" Die Stimme des Apostels senkte sich zum Flüsterton. Trotz dieser geheimnisvollen Geste aber blieb er ganz Würde, jeder Zoll ein mormonischer Kardinal. „Der Herr wird mit dir sein, wenn du nun die Straße betrittst! Du bist einer der alten Garde, die der Jugend mit bestem Beispiel vorangeht... auch wenn sie den Lehren des Propheten nicht mehr mit ganzer Seele anhängen kann. Wir haben eine Schlacht verloren..."

„Ich weiß, Bruder — die große Schlacht um unser Familienglück —"

„Wir haben manchmal übertrieben. Aber der Prophet hat es befohlen. Geh mit Gott, der seine segnende Hand nur über die Häupter unserer Kirche hält..."

Abermals verneigte sich James Brash. Dann schritt er auf die Straße hinaus.

Er fühlte sich geschmeichelt, vom großen Jonathan Burte solch lobenden Wortes gewürdigt worden zu sein. Das war schon lange nicht mehr vorgekommen. Erbauung war in ihm geweckt, und mit Hochgefühl schritt er die Straße entlang. Vor dem Gasthof „Zum ewigen Brunnen" hatte er sein Pferd hinterstellt. Nun, da seine Einkäufe getätigt waren, sehnte er sich nach Hause. Er hatte eben die Prachtfassade des Gotteshauses passiert, als sich ihm ein fremder Mann mit breitem, gedunsenem Gesicht in den Weg stellte. Ein Fremder.

„Bleib stehen, James Brash", schlug ihm eine heisere Stimme entgegen, „bleib stehen — damit ich den Boy noch einmal betrachten kann, dem ich mein Unglück verdanke..."

James Brash verhielt seine Schritte. Etwas erstaunt blickte er auf die abenteuerlich aufgemachte Gestalt, die sich drohend vor ihm aufgebaut hatte. Er blickte in zwei kalte, zusammengekniffene Augen, hinter denen die Mordlust saß; er sah die Hände des Fremden auf den Griffen seiner Waffen liegen.

„Ich bin Allan Spied", sagte das Individium, „du bist bewaffnet, Brash — du trägst deine Waffe unter der Leinenjacke. Du kannst dich wehren, wenn du dazu nicht zu feige bist..."

„Was willst du, Spied?"

„Er fragt auch noch, was ich will!" Ein höhnisches Lachen drang auf den bewegungslos Stehenden ein. Dann kroch es drohend aus der grinsenden Fratze: „Zehn lange Jahre... hörst du, Brash — zehn lange, gestohlene Jahre der Schande liegen hinter mir. Ich habe sie dir zu verdanken!"

Ein Blitz des Erkennens flog über das Antlitz des ehemaligen Sheriffs. Jetzt wußte er, wer sein Gegenüber war: Allan Spied — und er erkannte auch dessen Absicht, dessen gemeine, blutdürstige Absicht. James Brash erblaßte. Die Nähe des Todes hatte ihn gestreift. Er war nicht mehr der Jüngste. Er war nie in seinem Leben ein guter Schütze gewesen. Er bewegte sich nicht. Er fühlte das eiskalte Grauen über seinen Rücken kriechen. Er dachte an sein Zuhause, an seine Kirche, an den Propheten, der seine Kinder nicht verläßt. War es Furcht, die ihn befallen? Nein, Furcht konnte es nicht sein, denn einem echten Mormonen, einem wahrhaften Anhänger des allein seligmachenden Glaubens, war diese Regung fremd. Trotzdem aber stand er wie gelähmt, unfähig, auch nur ein Glied zu rühren.

„Dast ist die Stunde", hörte er die heisere Stimme an sein Ohr dringen, „die ersehnte Stunde! Willst du dich wehren, elender, frömmelnder Wicht? Ich gebe dir eine Chance ... die Chance ... auf die ich zehn Jahre gewartet — zehn lange Jahre ..."

James Brash sah eine plötzliche Veränderung in der Gestalt des Mordbuben vorgehen. Seine Augen zuckten zur Seite, seine pfeilgerade, zynische Sicherheit schien erschüttert. An der Ecke der beiden Straßen lehnte plötzlich eine Gestalt an der Hauswand, die Hand an der Waffe. War das ein wohlvorbereiteter Überfall? James Brash dachte rasend nach, zu verwirrt, um zu sprechen, zu beschämt, um Hilfe herbeizurufen.

„Zum letzten Mal ... verdammte Kanaille ... !"

„Stop, Allan Spied!"

James Brash sah, wie der junge Mann sich von der Hausecke abschnellte, im selben Moment an seine Seite tretend.

„Das würde dir passen, du dreckiger Bandit, dein Mütchen an einem alten Mann zu kühlen, der sich kaum mehr wehren kann, weil seine Hände mehr die Bibel als den Coltgriff gewohnt sind ..."

„Was willst du!" zischte Spied, „was hast du dich in unseren Handel zu mischen? Geh aus der Schußrichtung, sonst bekommt der Totengräber noch mehr Arbeit ..."

„Ich stehe hier für den alten Sheriff!"

„Geh zur Seite, verdammt —!"

„Du hast umsonst zehn Jahre lang nach Rache geschrien. Es wäre besser gewesen, Allan Spied, du hättest Einkehr gehalten..."

„Zum letzten Mal... zur Seite mit dir!"

Und schon zuckten seine Hände zu den Waffen, mit der rasenden Schnelligkeit, die er im Zuchthaus geübt. Grenzenloser Haß und die maßlose Begierde, den Akt der Rache zu vollziehen, verliehen seinen Fingern federnde Kraft. Aber den Bruchteil einer Sekunde eher kam der Schuß aus der Waffe Sam Brashs, und dieser winzige Zeitraum brachte die Entscheidung.

Allan Spied wurde von der tödlichen Kugel getroffen... dumpf brach sich die Detonation an der Hauswand. Aber das war noch nicht das Ende dieser dramatischen Auseinandersetzung. Im gleichen Augenblick, als die Hände des G-Mannes die Griffe seiner schweren Fünfundvierziger erreichten, hatte ein anderer bereits die Waffe in Händen, jener zweite Bandit nämlich, der mit Allan Spied gekommen war. Er hatte, in einem Hausflur versteckt, die Wende gesehen, als der Fremde von der Straßenecke plötzlich dazwischengetreten war. Er mußte handeln, jetzt galt es — den Colt im Anschlag, sprang er aus dem verbergenden Dunkel... Da aber war der vierte Mann in Aktion getreten, auf den bisher niemand geachtet, da er als unbeteiligter Straßenpassant ein Schaufenster in Augenschein genommen hatte: Fred Lockh, der treue Schatten seines Kameraden. Er hatte wieder einmal Unheil verhindert. Wild bellten seine Schüsse auf, noch ehe der hinterlistige Schütze seine Waffen abdrücken konte. Al Rowood sah den neuen Widersacher zu spät, er war ganz Auge für seinen Komplicen und dessen Gegner — ein greller Feuerstrahl ließ ihn zusammenzucken, feurig brennender Schmerz lähmte seine Glieder. Er sackte zusammen, erhaschte im Niederstürzen die Gestalt Fred Lockhs — Erschrecken ging über seine gräßlich verzerrten Züge, ein schreckliches Erkennen. Seine Lippen versuchten noch, einen Namen zu formen, einen verhaßten, gefürchteten Namen... aber die Kraft war schon von ihnen geflohen. Er fiel vornüber, ohne noch einen Laut von sich zu geben...

Auch Sam Brash stand wie erstarrt. Er hatte die drohende Gefahr in seinem Rücken nicht bemerkt. Fred hatte ihm wieder einmal das Leben gerettet. Merkwürdiger Wechsel des Geschicks — „Kamerad...", stammelte er.

„Heute mir — und morgen dir!" lächelte Fred. „Vier Augen sehen mehr als zwei —"

Das sagte Fred Lockh immer, wenn er an der Reihe war, dem anderen Teil einen Dienst zu erweisen.

Nun wandte sich Sam dem Vater zu, den er aus den sicheren Klauen des Todes gerissen. James Brash erkannte den verlorenen und wiedergefundenen Sohn. Wahrlich, der Herr bewachte alle Wege seiner Kinder, und es waren ihrer nicht wenige seines Namens, die sich im Schutz der göttlichen Allmacht befanden. Tiefe Rührung quoll in seinem gläubigen Herzen.

„Sammy... Junge —" sagte er nur. Ein leichtes Zittern war in seinen Worten, und feuchter Glanz umflorte seinen Blick. Verklärt ergriff er das weiche Leder seiner Schürze, seine Augen tasteten nach Fred. „Ich weiß, Sammy... Junge — das ist Mister Lockh, dein unzertrennlicher Kamerad. Ich habe schon viel von ihm gehört. Und die beiden Schimmelpferde dort drüben...

das sind Wolke und Flocke, eure braven Vierbeiner? Ich kenne sie genau, denn auch in Utah ist man des Lobes voll von euch! Sieh nur, wie dich die Leute betrachten, wie scheu ihre Blicke auf dich gerichtet sind. Ich bin stolz..." Seine Blicke gingen suchend über die Gestalt des Sohnes. „Hast du deinem alten Vater die Pistole mitgebracht, die... du..." Er stockte.

„Ich habe sie dabei, Vater."

James Brash atmete befreit auf.

„Sie hat mir sehr gefehlt", meinte er dann, während er sich in seiner mormonischen Würde blähte. Eine große Menschenmenge hatte sich um die Drei gebildet, ehrfürchtig auf die Helden starrend.

„Brüder und Schwestern", rief er aus, „das ist Sam, mein Junge, mit seinem Freund, dem ‚Schwarzen Fred'!" Er sonnte sich genießerisch im Ruhme des Sohnes, der seinen weithin bekannten Taten im Dienste der Gerechtigkeit neuen Glanz verliehen hatte. Die Menge, erfüllt von der Furcht des Herrn, betrachtete sie andächtig und kaum wispernd vor Bewunderung.

„Komm, gehen wir — deine Mutter wird sich freuen, sie hat immer von dir gesprochen. Und auch Clothilde, die Vielgeplagte, wirst du begrüßen können!"

„Clothilde! Lebt denn die ‚Lady' noch?"

„Sie ist nun ein altes Mädchen und genießt das Gnadenbrot in Ehren."

„Ich glaube, ich habe ihr einiges abzubitten?"

James Brash nickte, ein würdig-heiteres Lächeln auf seinen Lippen.

Die gaffenden, vielweiberischen Mormonen bildeten

ehrfürchtig eine Gasse, als James Brash, sein Sohn und Fred Lockh die Ecke an der Church- und Young Street verließen.

Drei schweigsame Männer schritten dem Gehöft mit den vielen kleinen Behausungen hinter der schimmernden Pappelwand zu —

Drei zufriedene Menschen...

ENDE